JN022470

ひとりぼっちのソユーズ　下

七瀬夏扉

ひとりぼっちのソユーズ（下）

七瀬夏扉

contents

イラスト／まごつき
イラストディレクション／ぽぷりか
装丁・本文デザイン／5GAS DESIGN STUDIO
校正／福島典子（東京出版サービスセンター）

この物語は、フィクションです。
実在の人物・団体等とは関係ありません。

Track6

I See The Light

1　宛名のない手紙

日本に帰ってきてからは、本当につらく厳しい日々が続いた。肉体的には地獄だったといっても過言じゃない。

僕の体はまともに動かず、自分の体が海の底で錆《さ》びついた宇宙船にでもなったみたいだった。体を動かせばすぐに息が切れてしまい、食事も喉を通らず、横になっている時でさえ悪霊に取り憑《と》《つ》かれているみたいに全身が重かった。時差ボケを百倍きつくしたようなダルさと眠気に襲われて、思考すらまともに働かない。そんな最悪な状況。

地球に帰ってきて一週間と経《た》たずに骨折し――そして肺を悪くして入院した。両親よりも先に僕の介護が必要になり、僕は病院でリハビリをする羽目になった。

地球の重力に適応するためのリハビリは、なかなか進まなかった。

ＮＡＳＡの規定では、ミッションを終えて地球に降りた宇宙飛行士には半年間のリハビリが義務付けられる。これは、たった二週間宇宙に上がっただけの宇宙飛行士でも受ける通常のリハビリで、その際には一日の仕事は三時間以下と定められる。宇宙で生活するというのはそれくらい過酷なことで、日常に戻るのはそれほどまでに大変なことなのだ。

僕の場合はこの三年以上一度も地球に降りておらず、度重なる連続ミッションで心身ともに限界を迎えていたので、そのリハビリも過酷を極めた。月面滞在の最長記録保持者でもあるので、リハビリメニューを一つ立てるにも大勢の専門家やスタッフが必要になった。

それでも僕の体力はいつまで経っても回復せず、身体機能は低下したままだった。それには肉体的な問題よりも、精神的なところに問題があったように思う。地球に降りてからの僕は、どこか糸が切れた風船のように所在なかった。冷たい宇宙空間を漂流している宇宙船のように、目的地を失った僕は多くのことに無気力になっていた。

それでも、月を見上げることだけは欠かさなかった。

そして、その度にソーネチカのことを思い出した。

地球に降りてから、ソーネチカとは一度も言葉を交わしていない。ソーネチカは僕の連絡に出てくれず、僕のことをとことん無視し続けていた。彼女の人生から、僕だけを締め出してしまったみたいに。


『ハロー、ソーネチカ。月の様子はどうかな？　僕の調子はまずまずだよ。もう一度月に上がるためのリハビリを頑張っているところだけれど、実を言うとなかなかうまくいっていない。それでもたくさんのスタッフが僕のためにリハビリや肉体改造のメニューをつくってくれている。僕も彼らの期待に応えられるようにがんばるよ。返事待ってます』

このような味気ないメールを、僕は週に三回ほど送った。だけどソーネチカは一度も返事をくれなかった。程なくして連絡は週に一回になり――そして月に一回へと数を減らした。地球に降りて半年が経った頃には、僕はソーネチカにメッセージを送ることを諦めてしまっていた。返事の帰ってこない手紙を出し続けるのは、つらく悲しいものなのだ。

それに耐えられる人間は、きっと少ない。

38万4400㎞の距離を走り抜けた僕も、この沈黙には耐えられなかった。

僕は、宇宙飛行士だ。目的地さえあればそこにたどり着くことができる。それがどれだけ遠く離れた場所――遠く離れた星だろうと、目的地さえあれば訓練をし、計画を立てることで乗り切ることができる。目指すべき星さえあれば。

だけど今の僕は、どんな訓練をしてどんな計画を立てればいいのかまるで分からなかった。そもそも、何をするべきなのかもまるで分からない。

ただ、月を見上げるだけ。

そんな僕とは正反対に、ソーネチカは地球で暮らす人たちに向けてメッセージを送り続けていた。

僕が地球に降りてからのソーネチカの言葉は幾分か政治的な主張が強くなり、地球への批判や要求が混じり始めていた。月から地球に向けて言葉をおくるソーネチカの姿は、もう好奇心旺盛《おうせい》で純粋無垢《むく》な女の子ではなく――立派な月のプリンセスになっていた。それ以上に政治家然としていた。

『地球の皆さん、今月面で起こっていることに目を向けてください。宇宙で働く労働者のことを少しでも分かってください。彼らは今、助けを必要としています』

わずか十六歳の女の子が、月の開発や発展のために、そこで暮らす人々のために必死に呼びかけを行っている。僕が十六歳の頃にしていたことといえば、ひたすらに走り続けることと、ユーリヤに会いに行く決意をしたことだけ。

それは僕の人生にとってはとても大切なことで、とても重大な決断だったけれど――ソーネチカの決断とは比べるまでもないものだった。

『月では新しい計画や事業が次から次に行われています。月面の開発は加速を続けていますが、それらの基準や規則はとても曖昧《あいまい》です。月には司法や立法、行政というものがないからです。私は現在、月には行政が必要だと強く思っています。各国、各機関、各企業が独自に定めたガイドラインや曖昧な倫理規定では、すでに月面の労働者を救うことができなくなっているからです。私は今、月に行政府を置くために様々な取り組みをしています』

ソーネチカは地球で活動をしている月面支援の団体や、政治的に影響力の強い人たちとコンタクトを取り始め、独自のネットワークや人間関係を築き上げていった。僕を自分の人生から締め出したことで、新しい扉を開いたみたいだった。

『だけど、それは現在うまくいっていません。それは人類が新たに獲得した月という土地が、誰のものであるか定まっていないからです。月の主権がどこに帰属するのか、それが曖昧だからです』

ソーネチカは自分の発している言葉が地球で暮らす人たちに正しく伝わるように、ありとあらゆる方法と手段を試していたけれど、それはあまり上手くいっていない。ソーネチカの言葉の多くが、彼女の意図しない形で報道されるからだ。情報は拡散される過程で捻《ね》じ曲げられ、歪《ゆが》められ、間違った形で届けられた。地球で暮らす人たちがソーネチカの言葉を受け取る頃には、その言葉は空っぽで意味のない残りカスみたいな言葉の残骸へと成り果てていた。適当に切り貼りされたコラージュのような言葉にすり替えられてしまうことだってあった。

『だからお願いです――地球の皆さんにも、この月のことを考えてもらいたいのです。私に向けてくれた愛情や興味を、少しだけでいいから月という星そのものと、そこで働く大勢の人たちにも向けてください』

ソーネチカはただ消費されるだけの月のシンボルとして扱われ、月の広告塔であり続けた。地球で暮らす人たちの願いを叶《かな》えるための都合の良い偶像として扱われ続けた。まるで、生まれながらにその役を押し付けられてしまったみたいに。衣装も台本も用意されて、ただその役を演じるためだけに舞台に上げられてしまったみたいに。

それでも、ソーネチカはその舞台の上で懸命に訴え続けた。与えられた役を演じながら、台本にはない台詞《せりふ》を叫び続けた。まるで新しい台本をつくるように——届かない手紙を書き続けたんだ。

一度も願うことをしなかったソーネチカは、地球で暮らす人たちの願いを叶えるために——宛名のない手紙を送り続けた。月と地球のために。

月でひとりぼっちのソーネチカは、今この瞬間も見えない壁と対峙《たいじ》し、懸命に立ち向かっていた。失敗し、傷つき、挫折《ざせつ》し、絶望し、跳ね返されると知っていてなお——ソーネチカはその壁を乗り越えようと地球に手を伸ばし続けている。

ひとりぼっちで。

『月は今、大きな壁に直面しています。地球で起こっている多くの問題が、この月を飲み込もうとしているのです。このままでは月はバラバラになってしまう。まるで甘いパンケーキを好き勝手に切り分けるみたいに、月の地図に多くの線を引かれてしまい——私たちは分断され、敵対させられてしまいます。月を地球のように複雑な星にしたくない。私はそう思っています』

そんなソーネチカの姿を地球から眺めていた僕は、気がつくと動きはじめていた。

もう一度、月に向かって手を伸ばしはじめていた。

もう一度、走りはじめていたんだ。

ゆっくりとだけど、少しずつ前に進みはじめていた。

あの頃――がむしゃらに走ることだけをしていたあの頃のように、僕はもう一度38万4400kmを埋めようと走り出した。

たった一つの理由のためだけに。

走る理由は――一つだけ。そのたった一つが僕の頭上で輝いていれば、僕は走り続けることができる。足を止めなければゴールにたどり着くことができる。どんなにゆっくりだろうと、走る足だけは止めてはいけない。

それが、このトレーニングのたった一つのシンプルなルール。

そのルールを、僕は再び自分に課した。

「あら、話に聞いていたよりも真面目にリハビリに取り組んでいるみたいじゃない？　元気そうで安心したわ」

僕を訪ねてきたエリーが、特に驚いた様子もなくそう言った。

「エリー、久しぶり」

「ええ。ずいぶんと久しぶりね。以前は嫌でも毎日顔を合わせていたのに、お互いずいぶんと歳をとったわね。不思議なものだわ」

僕たちがこうして顔を合わせるのは、エリーが言う通り彼女が地球に降りて以来だった。

僕たちは長い間、毎日顔を合わせていた。地球でも月でも。彼女のいない生活なんて考えられないと思っていた日々があったことを、僕はふと思い出した。でも、今は彼女のいない生活に慣れきっている。エリーの言う通りそれはとても不思議なものだし、時とともに生活というものは変わっていくものなんだと実感した。変わらないものもあるというのに。

「僕たちもずいぶんと歳をとったし、ずいぶんと変わったね」

「あなたは、あまり変わっていない気がするわ。この『ジョンソン宇宙センター』で出会った頃と何も変わっていない」

僕たちの再会は『ジョンソン宇宙センター』内のトレーニング室で、とてもムードのあるものとは言えなかった。僕は汗だくで、彼女は簡素な私服姿。なんだか部活動の後のように思えた。夏の練習の後の風景のように。そういえば、いつも僕を気にかけてくれていた先輩がいたことを僕は思い出した。

僕は、アメリカに移っていた。

テキサス州のヒューストンにある『ジョンソン宇宙センター』は、1620エーカーの敷地を誇り、百棟を超える建物からなる複合施設。宇宙飛行士を訓練するための場所であり、宇宙開発や月面開発の研究を行い、スペースシャトルや宇宙船の飛行管制のためのセンターでもある。ミッション・コントロールとも呼ばれている。SF映画などでヘッドセットを装着した大勢のスタッフが、スクリーンの向こうの宇宙飛行士と連絡を取り合っているおなじみの空間と言えば分かりやすいだろうか?『アルマゲドン』や『アポロ13』みたいな。

『ヒューストン』の通称で呼ばれているこの場所は——NASAの本拠地と言ってもいい。

『ヒューストン』自体が宇宙開発を行うための宇宙の街であり、1960年代に行われた人類をはじめて月に打ち上げたアポロ計画の中心地。アームストロングもオルドリンもこの街に住んでいたのだ。観光地としても有名で、ビジターセンターであるスペース・センター・ヒューストンが代表的だ。その他数多くの施設や展示がある。『ヒューストン・アストロズ』も『ヒューストン・ロケッツ』の本拠地だってある。

ロシアの星の街と対をなすような場所だ。

そんな宇宙へ繋《つな》がる街で、僕とエリーは出会い――そして今再会した。

「わざわざ顔を見せに来てくれたのか？」

「いいえ。あなたのリハビリを手伝いに来たのよ。あなたが地球に降りてくる日のために、いろいろトレーニングメニューを考えておいたのよ。大学にも通いなおして最先端のスポーツ医学も履修してあるわ」

「僕のために？」

「ええ。あなたが、もう一度月に上がれるようにね」

僕は驚きのあまり、なんて言葉を返せばいいのか分からなかった。もう一度月に上がろうと考えていることは誰にも相談していなかったし、誰かが味方になってくれるとも思っていなかったから。

誰一人、僕が月に上がることを認めてくれる人はいないだろうって思っていた。

もう一度月に上がるには――そして、もう一度宇宙飛行士としての任務を果たすには、僕はもう歳を取り過ぎていたし、ＮＡＳＡのどのミッションにも採用されないだろうという確信のようなものがあった。

だけど、僕はもう一度月に上がりたかった。たとえ、宇宙飛行士としてではなかったとしても。

宇宙飛行士を辞めることに――ＮＡＳＡやＪＡＸＡを離れることになったとしても、僕はもう一度月に上がると決めていた。どれだけ時間がかかったとしても。

「驚いた顔をしているけれど、私だけじゃなくて――みんなとっくに気がついているわよ。あなたがもう一度月に上がろうとしていることくらい。バーディなんてあなたのために今からＮＡＳＡと揉《も》める気まんまんよ」

エリーは困ったように言って、僕を見る。深い海のような瞳が、寄せては返す波のように揺れていた。

「ありがとう。正直、そんなに気にかけられているとは思っていなかったよ。ずいぶん、みんなに心配をかけていたんだな。ごめん」

「あなたは、いつだって前じゃなくて、上しか見えていないのよ。いつだって、宇宙と月を見上げて走り続けている。だから、目の前にいる私たちのことなんて気にもならないのね？」

その手厳しい言葉に、僕は苦笑いを浮かべた。自分がひどくわがままで傲慢《ごうまん》だったことに、今さらながら気づかされていた。

「でも、あなたはそれでいいのよ」

エリーはとても優しい微笑《ほほえ》みを浮かべて頷《うなず》いた。こんな僕の全てを肯定してくれるみたいに。

「あなたは――それでいい。そんなあなたに、多くの人が憧れた。あなたの情熱に影響されて、多くの宇宙飛行士が宇宙へ上がり――月にたどり着いた。あなたの推力が、多くの人々を宇宙に導いたのよ。今この瞬間もね。分かってる？　私だって、その一人。月面勤務なんて希望していなかったのよ？」

エリーは僕を真っ直ぐに見つめながら続ける。彼女の瞳の奥に、とても綺麗《きれい》な星が輝いていた。

「でも、それも素敵な思い出ね。月での日々は、私の人生の大切な一部。だけど、あなたはまだ過去にしていないんでしょう？　あなたの人生は、きっと月にある。あなたの未来も」

「ありがとう。エリーにそう言ってもらえるとは思っていなかった」

僕は、彼女が地球へ降りる際に僕たちの間に起こった手ひどい別れを思い出した。あの時も、僕はちっとも周りのことが見えていなかった。

月と――一人の女の子のことしか考えていなかったんだ。

いや、二人の女の子のことしか。

「正直、僕は足を止めそうになっていたんだ。走るのをやめようとしていた」

僕は、白状するように言って続ける。

「僕は、もう十分によくやったって、僕にできることは全部したんだって――そう自分に言い聞かせていた。月を見上げるのがつらくなっていたんだ」

僕は、はじめて弱音を吐露《とろ》した。

「違うわよ。あなたは、一度も足を止めたことなんてない。今も、しっかりと走り続けている。私が保証する。あなたの一番そばにいて――あなたのことを一番見てきた私が言うんだから、間違いない」

エリーは確信しているように、そして僕の背中をそっと押すように言い続ける。

「あなたはいつだって全力で走っている。ペースなんて気にせずに。何か遠くのものに手を伸ばすみたいに。新しい目的地を探すみたいにね？　ソーネチカが生まれてからは、それがひどくなる一方。私なんか置いてけぼりで、あなたは自分でも分からない場所に向かってどんどん走って行ってしまった」

エリーは愚痴っぽく言って首を横に振る。

「でも、今ならわかるわ。あなたも迷っていたのね？　自分が何のために月にいるのか、自分が月のために何ができるのかを、必死に考えていたのね？　ソーネチカのために何をしてあげられるのかを、あなたはいつだって考えていた。それで、長い間に迷子になってしまっていた。それでも、あなたは走り続けた。私は、それについていけなくなった。脱落したランナーね。でも、あなたは違う。あなただけは今も走り続けている。だから、今度は私たちが打ち上げる。あなたをもう一度――月へ。あなたが望むなら、私たちがどんなことをしてでもあなたを――あなたの目指す場所につれて行く」

「エリー？」

エリーの決意に満ちた瞳を見て――僕は、自分がないがしろにしてしまったものを、振り返らなかったものの大切さを思い知らされた。僕が見ようとしてこなかったもののありがたさと温かさを、僕はようやく理解することができた。

宇宙飛行士は、絶対に一人では宇宙に上がれない。一緒に宇宙へ上がるクルーと、多くのスタッフや技術者たちの力があってはじめて、僕たち宇宙飛行士は宇宙に上がることができる。そんな誰しもが知っているはずのことを、宇宙飛行士にとって一番大切なことを――僕はいつの間にか忘れてしまっていたのかもしれない。

「ありがとう、エリー。僕は、もう一度、月に上がりたい。月でやらなくちゃいけないことがあるんだ。僕は、大切なものを月に置き去りにしたままだ。だから――力を貸してくれ」

そう口にした時、僕は僕の胸の中でスターターピストルの音がこだましたのを感じた。

それは新しいスタートの合図。

僕は、また小さな一歩を踏み出した。

束《つか》の間《ま》のインターバルを終えて、僕はもう一度月に向かって走り始めたんだ。

そこにいるソーネチカに向かって。

ソーネチカを迎えに行く。

その決意を、僕は今度こそした。

月に永遠にとどまり続けるために。

そして、ソーネチカの願いを叶《かな》えるために。

2　宇宙開発および月面開発を推進し支援する包括的な組織

それから、僕は再び宇宙に上がるためのトレーニングを続けた。元の肉体を取り戻すことに専念した。少しずつ走る距離を伸ばしていくように、僕のトレーニングは日々厳しく過酷なものへと変わっていった。今までよりも強固な体をつくるために、僕は必死になって自分の肉体を鍛え上げ、執拗《しつよう》に酷使し続けた。

トレーニングと並行して、僕は自分のチームを立ち上げることにした。

NASAの仕事に復帰してからの僕には、机の上での下らない仕事ばかりが回ってきた。宇宙開発安全対策委員会の委員長や、月面都市開発局の局長や、宇宙資源採掘調査室の室長など、ありとあらゆる意味のないポストが回ってきた。それらは言ってしまえば天下り先のようなポストで、これまで宇宙開発に貢献してきた僕へのご褒美《ほうび》のような役職だった。机に座って書類に目を通しているだけで、信じられないほどの報酬が手にできる夢のような椅子。だけどそれは、この世で最も存在価値のない椅子だった。

もちろん、僕は自分に回ってきた椅子を全て断った。そんなものは、一部の椅子取りゲームに参加している奴らだけが座ればいい。いや、そもそもそんな下らない椅子は、この世から全て消えてしまうべきなんだ。

僕は机の上でする仕事に何一つ価値を見出《みいだ》すことができなかった。だから、僕は自分のチームを立ち上げることにした。これまでの知識や経験を活かせる実務的で実行力のあるチームを。それには、僕の宇宙飛行士生活の全てを注《つ》ぎ込んだ。知識や経験だけでなく、人脈、組織、影響力――僕の人生の全てを。

それは宇宙開発を行うためのプロジェクトチームで、地球での資金集めやロビー活動を行うための組織となった。宇宙開発に携わる多くの研究者や、研究機関に資金を提供するための基金も設立した。

宇宙開発および月面開発を推進し支援する包括的な組織。そんな感じ。

僕はチームのリーダーを務めて、エリーは僕の秘書になってくれた。バーディやアレクセイも参加してくれて、他にも大勢の人たちが――これまで僕と一緒に仕事をしてきた多くの宇宙飛行士とスタッフたちが、僕の組織への参加を表明してくれた。面識のない若い宇宙飛行士や技術者、世界中の研究員や学生たちも後から加わってくれて、僕のチームはＮＡＳＡ内でちょっとした一大組織になっていった。

そのことでNASAやJAXAのお偉いさんたちは自分たちの地位や権力が傷つき、脅《おびや》かされるんじゃないかと不安や危機感を覚え、嫌がらせや妨害工作をしてきたけれど、僕たちはそんなのものを気にもかけなかった。立派な椅子でただふんぞり返っているだけの奴らには、いい刺激になったんじゃないかと思う。

僕たちのチームは宇宙で働き、宇宙で暮らす人たちに向けての支援を行った。宇宙で暮らす人たちが少しでも豊かな暮らしができ、不自由な思いをしないように、権利の保障やそのための法整備を行った。

それは、とても大切で必要なことだった。

人類はすでに新しい時代に突入していて、宇宙のみで人生を完結させる人たちが現れ始めたからだ。


宇宙時代の幕開け。

宇宙植民の時代。

そんな耳触りのいい言葉が多く並んで、センセーショナルにニュースの見出しを飾ったけれど、現実はそんなに素晴らしいものでも、美しいものでもなかったんだ。とても残念な話だけれど。

宇宙で人生を完結させることになった最初の人たちは、ただ地球に帰れなくなっただけなのだ。彼らの多くは貧しい人たちで、仕事を求めて、労働をするために宇宙に上がり月にたどり着いた。

たしかに、月での仕事の報酬は高額だ。それでも地球で働くよりはマシという程度で、そのためだけに人生を費やすようなものじゃない。大金持ちにはなれないし、ゴールドラッシュのような夢や希望があったわけでもない。ゴールドラッシュですら、本当に儲《もう》けることができたのは一部の資産家や起業家だけだったように。

彼らの多くは地球で暮らす家族に仕送りをするために、仕方なく宇宙に上がってきた新時代の移民であり難民だった。

月に上がった労働者の多くが、一世一代の決意で月での仕事に就いた。彼らのおかげで月は発展した。彼らがいなければ宇宙開発も月面開発も、今日の地球の発展もない。そんな勤勉な労働者たちが今、暗い宇宙で——地球から遠く離れた月で危機に瀕《ひん》している。地球に帰ることができないという恐るべき事態に。

宇宙での生活には、毎日数時間の筋力トレーニングが義務付けられている。それは地球に帰る時のためであり、地球に帰った後にスムーズに地球での生活に戻るための最低限の準備だ。だけど、その義務を守らない労働者が多くいることを、僕たち宇宙飛行士の誰もが知っていた。もちろんＮＡＳＡも、労働者を送り出す各国の政府も、マスメディアだって知っていた。でも、誰もその問題を気にしたりしなかった。誰もが見て見ぬふりをしてきた。月の労働者たちは半年ほどで地球に帰るからだ。筋力トレーニングをさぼっていたとしても数週間入院をする程度でどうにかなる、そんなレベルの話だったたから。

だけど、現在はそうではない。多くの企業や業者が宇宙開発に参入し、独自の雇用や企業のルールで労働者たちを募るようになると、労働者たちの労働環境は恐ろしいまでに劣悪になった。数年間一度も地球に降りることなく働き続け、その間に一切の筋力トレーニングを行わない労働者が現れ、彼らが地球に降りようとした頃には手遅れになっている事例が多数報告された。そんな彼らに残された道は、月に留《とど》まり続けてそこで人生を終えることだけ。なぜなら、地球に降りるための訓練やトレーニングをするには莫大な費用がかかるからだ。その上、彼らの多くは歳を取り過ぎていた。

ソーネチカが危惧《きぐ》したように、月では地球に帰還できない労働者が社会問題と化していた。彼らが月で人生を終えるための支援や政策が必要だった。もはや他人事《ひとごと》のように地球で月の法律や政策を決定していたのでは間に合わないところまで来てしまっていた。問題が起こる速度に全く対応できず、何もかもが手遅れになりかけていた。

月は自治を求めていた。

自分たちの政府や議会を必要としていた。

ソーネチカは、そのことを叫んでいた。

僕たちのチームは、その声に応《こた》えるように活動した。ソーネチカが月から地球に向けて言葉を届けるように——僕たちは、地球から宇宙に向けて、彼女の言葉に呼応するように行動した。地球と月がともに手を伸ばし、ともに手を取り合おうとするように。

相変わらず、僕とソーネチカは一度も言葉を交わしていなかったけれど、それでも僕はソーネチカに彼女の言葉が届いているというメッセージを送り続けた。僕は地球にいてソーネチカの言葉にしっかりと耳を澄ましているよ、と伝えるように。

僕たちは、月と地球——対岸に立ちながら、お互いの岸に橋を架けるように歩幅を合わせて行動した。両岸から橋を伸ばしていき、いつかその中心で僕たちの架けた橋が繋《つな》がるように。結ばれるように。

「月の労働者が月で一生を過ごせるようにする政策も大切だけど、もう一度地球に戻るための訓練を行えるプログラムも必要だな？」

　僕たちは月のために何度も何度も話し合い、議論をし、会議を繰り返した。その議論は常に白熱した。

「家族を月に呼びたいという労働者も増えています」

「それに関しては、月の経済の発展にもなるので進めるべきなのでは？　人口の増加は歓迎すべきことです」

「急速な人口増加は社会的不安が増すのでは？　治安の悪化にもつながります」

「どの道、労働者の数は足りていない」

「宇宙や月での労働者の採用に厳格な基準を設けるために、国際的な法整備を進めているので、今後は今まで以上に労働者の数は足りなくなりますね」

「それよりも、今後は月での出産を視野に入れなくちゃなりませんよ」

「第一世代のルナリアンが誕生するのは、もう避けられないでしょうね。ルナリアンの子供たちに対しての法整備と、彼らを国際的にどう扱うのかのほうが先決ですよ。どこの国に属して、どこの国の法が及び、彼らの人権や権利がどのように守られるのかを早急に考えなければ」

　議論は続く。

　小さな一歩を積み重ねながら。

「宇宙での医療の問題も山積みですね」

「医療保険への加入を義務付けてはいますが、月の市民全員を対象とした医療制度となると、現状の予算では難しいですね。民間の保険会社に頼るのも限界があります」

「月の経済圏は経済の規模としてはすでに一国を上回る規模なので、あとはどのような制度をつくるかですね」

「税制度の導入が必要でしょうね」

「月を国にするというのは、もう少し時間がかかるでしょうからね？」

「今は、自治権とするのが精一杯だろうなあ」

「どこの国も、自分たちの影響力や利権を手放したくないでしょうからね」

「全ての国が共同で統治するというのは難しいですよね？」

「無理だろうな」

「地球の小さな一地域ですら不可能なのに。遠く離れた宇宙じゃなおさらだ。我々はまだ国家という枠組みを超えられずにいる」

僕たちは、いつも会議室で頭を抱えていた。

研究者、技術者、法律家、社会学者、そして宇宙飛行士——様々な職業、様々な専門家が知恵を振り絞った。アイディアを出してはそれを打ち消して、また新しいアイディアを出していくという作業を繰り返した。前に進んでいると思える時もあれば、後退していると感じてしまうこともあった。

それでも、僕たちは足を進め続けた。

小さな一歩を積み重ねながら。

歩みはいつの間にか速度を増していき、走るという行為になった。たった一人で走り出した僕の長い道の後ろには、今大勢のランナーがいた。共に走る道の先には、未来があった。

僕はいつの間にか、人類全員と一緒に走っているような気持ちになっていた。

次の世代に——新世代にバトンを渡すために。

「今の言葉を、もう一度言ってくれないか？」

議論が沸騰する中、僕は引っ掛かりを感じて議論を一度止めた。

「国家という枠組みを超えられずにいる。ですか？」

「その前だ」

「地球の小さな一地域？」

「そう。それだ」

僕は、その言葉にひらめきを覚えた。高いところから落とした雫《しずく》が、遠くまで跳ねたような音が聴こえたんだ。

「そういえば、日露が共同で開発しようとしていた北方四島のプロジェクトはどうなっているんだ？　宇宙開発のための施設をつくるって話だったはずだけど」

それは以前に、僕がソーネチカに話して聞かせた計画だった。そのことを、ふと思い出した。

北方四島は、僕にとってとても特別な場所だった。

日本という、とても高いところからこぼした雫が飛び跳ねた形のような島国の——さらに遠くまで雫が飛び跳ねてできたような小さな島々。ロシアでは、南クリル諸島と呼ばれている。択捉島《えとろふとう》、国後島《くなしりとう》、色丹島《しこたんとう》、歯舞群島《はぼまいぐんとう》からなる日本最北の地で、今もロシアが実効支配をしている領土問題を抱える第二次世界大戦の傷跡。

過去、何度もこの北方四島を取り戻そうと多くの政治家や、時の政府が力を尽くしてきたけれど、今もその島と領土は返ってこず、北方四島で暮らしていた島民の方々は、ついぞ故郷に帰ることができないままとなってしまった。

結局のところ、僕たちはまだあの戦争を引きずったままでいる。ロシア――当時はソ連――には、ロシアの言い分や大義があるのだろうけれど、その島々は間違いなく僕たち日本の領土であり、返還されるべき島々だ。日本にとって――日本の歴史と日本国民にとって、北方四島は特別な意味を持つ島であり土地であり領土だ。

その上に、僕にとっては個人的な意味を持つ特別な場所。

僕たちは――僕とユーリヤは、かつてこの場所を賭けた。

お互いの人生とともに。


『北方四島を賭けたっていいんだから』


それはユーリヤの口癖で、彼女はいつも自分の人生を賭けてその言葉を口にした。

ユーリヤの最後の賭けも――今のところは、彼女が勝ったままだ。

僕は、そろそろこの賭けに勝つべきなのかもしれない。

僕なりのやり方で。

それに負けっぱなしというのは、なかなかに堪《こた》えるものなのだ。

「その北方領土の開発に、僕たちのチームが参加できないか調べてみてくれないか？　現在の状況や、共同開発の問題点についてもなるべく詳細な報告書をつくってくれ」

僕がそう言うと、チームのメンバーは驚いて僕を見た。エリーが口を開く。

「本気で北方四島の開発に関わる気なの？　このプロジェクト自体、日露の政府がお互いの国民にアピールするためだけの形式的なものよ。どちらの国も、この共同開発がうまくいくなんて思っていない。そんなの分かるでしょう？」

「分かってるさ。でも、だからこそ、僕たち宇宙飛行士が役に立てるはずなんだ」

僕は声を強くして言葉を続けた。確かな未来が、その言葉の先にはあるような気がしていた。国境線を乗り越えることができる未来が。

「僕たち宇宙飛行士は、国境線に左右されない唯一の職業だ。宇宙には、国境も領土も存在しない。この世界中のありとあらゆることに線を引き、でたらめに区切ってしまった、分断してしまった様々な問題が、いかに下らないかってことを、僕たちはそろそろ声を大にして語るべきなんだ。そのことの意味を、僕たちならきっと伝えることができる。それにこの問題は、僕たち人類の問題だ。僕たちはその最前線にいないというだけで、この問題の延長線上に立っている。誰かが向き合わなければ、多くの問題は解決せずに棚上げされたままなんだ。僕たちが無関心を貫けば、いずれ棚上げされた多くの問題は宇宙にまで持って行かれ、宇宙や月にまで国境線を引いてしまうだろう。宇宙に地球のつまらないいざこざを持ち込むべきじゃないってことを——僕たち宇宙飛行士が示すんだ」

僕がそう言うと、チームのメンバーは顔色を変えて僕を見た。何かの気づきを得たみたいに。僕の言葉の意味を考えて、自分たちに何ができるのかを真剣に考え始めてくれた。

「NASAは快く思わないと思うわよ？　アメリカだって。日露で共同の宇宙開発プロジェクトなんて、自分たちだけ蚊帳《かや》の外なのよ？　ロシアは自分たちの鼻先にアメリカの機関を介入させようなんて絶対に思わないだろうし。交渉は相当難航すると思うけれど？　大丈夫なの？」

「大丈夫だろう。アレクセイや他のロシア人宇宙飛行士にさっそく連絡を取ってくれ。NASAのほうはバーディに任せよう。とにかく、僕たちが主導してこの開発プロジェクトを前に進めるんだ」

強くそう宣言をして、僕はこの北方四島の共同開発プロジェクトに参加する決意を表明した。そうして僕たちは幾つもの計画や研究開発、支援や援助を行った。大勢の人たちの力を借りることで、僕たちは小さな一歩を積み重ねていった。それがいつか、大きな飛躍になると信じて。

僕はそれと並行して、体力トレーニングや肉体改造を続けていた。もう一度、宇宙に上がるその時のために。その準備は、ほぼ出来上がっていた。

だけど、いつまで経《た》っても僕に新しい任務は与えられなかった。NASAやJAXAの誰もが、もう僕が宇宙に上がる必要はないと説いた。同僚の宇宙飛行士や技術者たちでさえ、このまま地球での仕事を継続するようにすすめた。

そのことに対して、僕は頑《かたく》なに首を横に振り続けた。

宇宙でしか――月面でしか、できないことがある。

最前線に立つことでしか見えない景色がある。

僕は、そこにたどり着くためだけに走り続けているのだ。

ソーネチカに再会するために。

彼女をひとりぼっちにしないために。

僕は最終手段に出ることにした。

「申し訳ないけれど、このまま月面行きの許可が降りないのなら、僕はＮＡＳＡとＪＡＸＡを離れて独立します。そうだなあ？　自分の会社か団体でも設立しようと思います。財団でもいい。そうなれば、現在我々が携わっている事業や研究、設立した基金なども全て引き上げることになるでしょう。我々の協力や支援を求めている国や機関はいくらでもある。宇宙開発競争は加速するでしょうし、宇宙開発に参入したい途上国は大いに喜ぶことでしょう。それでもかまわないのなら、僕をこのまま重力井戸の底に縛りつけておけばいい」

最終的に、僕は長い時間をかけて入念に用意しておいた計画という名の脅《おど》しをチラつかせて、強引に月面行きの切符を手に入れた。その切符はＮＡＳＡやＪＡＸＡの指示や命令を受けることなく、僕自身の裁量と権限で月面に留《とど》まり続けることができるというフリーパスとなった。

これで僕は、自分の人生を宇宙と月で完結させることができる。ソーネチカの隣に、いつまでも彼女の傍《そば》にい続けることができる。

僕が地球に降りてから、ずいぶんと時間が経《た》ってしまっていた。

その間に、地球も月も大きく様変わりしていた。

それでも、夜空に月は浮かんだまま。

僕が人生ではじめて月に行くんだと決意したあの満月の夜から——月は、ずっとそこに浮かんだままだ。僕はあの頃から手を伸ばし続けた月に、ようやく再び足を下ろすことができる。

もう少しでソーネチカに会える。

だけど、僕が再び月に上がった時に待っていたのは――

ソーネチカの消失だった。

3　素敵な旅

「それじゃあ――僕は、月に上がるよ」

軌道エレベーターの地上ステーションには、再び多くの人が見送りに来てくれていた。僕をもう一度宇宙に送り出すために、多くの人が背を押しに来てくれていた。僕は今、大勢の協力のおかげで宇宙に上がることができる。

宇宙飛行士は、一人では宇宙に上がれない。絶対に。そのことの意味を、僕は強く噛《か》みしめていた。

宇宙開発に携わってきた全ての人の小さな一歩が積み重なり、長い道のりを歩み続けた結果――僕たちは今ここにいる。誰もが気軽に宇宙に上がることができる時代を迎えている。そのことの意味を、僕は深く心に刻み付けていた。

人類が踏み出した大きな一歩を。

「相棒、元気でな。地球のことは俺たちに任せて、お前は月で存分にやりたいことをやれよ」

「ありがとう、バーディ」

僕たちは固い握手を交わした。バーディは今にも泣きそうな顔をしていて、まるで永遠の別れを覚悟しているみたいだった。

「おいおい、これが最後ってわけじゃないんだぜ。そんな顔するなよ？　お前の部下だってたくさん来てるんだから、そんなんじゃ示しがつかないぞ」

「そんなのは、どうだっていいに決まってる。どうだっていいんだ。そうだろう？」

バーディは感情をこめてそう言った。僕も少しだけ泣きそうになった。

「そうだな。そんなのはどうだっていい。お前が月に上がってきたら、その時はまた飲もう。お前のおごりで」

「いくらだっておごってやる。月のクレーターを満杯にできるくらいの酒をおごってやる。だけど、俺はもう月に上がれないだろう。この体じゃもう無理だ。お前のようには、俺はもう宇宙には上がれない。せいぜい、地球から月を見上げるので精いっぱいだ。偉そうにふんぞり返りながらな」

「それだってお前の大切な仕事だ。なんて言ったって、お前はＮＡＳＡの長官なんだからな。大出世だ」

バーディは、いつの間にかＮＡＳＡの長官に任命されていた。その数年前には、長年の宇宙飛行士生活がたたって大きな手術をしていた。

人類が宇宙に進出したといっても、そこで生活を営むには宇宙はまだまだ過酷な環境だ。宇宙は本来、生物の存在できない空間。宇宙で人類が生きていくには、これから先も多くの問題を解決しなければならない。

その一つが、宇宙病だった。宇宙は地球に比べて放射能の線量が多く、被爆の可能性が格段に上がる。大気に守られていない月面でも、それは同じこと。その結果、白血病《はっけつびょう》や癌《がん》といった病気のリスクが常に付きまとう。バーディも例外じゃなく、手術によって臓器を摘出していた。日常生活を送る分には問題はないけれど、彼が言うように宇宙に上がることはもうできないだろう。宇宙での医療は、今後最も重要な課題になってくる。

ずいぶんと痩せ細ってしまったバーディを見て、僕はあらためてそう思った。

「それじゃあ、相棒。そろそろ行くよ」

僕たちは強く抱き合って別れを済ませた。これきり二度と顔を合わせられない可能性があることを、僕たちは互いに知っていた。

宇宙とは本来、そういう場所なのだ。

僕たち宇宙飛行士は、そのことを誰よりも知っている。

「いよいよ出発ね？　月でのことはアレクセイに任せてあるから、あなたは、しっかりと自分の役目を果たしてきなさいよ。あなたなら、きっとうまくやれるわ。ここにいる全員がそれを信じている」

エリーもそう言って僕の背を押してくれた。

「ありがとう。行ってくるよ」

僕たちは強く抱き合った。お互いの胸のうちに様々な感情があることを知っていたけれど、僕たちはどちらもそれを口にしたりしなかった。僕たちは、どちらもそれを口にするべきではないと知っていた。

それは、心がしっかりと通っていた時に口にする言葉なのだ。

その時は、もう過ぎてしまった。

ずいぶんと昔に。

そして、その時は二度と訪れないだろう。

僕たちはそれを理解していた。

「ありがとう。あなたのおかげで、私はたくさんの素敵な景色を見ることができた。あなたとの日々は、とても素敵な旅だったわ。本当に素敵な旅だった」

「僕もだよ。エリーとの日々は最高の旅だった」

僕たちは笑顔で頷《うなず》き合った。

「ソーネチカとは、まだ連絡を取っていないんでしょう？　あなたたち、いつまでそんななの？ほんとお互いに不器用なんだから。早く顔を見せてあげなさいよ」

僕は苦笑いを浮かべて肩をすくめた。

昔から、僕はエスコートが苦手なのだ。大人になっても、それを克服することはできなかった。

僕は大勢の人たちに別れを告げて、軌道エレベーターのホームに到着したエレベーターに入った。席に座ってシートベルトを締めた後、ゆっくりと目を瞑《つぶ》る。不意に『フライ・ミー・トゥー・ザ・ムーン』のメロディが聴こえてきて、僕の胸を震わせた。

それはとても遠くから――まるで過去から届いて、未来で響くような音色だった。

その音楽が、僕を満たしてくれた。

『私を月につれて行って』と言った女の子が、僕の隣に座っているみたいな気持ちになっていた。

気がつくと、僕は静かに泣いていた。

『ユーリヤ』と呼ばれる軌道エレベーターの中で『フライ・ミー・トゥー・ザ・ムーン』に耳を傾けながら――

僕は、静かに泣いていたんだ。

その涙は、ちっとも悲しくなかった。

寂しくもなかった。

ただ温かかった。

あまりにも温かすぎて、僕の胸はいっぱいになっていた。

かすかだけれど、遠くのほうから「いってらっしゃい」という声が聞こえた。

そのことが何よりも嬉《うれ》しかった。

また宇宙に送り出してもらえることが、なによりも嬉しかったんだ。その声があまりに優しかったので僕は込み上げる感情の波にのみこまれて、一瞬自分がどこにいるのか分からなくなっていた。

迷子になってしまったような気分に――過去の中にいるような気持ちになっていたけれど、僕は自分がどこに向かっているのか分かっていた。

僕は、僕のたどり着くべき星に向かっている。

ソーネチカのもとに向かって走っている。

そして、未来に向かっている。

ねぇユーリヤ、僕は未来に向かっているんだよ。

4　ソーネチカの消失

「ソーネチカが、いない？」

ソーネチカの消失が伝えられたのは、僕が月の宇宙港についた直後だった。

僕を出迎えに来てくれたアレクセイが、申し訳なさそうに説明する。滅多に顔色を変えないアレクセイの表情が、とても切迫していた。彼の後ろには大勢のスタッフがいて、全員の顔色が曇っていた。まるで宇宙服の酸素が切れてしまったみたいに。

「申し訳ありません。ソーニャは、しばらく前から姿を消していて――現在、捜索中なのです。いえ、正確には捜索中でした」

「捜索中だった？」

いきなり飛び込んできたニュースに、僕は驚きを隠せなかった。

「はい。ソーニャは誰にも告げずに都市内にお忍びで出かけるので、今回もそれだろうと考えていたのですが、念のために月面都市の保安部が都市内の全エアロックを点検したところ、どうやら今は使われていない非常用のエアロックから月面に出たようです」

「月面に出た？　誰にも告げずに？」

「はい。誰にも告げずに。一人で」

アレクセイが深刻な表情で言って頷《うなず》く。取り乱さないように感情を抑え込んではいるものの、激しく動揺していることが見て取れた。

　僕は、そのことの意味を考えてみた。

　ソーネチカが一人で月面に出たことの意味を。

「ソーニャはローバーを使用しています。行き先は不明です。どこか行きたい場所があるのではと考えています」

「行きたい場所？」

　僕は、ソーネチカが行きたい場所を思い浮かべてみる。

　地球。

　それしかないだろうと思った。

「捜索はしているのか？」

「はい。ですが、ソーニャが月面に出たことが発覚したのが今から三十分ほど前なので、現在ローバーの準備や探査機の調整中で。動かせるローバーだけでは効果的な捜索は見込めない状況です」

「ソーネチカの宇宙服の酸素残量は？　通信はできないのか？」

「軽作業用の宇宙服なので、酸素残量はおそらくあと二時間ほど。予備タンクを背負っていないのはエアロックの監視カメラ映像で確認済みです。通信ですが、どうやらビーコンを切っているらしく、こちらから通信は不可能です」

「二時間？」

　僕は、頭の中で簡単な計算をしてみた。行き先までの時間と距離を計算し、それが一刻の猶予もないことを知る。

「大至急、動かせるローバーを一台用意してくれ。それと宇宙服を――」

僕は、急いで歩きだした。

宇宙港のエアロックに向かって歩きながら、スタッフたちに指示を出す。

「今から言うポイントに探査機を向かわせてくれ。それと衛星を動かしてカメラ映像を確認しろ。万が一のために医療スタッフを待機。ヒューストンとNASAにも支援を要請してくれ」

僕の指示を聞いたスタッフたちは、すぐに行動を開始した。

「あなたが捜索に出るのですか？　ここに残って指示を出すほうが効率的では」

アレクセイが提案する。それはとても妥当な提案で、この場合の判断としてはとても正しい。

だけど、ソーネチカは僕を待っている。

彼女を見つけるのは僕でなければならない。

そんな確信が僕にはあった。

「僕に行かせてくれないか？」

僕がそう言うと、アレクセイは穏やかな表情で頷《うなず》いた。

「私が同行しましょう」

「いや、僕一人で」

「ローバーを運転するにも、あなた一人では無理だ。船外活動は必ず二人以上で行う。宇宙飛行士の基本です。私は、それをあなたから教わった」

アレクセイは僕との訓練を思い出しながらそう言った。

船外活動は必ず二人で行う。

僕はソーネチカにも同じように説明したことを思い出した。

ＥＶ１がリーダーでＥＶ２は必ずＥＶ１の指示に従う。

ＥＶ２は今、ひとりぼっちだ。

誰だって、ひとりぼっちで宇宙に出てはいけない。

それは宇宙飛行士の基本であると同時に、この宇宙の常識でなければならない。アレクセイも同じことを言おうとしている。かつて僕がそう教えたように。

「手伝わせてください」

「わかった。ありがとう」

僕は頷いた。

そうして、僕たちはローバーに乗り込んで月面を移動した。

夜の砂漠のような光景が目の前に広がり続け、そこには生命の息吹《いぶき》はまるで感じられなかった。

過酷な闇の世界。空気がないせいで遠くのものは近くに、近くのものは遠くに見える。あるものと言えば山と穴だけ。一歩間違えれば、死がすぐ隣に存在している世界。

そんな夜の世界に、ソーネチカは今ひとりでいる。

ひとりぼっちで。

「あなたには、ソーニャの行き先に心当たりがあるんですか？」

ローバーを運転しながらアレクセイが尋ねる。

「ああ。間違いなくソーネチカは今から向かう場所にいる」

僕は、確信をもって頷いた。

僕以外、誰もソーネチカを見つけることはできないと僕には分かっていた。ソーネチカは生まれた時からこの月で暮らしてきた。宇宙飛行士の誰よりもこの月に詳しく、月面居住区のありとあらゆる場所を知り尽くしている。

ソーネチカは月面が開発されるたび――新しい区画や、新しい建物ができるたびに、僕とともに視察に出向いていた。この月で彼女の知らない場所なんて存在しないし、この月に彼女よりも月に詳しい人間も存在しない。

そんなソーネチカがその姿を消してしまおうとしたら――誰にも彼女を捕まえることはできない。月は、ソーネチカの城であり庭だ。月面と宇宙は、ソーネチカのための海なのだから。彼女は月の妖精のように華麗に月面を舞い、宇宙空間を人魚のように美しく泳ぐことができる。そんなソーネチカを見つけるなんて誰にもできるわけがない。彼女が見つかろうとしない限り。

僕は月面の大地を眺めながら、ソーネチカのことを考えた。

ソーネチカは、きっと僕のことを待っている。

それと同時に――ソーネチカは、この月から消えてしまいたいと思っている。

僕には、そのことがどうしてかわかった。

それは、ある種の予感のようなものだった。

ソーネチカはこの瞬間――最後の壁に立ち向かおうとしているのだ。その壁を壊すために、自らの未来を切り開くために。

「ソーニャは、あなたが地球に降りた後もずっと地球に降りるための訓練を欠かしませんでした。毎日毎日必死にトレーニングをして、様々な方法を試して、失敗しては立ち上がって、転んでは立ち上がって、地球に向かって手を伸ばし続けていました」

ローバーの中で、アレクセイはそう教えてくれた。

ソーネチカは幼い頃に恋焦がれ、手を伸ばし続けた青い星にたどり着こうとしていた。

今も。

きっとこの瞬間も。

そのことが、僕はたまらなく嬉《うれ》しかった。

それでも、ソーネチカはきっと孤独でたまらなかったんだと思う。どうしようもなく寂しくて
――どうしようもなくひとりぼっちだったんだと思う。だからこそ、ソーネチカはこの月から消えてしまおうと考えたのかもしれない。最後の最後に残った弱い繋《つな》がりを信じて。かろうじて星と星とを繋ぎ止めている小さな引力に――全てを託して。

この瞬間、ソーネチカは生まれてはじめて星に願いをかけたのかもしれない。

恋焦がれ、手を伸ばし続けた青い星に。

だから、僕は絶対にソーネチカを見つけなければいけないんだ。


「ソーネチカ」

僕がローバーを降りてその場所にたどり着いたとき、ひとりぼっちだった女の子は静かにそこにたたずみ――青い星を見つめていた。

「ソーネチカ」

僕がソーネチカを抱きしめると、青い星を見つめていた女の子は全てに打ち勝ったような表情で
――そして、未来を自らの手でつかみ取ったような顔で微笑《ほほえ》んでみせた。満月のように大きな灰色

の瞳からは、流れ星のような涙がこぼれていた。

「ほら、あなたにだって聴こえたでしょう？　宇宙の声を聴くことなんて、誰にだってできることなんだから。ちゃんと耳をすませば――それは、きっと聴こえてくる。こたえてくれるんだわ」

ソーネチカは「ふふん」と勝ち誇ったように言ってみせた。それは僕の大好きなソーネチカの顔だった。幼い頃から変わらない、自信に満ちた無邪気な笑みだった。

「ああ、ちゃんと聴こえたよ。宇宙の声が。ちゃんと届いたよ。ソーネチカの言葉が――」

僕は、そう言って強くソーネチカを抱いた。

もう二度と、離さないというように。

僕がソーネチカを見つけられたのは、正直なところ宇宙の声が聞こえたからでも、特殊な能力に目覚めたからでもない。

この場所は、月でも最も地球が美しく見える場所。

青い星が、まるで宝石のように輝く特等席。

僕とソーネチカが船外活動で訪れた思い出の場所だから。

あの時、ソーネチカは地球のあまりの美しさに泣いた。手を伸ばしてそこにたどり着くことを決意した。

あの日から、ソーネチカの長く苦しい旅がはじまった。だからソーネチカが僕を待つなら、この場所しかないと僕には分かっていた。ソーネチカが旅の終わりを迎えるなら、この月から消えてしまおうとするなら、この場所以外にはありえなかった。

だけど、この場所はユーリヤだけの特等席だ。

僕はこの場所でユーリヤとダンスを踊った。

この場所が、旅の終わりになるなんてことがあってはならないんだ。絶対に。

ここは、ひとりぼっちの女の子のための席じゃない。

新しい星に――誰かにたどり着くための出発の場所なんだ。

僕は今、ようやく新しい星にたどり着いた。

この場所にたどり着いてから見失っていた目的地に、星に。

ようやくたどり着いたんだよ――ユーリヤ。

「ソーネチカ？」

僕は、僕の胸の中で静かにしているソーネチカの名前を呼んだ。

「ねぇ、そんな顔をしないで？　あなたには悪かったと思っているけれど、これは私にとってとても大事なことだったの。絶対に必要なことだったの。これから先も月で生きていくためには、私はこうするしかなかったんだから」

ソーネチカは涙を流しながらそう伝えた。

「わかってる。ぜんぶわかってるよ。でも、無事でよかった」

僕の宇宙服から彼女の宇宙服に酸素が供給されている間、僕はやはりソーネチカを抱きしめ続けた。やはり、もう二度と離さないと伝えるために。

ソーネチカは僕の胸の中で借りてきた猫のようにおとなしくなった。それがとても愛《いと》おしかった。

こんなにも大切なものが、まだ僕の人生に残っていたんだと実感できるくらいに。

「私ね、ちっとも怖くなかったんだから」

ソーネチカの声は震えていた。

「私には、ぜんぶわかってたんだから。あなたがこの月に上がってくるって知った時から、あなたは絶対に私を迎えにきてくれるって、私にはわかってた。ノロマな亀だって、最後にはウサギに追いつくでしょう？　昔話にだって書いてあるんだから」

ソーネチカの声はとても安堵《あんど》していた。

「あなたが必ず来てくれるって――わかってたんだから」

それは、ただの強がりだった。

僕が到着した時、ソーネチカの宇宙服の酸素残量は残り五分程度しかなかった。僕の到着が遅れていたら、彼女は間違いなくこの場所で最期を迎えていただろう。

青い星を――地球を眺めながら。

恋焦がれた星に魂だけをつれて行こうとするように。

ソーネチカは、そうなることを受け入れていた。彼女が語ったように、これはソーネチカにとって必要なことだったのだろう。試練や儀式のようなものだったのかもしれない。この月でこれから先も生きていくための。思春期や反抗期の家出のようなものなのかもしれない。ソーネチカ流の。この儀式を終えることで、この試練を乗り越えることで、ソーネチカは前に進むための決意を新たにしたのだと思う。

僕たちは宇宙服のヘルメットをくっ付け合って、互いの顔を覗《のぞ》き込んだ。そこに浮かんでいる表情や感情、会わずにいた時間の長さ、僕たちの思い、これから先の未来、その全てを理解しようとするみたいに。

「私ね、いつの間にか月を嫌いになりかけてた――」

ソーネチカはおもむろに語りだした。僕はそっと耳を傾けた。

「この月は、地球で暮らす人にとってはただの通過駅なのに、私にとっては終着駅――私だけの終点なんだって思い込んでいた。私はこの月に閉じ込められて、そしてこの月で孤独に死んでいくんだって、そんなふうに思いはじめちゃったの。ひとりぼっちで」

ソーネチカは、僕の手を強く握った。

僕は僕の思いを言葉にしようとしたけれど、ソーネチカの大きな灰色の瞳が「なにも言わないで」と語っていた。ただ静かに自分の話を聞いてほしいと訴えていた。僕が宇宙服のヘルメットをこつんと当てて「わかった」と頷《うなず》くと、ソーネチカは「よろしい」といった感じでおしゃまに頷いた。

「この月は、私だけを閉じ込める冷たい世界で、私だけのディストピアなんだって思い込んで、私はその考えに取《と》り憑《つ》かれちゃっていたの。まるで、私の中に悪霊が入り込んで取り憑いてしまったみたいに。物事の全部が悪いものに見えて、何もかもを悪い方向に考えるようになっちゃってた。発情期の猫みたいに刺々《とげとげ》しくなってた」

ソーネチカは冗談っぽくこぼしてくすりと笑ってみせた。

「でもね、今は違うの。今は、この月を好きになれそうな気がしてる。ううん。もう大好き。あなたや、たくさんの人たちが、私のためにこの月を善《よ》くしようとしてくれた。そのことが、今の私にはよくわかるもの」

ソーネチカは、憑き物が落ちたような晴れやかな顔をしていた。

まるで、彼女が手を伸ばし続けた青い星のように。

「私ね、あなたが地球に降りている間に、いろいろなことを学んだのよ。月のこと、地球のこと、昔のことや――未来のこと。いろいろなことを学んで、いろいろなことを考えて、それで今こうやって地球を眺めてみて――私、ようやくわかった」

ソーネチカは目の前に広がる大きな青い星を見つめた。光り輝く満月のような瞳で。

なんて気高く、なんてきれいなんだろう。僕は心からそう思った。

「ああ、私はこの月で生きていくんだなって」

そう言ったソーネチカの言葉は決意に満ちていたのだけれど――その表情はどこか切なく、どこか寂しかった。彼女のその言葉には、僕の姿がなかったから。隣に寄り添ってくれる誰かがいない言葉は、いつだって寂しいものなのだ。

僕はまだ、ソーネチカの人生から切り離されたままだった。

そのことが、少しだけ悲しかった。

「ここは私の生まれた星で、私だけの星なんだって、私ようやくわかったの。たまにはイライラして、どうしようもなくなって当たり散らしたりしちゃうけど、それでも私はこの場所が――この月が大好きなんだって、わかったの」

ソーネチカの頬を一筋の涙が伝った。それはやはり流れ星のように美しい涙だった。永遠につかまえておきたいと思ってしまうほどに。

「私がこの月を大好きでいられるのは、あなたがたくさんの思い出をくれたから。あなたは、いつだって私のそばにいてくれた。私のことを一番に考えてくれた。いつも私を見ていてくれた。大切にしてくれた。だから、私はこの月を大好きでいられるの。ありがとう。今までそばにいてくれて。これから先、私はひとりになっても大丈夫だと思う。あなたが地球に帰っても――私はもう大丈夫」

ソーネチカは自分の決意を告げ終えると、満面の笑みを浮かべてみせた。満天の星の下で見るその笑顔は――そして、何年かぶりに見る彼女の心からの笑顔は、この宇宙で一番輝いて見えた。

「私たちは、遠く離れていても繋《つな》がっているんだって信じることができるから」

その笑顔を、僕は永遠に忘れないだろうと思った。

その笑顔は、永遠に忘れられないたぐいの笑顔だなってそう思った。そんな笑顔を二人の女性から向けてもらえるなんて、僕はとても幸せだ。この宇宙で一番の果報者なのかもしれない。

僕は、この幸せを永遠のものにしたいと思った。

「ソーネチカ、僕はもう地球には帰らないよ」

「え?」

僕の言葉に驚いたソーネチカは、意味がよく分からないと目を丸くする。

「この月に、ずっといるってことだよ。僕は、月の永住者資格を取得したんだ。だから、これからはずっとソーネチカのそばにいる」

「だめよ。そんなの。そんなのダメだわ」

ソーネチカは強張《こわば》った声でそう言った。そして声を震わせて続ける。

「あなたには、帰るべき場所が――あなたが生まれた星がある。故郷がある。今この月には、帰りたくても帰れない人がたくさんいる。その人たちはとても苦しんでいるし、とても悲しんでいる。

あなたにそんな思いをさせたくない。私のために、あなたの残りの人生を捨ててほしくないの。そんなこと、私は望んでいないの。私はあなたを縛りつける重力なんかにはなりたくないんだから」

その言葉を聞いて、僕は思わず笑みを浮かべてしまった。

ひどく懐かしい言葉を聞いたような気がしたから。

かつて、僕に同じ言葉をかけてくれた女の子がいた。その言葉は遠い過去から届いてはるか先の未来で響く、そんな美しすぎる言葉だった。

僕の未来はここにある。

ユーリヤ。

僕の未来はここにあるんだ。

そして、この先に。

「何がおかしいのよ？　私は本気で言っているのよ。あなたは地球に帰るべきなんだって、本気で――」

「ソーネチカのそばにいたいんだ。もう二度と、離れ離れになりたくない。そのためなら、僕は何もかもを犠牲にしたってかまわない。僕の全てをソーネチカにあげたいんだ。そのために僕は月に上がってきた――帰ってきたんだ」

「どうして？　どうしてそんなことをするの？」

ソーネチカはもう我慢ができないというように、ボロボロと涙を流しながら僕にしがみついた。

まるで子供のように。

僕の胸で元気に泣いていた赤ん坊の頃のように。

でも、彼女はもう子供でも赤ん坊でもない。

一人の女性だ。

僕は、にっこりと笑って言った。僕たちの未来を告げるように。

「ソーネチカのことが大好きなんだ。それじゃあダメかな？」

僕が言うと、ソーネチカは顔を真っ赤にして笑った。

「ダメじゃない。ぜんぜんダメなんかじゃない。ああ、嘘《うそ》？　信じられない。こんなにも素敵なことが——こんなにも幸せなことがあるなんて思いもしなかった。あなたがこんな素敵な贈り物をもって月に上がってくるなんて思いもしなかった。ねぇ、見て？」

その瞬間、ソーネチカはゆっくりと腕を上げて地球を指さした。

僕たちは二人並んで地球を眺めた。

そのあまりにも美しすぎる光景を。

「とってもきれい。それに、なんだか指輪みたい」

ゆっくりと地球の影から太陽が現れ、地球の輪郭《りんかく》を明るく照らしている。地球から顔を出した太陽は一際明るく輝き、まるで宝石のようにきらめいていた。

地球がリングで太陽が宝石の、星の指輪みたいに。

「これも、あなたの贈り物？」

「かもしれない」

僕たちは顔を見合わせてはにかんだ。

その星の指輪は、僕にダイヤモンドの指輪を思い出させた。

大きなダイヤモンドのついた指輪を。

「ほら左手を出してごらん」

僕はそう言ってソーネチカの左手を取った。そして地球に手を伸ばして星の指輪を取るふりをして、それをソーネチカの左手の薬指にはめてあげた。

「ああ、とてもきれい。この宇宙で一番素敵な贈り物だわ」

ソーネチカは、指輪のはまった薬指を眺めてうっとりと言う。

「夢じゃないよね？」

「夢じゃないよ」

「嘘《うそ》じゃない？」

「僕は嘘なんてつかないさ」

「ほんとうに私のことが好き？　大好き？」

ソーネチカはおずおずと尋ねる。

「大好きだよ。この世界で一番――いや、この宇宙で一番大好きだ」

そういった時、僕の胸は少し痛んだ。切なく、そしてどこか寂しく思った。だけど、僕は未来に向かって進んでいく。痛みを伴ったとしても、僕たちは前に進んでいくんだ。未来に。

その青い星を、大きな地球を背負ったソーネチカは――星の指輪をはめた花嫁は、この宇宙で一番幸せそうな顔で笑っている。その笑顔だけで全てが報われるような気がした。

僕の人生の全てが報われたような。

「ありがとう。私を迎えにきてくれて。ありがとう。私を大好きになってくれて。私も、あなたが大好きよ」

僕の胸に――大きな月が輝いた。

満ちた月が。

見えなくなっていた月を、見失いかけていた月を――僕は、ようやく取り戻すことができた。僕たちはまた、お互いのもつ引力を感じることができた。

こんなにも強く。

「さぁ、帰ろう。僕たちの故郷に」

僕たちは固く手を握り合った。

もう二度とお互いを離さないというように。

僕とソーネチカは月の大地に立ち――

美しすぎる青い星を背にして歩き出した。


未来に向かって。

5　月は無慈悲な夜の女王

世界で一番――いや、宇宙で一番お騒がせな家出を終えて『アームストロング市』に帰ってきたソーネチカは、大人の女性になっていた。

この月で強く生きていくという決意を胸に秘め、儀式や試練のようなものを経たことで、彼女は大きな壁を一つ乗り越えたんだと思う。少女時代を捨て去ることができたんだと。

ソーネチカの中で複雑に絡まり合っていたいろいろな問題の多くを解きほぐし、片付けることができたのだろう。いや、きっと多くの問題をそのまま、自分の中に受け入れることができるようになっただけなのかもしれない。それらの問題は、ソーネチカの中で答えを出す必要がなくなっただけなのかも。月には片付けることのできない、解決のできない問題のほうが多い。人生においても、きれいに片付いてしまう問題のほうが少ない。僕の人生だって、地球の中で起こっている問題だってそうだ。何一つきれいに片付くことなく、解決せずにただ前に進んでいる。

これから先も、僕たちの抱える問題の多くは山積みになったまま、解決されることなく先送りにされていくのだろう。

それでもかまわないと、ソーネチカはそれを受け入れることができた。

「ねぇ――」

僕を見つめるソーネチカの瞳には、もう以前のような妖《あや》しげな炎は滾《たぎ》っていなかった。灰色の瞳に宿った炎は消え去り、その表情や言葉からは刺々《とげとげ》しさが完璧に抜け落ちていた。嵐は完全に過ぎ去っていた。

棘《とげ》のような月の重力は、もうソーネチカを縛りつけていなかった。その満月のように美しい瞳に宿っていたのは――ただ、この月で生きていくという決意だけ。

「私ね、月に地球の子供たちが上がってきた時、本当に嬉《うれ》しかったの」

ソーネチカは、僕の入れたコーヒーを一口飲んでそう言った。コーヒーをブラックのまま飲んだ彼女は「なかなか悪くないわね」という表情を浮かべて、もう一口コーヒーを飲む。砂糖やミルクを入れることはなかった。

ソーネチカの部屋の本棚には、ドストエフスキーの本がずらりと並んでいた。『カラマーゾフの兄弟』、『罪と罰』、『悪霊』、『白痴』、『未成年』、『虐げられた人びと』、『貧しき人びと』――子供の頃に返り討ちにされた物語の数々が、誇らしげな表情を浮かべながら本棚に収まっている。おもちゃの一つもない大人びたソーネチカの部屋は、これまでの彼女の苦悩や葛藤《かっとう》を、そして数々の困難を乗り越えてきた軌跡を描いているように見えた。

ソーネチカが歩んできたこれまでの足跡が、しっかりと刻まれているように。

ずいぶんと時間が経《た》ってしまったんだなと――僕は、大きな時の流れにのみ込まれそうになっていた。

「月に上がってきたあの子たちにね、この月を大好きになってもらいたかった。私の生まれたこの星が、とても素敵な星なんだって思ってほしかった。でも、あの子たちの多くは、この月を終着駅にするためにやってきただけだった。そのことがね――とても悲しかったの」

ソーネチカは穏やかな表情に、悲しみの色を少しだけ浮かべながら言う。そして静かに言葉を紡いでいく。

「きっとこれから先も、この月にはもっと多くの悲しみが押し寄せてくる。もっとたくさんの人たちがこの月を訪れて、もっと多くの問題や課題が次から次に浮かび上がっては、解決もできずに先送りにされてしまう。もちろん、月で起こることの全てが悪いことばかりじゃないけれど、それでも私はこの月を悲しみで埋め尽くしたくないなって思うの」

ソーネチカは、抱いた決意の一つを表明するように語った。この月を抱きしめるように、胸の前で強く手を組んだ。誰かに祈ったり、星に願ったりするのではなく、自らの手で抱きしめるように。

「お星さまになっちゃったあの子たちが――月はとってもいい星だねって言ってくれるような、そんな場所にしたいの。そして、これから月にやってくる子供たちにも、月はとってもいい星だねって言ってもらえるようにしたい」

ソーネチカは窓の外に広がる宇宙空間を見つめながらそう言った。その姿はやはり星に願いをかけているようにも見えたけれど、そうじゃないと僕は確信していた。

もちろん、神さまにだって祈ったりもしないだろう。

それは、僕たち自らの手で叶《かな》えるべき願いなのだ。

ソーネチカはそれを自分の使命だと確信していたし、僕もそれを確信している。

僕たちは二人で、この月をよりよい星にしていく。

僕たちの後に続く、多くの人たちと一緒に。

ソーネチカは、その第一歩なんだ。

大きな飛躍のための小さな一歩。

「これから先、この月はどんどん大きくなっていくわ。いずれ、地球のどの都市よりも重要な場所になる。だけど、地球の人たちは地球のことしか考えてくれないと思う」

ソーネチカは、静かに月と地球について語りだした。穏やかな言葉を選び、理性的な態度で、月と地球の問題点を浮かび上がらせようとした。

ソーネチカは、地球人という言葉を選ばなかった。

かつて引いてしまった国境線を乗り越えようとしてくれた。

そのことが、僕はなによりも嬉《うれ》しかった。

嬉しかったんだ。

「だって地球の人たちは、自分たちの暮らしを豊かにするために、自分たちの生活を守るために、この月を開発しているんだもの。ヘリウム3のような安価でクリーンなエネルギーや、今にも枯渇《こかつ》してしまいそうなレアメタルが欲しくて、この月を目指した」

その通りだった。全ての宇宙飛行士が、そして宇宙飛行士を送り出す各国が、月にある豊富な資源を欲しがった。僕自身もそうだ。

僕たちはその先に待っている未来を、正しく見据えていなかった。月で生まれてくる子供がどのような人生を送るのか、そんなことは考えもしなかった。

ソーネチカは、視線を宇宙空間から月面へと移す。

遥《はる》か未来を見通すみたいに。

「でも、これから先はそうじゃない――」

彼女はゆっくりと首を横に振る。

「月ではいずれ完璧な自給自足がはじまり、この月のみで完結する経済圏ができあがる。そして近い将来、月への植民がはじまり、この月で人生を終える人々が大勢現れる」

ソーネチカが言った通りだった。

地球各国の政府は、月面への植民政策を水面下で進めていた。現在、月に上がったまま帰ってこられなくなった労働者を含めて、月面の人口を増やして月面の開発を一気に進めようという思惑があった。

人類が宇宙のみで生活を営む宇宙時代がやってこようとしていた。その流れを止めることはできないだろう。それはすでに、人類の歴史に刻まれたスケジュールとなっていた。時計の針は、今も動き続けていた。大きな列車を動かすために。

ちくたくちくたく。

「かつて、多くの人たちがアメリカ大陸に夢を見出《みいだ》して移民になったように、この月にも大勢の人々が夢と仕事を求めて植民になる時代が間違いなくやってくる。でも、地球の人たちは月の植民者を安価な労働力としてしか考えていない。月で暮らす人たちの責任を二倍にして、権利を半分にしてしまうかもしれない」

ソーネチカは両手を広げて訴えかけるように言った。

まるで、大勢の人に向けて演説をしているみたいだった。

「そして月への植民がはじまれば、この月ではたくさんの子供が生まれ――ルナリアンは珍しくもなんともなくなる。それが当たり前の未来がすぐそこまで来ている」

ソーネチカは、いずれ訪れる未来に思いを馳《は》せた。

「そんな時代が訪れた時、月で生まれた子供たちを守れるのは、ルナリアンの自由や権利を主張できるのは、きっと私しかいないと思う。私だけが、この月のことを思って――この月で暮らす人たちや、いずれ月で生まれてくる子供たちのことを思ってあげられる」

ソーネチカはこの時、はっきりと宣言をした。そして、宣誓をした。

自分が、いずれ――この月の女王になるということを。

僕は、ようやくソーネチカの意思と決意を理解することができた。僕が地球に降りてからの、そして今日までのソーネチカの歩んできた道のりや、行ってきた活動の全てが、この未来に繋《つな》がっていたんだと理解することができたんだ。

ソーネチカの描いてきた軌跡の全てが――月の女王になる未来を描いていた。

「私はね、この月を物語に出てくるディストピアのような場所にしたくない。ユートピアなんて大《おお》袈裟《げさ》な場所にできるとも思えないけど、それでも、この月で生まれてきた子供たちが飢えたり苦しんだりせずに、笑って暮らせるそんな素敵な場所にしたいの。月で暮らす人たちの権利が保障される星に。ちゃんと教育を受けることができて、好きな仕事に就けるような、そんな社会にしたい。もう二度と、子供たちの悲しむ顔を見たくない」

ソーネチカは、本棚に並んだ黒い背表紙――『１９８４年』の背表紙を優しく撫《な》でて言った。彼女がまだ幼い頃にビッグ・ブラザーを打倒するために示した最も簡単な答えを、ソーネチカは今こそ実行しようとしていた。立ち向かう勇気を表明したんだ。

「それは、きっと私にしかできないことで、私はきっとそのために生まれてきたんだって思うの。ううん。間違いなく、私はそのためにこの月で生まれた。今の私には、それがはっきりとわかるの」

ソーネチカは僕に向き直り、真っ直ぐに僕を見つめた。

二つの大きな満月の中に、温かな決意の灯《ともしび》が宿っている。

その灯は、この月を明るく照らすだろう。

間違いなく。

そしてその月明かりは、いつか地球をも照らしてくれると予感させた。

「でも、それを決意するのはけっこう難しかったっていうか、やっぱり怖かった。それに、私一人でそんな大きなことができるとも思えなかった。やっぱり、誰かにそばにいてもらいたいし、私のことを見ていてほしいなって、そんなことを考えちゃう」

ソーネチカはゆっくりと僕に向かって歩き出した。

すでに乗り越えた僕たちの間に引かれてしまった境界線——国境線を、もう一度乗り越えるように。乗り越え、分かりあい、分かち合ったことをはっきりと形にするみたいに。

「だから、あなたが私を迎えに来てくれた時、私を見つけてくれた時、私の決意は確信に変わったのよ。ああ、私は大丈夫なんだなって思うことができたの。だって月と地球であんなに離れていたのに、私たちの心はずっと繋《つな》がっていたんだもの。38万4400㎞の距離を、私たちは乗り越えることができた。それだけじゃなく、あなたは私のそばにいてくれるって、私のことが大好きだって言ってくれた。とっても素敵な贈り物をくれた。私は、宇宙一の果報者だわ」

ソーネチカは灰色の瞳に大粒の涙を溜《た》めていた。彼女はそれをこぼさないように、必死に耐えていた。

「あれは嘘《うそ》じゃないわよね？」

ソーネチカは冗談めかして尋ねる。

「嘘なんかじゃないさ。これから先、僕がずっとそばにいる。ソーネチカの隣に。何度でも言うよ。僕はソーネチカが大好きなんだ。これから先、僕の残りの人生の全てを、ソーネチカにあげるよ」

僕は再び、決意の言葉を口にした。

何度だって言葉にしたかった。

僕の言葉が届く距離にソーネチカがいることが嬉《うれ》しかった。僕の言葉に耳を傾けてくれるソーネチカが目の前にいることがとても幸せだった。こんなに嬉しいことはないと思ってしまうくらいに。

ソーネチカは、僕の未来だった。

彼女が生まれたその瞬間から、僕の新しい未来ははじまっていたんだ。

今なら、そのことが理解できた。

僕の人生は――この月にたどり着いた時に完結していた。

僕の人生の多くは、この月にたどり着くためだけのものだった。

一人の女の子と――ユーリヤと月で再会するために。ユーリヤを月につれて行き、月で一緒に踊った瞬間に、僕の人生はどうしようもないほどに完結していたんだ。

その先の人生を示してくれたのは、ソーネチカだった。

新しい星となって、僕をここまで導いてくれたのはソーネチカだった。

僕の人生の残り全ては、ソーネチカのものだったんだ。

はじめからそうだったんだ。

僕の言葉を聞いた瞬間、ソーネチカは再び涙した。今朝見た夢が現実になったような表情を浮かべながら、ソーネチカは静かに泣いた。

大人の女性の顔で。

「ああ、何度聞いても素敵だわ。私、本当に幸せすぎて死んじゃいそう。でも、あなたの人生の全てはもらえないわ。だから、あなたの人生の残りの半分を私にちょうだい」

「半分?」

「ええ。あなたは地球にとってもとても大切な人だもの。だから全部はもらえない。あなたの人生の残りの半分は、地球。もう半分は、この月と私にちょうだい。そうしてほしいの。私の人生だって全部はあげられないわ。私の人生の半分は、この月のためにある。でも、残りの半分はあなたにあげる。お互い、独り占めなんてできないんだから」

ソーネチカはとても幸せそうな顔でそう言った後、僕の胸に飛び込んできた。

全ての重力を——しがらみを振りほどいたように。

「私ね、私があなたをこの月に縛りつけていることに気がつけなかった。あなたが地球に降りるって聞かされる日まで、私があなたをこの月に縛りつける重力になっているなんて考えもしなかった。わかろうともしなかった。」

「そんなことないよ。そんなことはなかったんだ」

僕はその言葉を強く否定した。

「僕はこの月に自分の意思で留《とど》まった。僕はこの月にいたかったんだ。だから、ソーネチカがそんなことを気にする必要なんてないんだ」

僕が言うと、ソーネチカは困ったように笑う。

「あなたは、私のためにたくさんのものを犠牲にしてくれた。宇宙飛行士としてのキャリアも、地球で待っていたはずの栄光も、私はぜんぶをあなたから奪ってしまった。体だって地球に降りるのがやっとってくらいにボロボロにさせちゃった。それを知ってしまったら、あの日あなたを見送りになんていけなかった」

「犠牲なんかじゃない。僕は、ソーネチカになにも奪われてなんかいないんだ。僕はソーネチカにたくさんのものを与えてもらったんだ。僕はいつだって、僕がそうしたいからそうしてきた。ソーネチカは、僕の未来なんだ。だから、僕はこれから先もこの月に留まり続けるんだ。もう地球に帰らなくたっていい」

「それはダメよ」

ソーネチカははっきりとそう言って続ける。

「私は、あなたの人生の半分しかもらえないって言ったでしょう？　だからあなたはこれから先も、地球に降りるの。私はこの月で、あなたは地球で生きる。二つともとっても素敵な星なんだもの。私たちは二つの星を繋《つな》ぐ懸け橋になるの。それに、私が地球に降りた時に、あなたが私を出迎えてくれなきゃ。だから、あなたはこれからも地球に降りてね」

ソーネチカのその言葉は、優しさで溢《あふ》れていた。それ以上に、二つの星の未来は希望で満ちていた。

僕は、ソーネチカが地球に降りると言ってくれたことが嬉《うれ》しかった。恋焦がれた青い星に降りることを諦めていなかったことが、何よりも嬉しかったんだ。

僕たちはいつの日か、ソーネチカを迎え入れるだろう。

僕たちの生まれた星――地球に。

人類の母星に。

僕は、そのことを確信した。

今この瞬間に。

「わかった。僕はこれからも地球に降りるよ。僕は地球で生きていく。それで、この月に――ソーネチカに会いに来るよ」

「たくさん会いに来てくれなくちゃ、寂しくて泣いちゃうからね。月の兎《うさぎ》は、地球の兎よりも寂しがり屋なんだから」

ソーネチカはくすくすと笑った。

「いつか、私があなたに会いに行くわ。今すぐには無理でも、必ず地球に降りてあなたに会う。そして、地球の人たちに私の声を届けるんだから」

ソーネチカは幼い頃に描いた未来を、もう一度はっきりと口にした。人類のスケジュールに刻み付けるように。

「それでね、あなたと地球で過ごすの。長いお休みをとって。ああ、きっと素敵だろうなあ」

ソーネチカはうっとりと言って、僕の胸に顔をうずめた。

「ねぇ――」

そして僕を見上げたソーネチカの顔には、もう一つ別の決意が灯《とも》っていた。それは、どうしようもなく女性の表情だった。全てを捧《ささ》げた時に見せる、初心《うぶ》でいじらしく、しおらしい女の子の顔だった。

「今日だけは、私のことをソーニャって呼んで。それで、今日だけは私のことをとびきり甘やかしてほしいの」

ソーネチカは顔を真っ赤にして言った。大人びた端正な顔立ちが幼く歪《ゆが》み、その笑顔ははにかんでいた。灰色の瞳は宝石のようにきらきらと光っていて、少し乱れた白金《プラチナ》色の髪の毛は、天の川のように空中でなびいた。太陽の光を一度も直接浴びたことのない白い肌は、光を灯したように淡く輝いて見えた。

この瞬間、ソーネチカは宇宙で一番きれいだった。

「ねぇ、とびっきり痛くしてね？」

ソーネチカは耳元で囁《ささや》くように言った。

「今日は、思いっきり声を上げて泣きたい気分なんだから。最高に幸せな気分を、一生忘れられないようにしてね？」

僕がソーネチカを受け入れ、ソーネチカが僕を受け入れた瞬間――

僕は自分がボロボロの衛星じゃなくっていることに、最愛の女の子の背中を追いかけるスプートニクじゃなくなっていたことに気がついた。僕は誰かを受け止め、そして受け入れることができる大きな星の一つになっていたんだと知ることができた。

互いに引かれ合う星を受け入れることができる青い星に。

それは僕にとってとても寂しいことだったけれど、それ以上に大きな喜びとなって、僕の胸に新しい星の瞬《またた》きを生み出した。

これから先、僕はこの星の光を頼りに進んで行くのだろうと思うことができた。

これから先、僕は何度も迷い、何度も自分の居場所を見失うだろう。それでもこの星の瞬《またた》きさえあれば、僕は何度だってたどり着く星を見つけることができる。

何度だって前に進むことができる。

走り出すことができる。

夜空を見上げれば、いつだって月はそこにあり——

輝いているのだから。

Outro　地球へ

見上げていた月が夜空に向けて延びる橋に重なる。

僕は月に向かって伸ばしていた手を下げて、そこで思い出を打ち切った。物語のページをゆっくりと閉じるように。

大きな満月に重なった軌道エレベーターは、月にかかった塔か階段のように見えた。

僕が今いるこの場所は北方四島の一つ——

択捉島。

この、とても高いところからこぼした雫《しずく》が飛び跳ねた形のような島国の——さらに遠くまで雫が飛び跳ねてできたような小さな島は、日本とロシアが共同で行った宇宙開発プロジェクトによって新しい軌道エレベーターの建設地となった。

現在は、日露が共同で立ち上げた宇宙開発センターも置かれている。軌道エレベーターの建設も、宇宙開発センターも、僕の立ち上げたチームが参加したことで計画は軌道に乗った。もちろんスムーズにとはいかなかったけれど、日露両国もＮＡＳＡも最終的には僕たちの言葉に耳を傾けて、過去のいざこざや問題はいったん棚に上げて手を握り合うことを決意してくれた。

この軌道エレベーターは日露だけでなくＮＡＳＡも開発に参加しており、日米露がはじめて共同で開発した軌道エレベーターとなった。

四本目の軌道エレベーターは、国や国境という概念を超えようと多くの人が力を尽くした。本当に国境を超えることができたのかどうかは、後世の人類や後の歴史家の判断に委《ゆだ》ねることになるけれど、僕はそうなると信じている。

人類は、この瞬間に一歩を踏み出す。

その一歩には、もちろん月の存在が欠かせない。彼女の声がなければ、僕たちが共に一歩を踏み出すことはなかっただろう。間違いなく。

軌道エレベーターの名称は、この軌道エレベーターの建設に大きく力を尽くした女性の名前を冠して――

『ソーネチカ』とつけられた。

このエレベーターは、世界で二本目の「彼女」と呼ばれるエレベーターとなった。もちろん、一本目の軌道エレベーターは非公式に「彼女」と呼ばれているだけだけれど。そんなことは、どうでもいいことだった。

多くの人類が『ユーリヤ』と『ソーネチカ』に乗って宇宙に上がり――月へと向かい、そして地球に降りてくる。

そのことが、僕の胸を強く打った。

とても強く。

僕の魂を激しく揺さぶるように。

それは僕が想像したどの未来よりも、素敵で素晴らしい未来だった。

最高の未来だった。

自分の歩んできた道のりが、走り続けた先にたどり着いた場所が正しかったんだと――間違っていなかったんだと、確信できる未来だった。胸を張って誇れる、自慢できる僕の未来。僕は、その未来にたどり着くことができた。

今夜は、『ソーネチカ』のお披露目の日で――この軌道エレベーターが、試運転以外ではじめて稼働する運転開始日。

軌道エレベーターの周りには、『ソーネチカ』の初稼働を一目見るために、そして歴史の目撃者になるために、世界中から大勢の人が集まっている。択捉島に集まった人々は『ソーネチカ』の初稼働のカウントダウンを待ちながら――それと同時に、もう一つの存在が月から降りてくるのを待っていた。

宇宙に延びた橋に重なる月を見上げた人々は、それぞれが持参したメッセージやプラカードを掲げている。そこには世界中の言葉でこう書かれていた。

「おめでとう」

そして――

「おかえりなさい」

集まった人々は満月の浮かぶ星空の下で白い息を吐き、顔を真っ赤に色づかせながら待ちわびている。

記念すべき瞬間を。

奇跡ともいえる出来事を。

遠く離れた月から、この青い星へ――この地球に、月のプリンセスが降りてくるのを。

今夜は、ソーネチカが生まれてはじめて地球を訪れる記念すべき日。この日、ソーネチカは自身の名前が付けられた軌道エレベーターに乗って、はじめて地球の大地に立つ。故郷であり生まれ育った月を離れて、地球の重力に一歩足を踏み出す。

小さくて大きな一歩を。

残り十五分のカウントダウンがはじまると、集まった人たちから大きな歓声とどよめきが生まれる。

「ご覧ください、この大勢の人たちを。現在、この択捉島には百万人を超える人たちが押し寄せています。ここに集まった全ての人が、月のプリンセス――人類初のルナリアンであるソーネチカの地球帰還を目撃するために、世界中からはるばるやってきました。初運転となる軌道エレベーター、自身の名を冠したソーネチカに乗って――彼女がいよいよ降りてきます。その時は刻一刻と迫り、残り十五分を切った会場はすさまじい緊張感と熱気に包まれています。今この瞬間、世界中の人たちの視線がこの択捉島に向けられています。歴史の目撃者になろうと。世紀の瞬間を目撃しようと――」

ソーネチカが地球に降りてくるこの瞬間は、もちろん全世界に向けてのライブ中継やネット配信も行われて、世界中のテレビ局や新聞社がリポーターやカメラマンを派遣している。今この瞬間を、世界中の約二十億人が共有していた。

世界中の人たちが、ソーネチカが地球に降りてくるこの瞬間を待ちわびている。

ソーネチカを祝福するために。

僕は、再び月を見上げた。

夜空には無数の星々が瞬《またた》き、まるで星の川が流れているみたい。

そこには無数の願いが輝いているように見えた。

いつか叶《かな》えられる瞬間を待ちわびているように。

思い返せば、あれからずいぶんと長い時間が流れていた。僕は自分がどこから過去を思い返していたのかも分からなくなっていた。果てしない時間が流れているように思えた。

僕は、いったいどこから自分の人生を振り返っていたのだろうか?

ソーネチカが生まれた瞬間からか、僕たちの良好だった関係が少しずつすれ違い始めてからか、僕が挫折《ざせつ》とともに地球に降りてからだったか、再びソーネチカに会うために月に上がってからなのか――僕が地球で、ソーネチカが月で暮らすようになってからなのか、それは分からない。

もしかしたら、僕はあの『秘密の図書館』で運命の女の子と出会った瞬間から、僕の人生を振り返っていたのかもしれない。あの満月の夜の再会を、あの夏の夜空を、そして二人で見上げたペーパームーンを――紙の結婚式を、僕は思い返していたのかも。

もう、あれからどれくらいたったんだろうって。

そんなことを考えるたび、僕はもうずいぶんと時間がたったんだなって――過ぎ去ってしまった時間の膨大さに途方に暮れてしまう。過去の波にのみこまれてしまい、宇宙空間に放り出されてしまったような感覚に陥ってしまう。

自分がどこにいるのか分からなくなってしまうみたいに。

果てしない時の流れの中にいたような気がしてしまうんだ。

でも、僕たちはそんな果てしない時間の流れの果てに——ようやく、この場所にたどり着くことができた。

ソーネチカは星の海を越えて——

この地球に降りてくる。

国境線を越えるのではなく、星の川を渡って。

今日は七月七日。

七夕《たなばた》。

この日は、地球にとってもたくさんの願いがかけられる特別な日だったけれど、ソーネチカにとっても特別な日だった。

カウントダウンは、いよいよ残り5分を切った。軌道エレベーターのターミナルには、美しい音楽の調べが流れ始めた。

音楽はもちろん——

『ウェン・ユー・ウィッシュ・アポン・ア・スター』

『星に願いを』。

この音楽は、軌道エレベーター『ソーネチカ』のテーマソングとしても使われている。これは、ソーネチカの提案。『ユーリヤ』のテーマソングである『フライ・ミー・トゥー・ザ・ムーン』とは、また違った良さがある。

集まった大勢の人たちが、ソーネチカの選んだ音楽に合わせて手拍子をはじめる。声を合わせて歌を歌い始め、歌声は一つに重なって素敵なハーモニーを奏でた。

When you wish upon a star
Makes no difference who you are
Anything your heart desires
Will come to you

If your heart is in your dream
No request is too extreme
When you wish upon a star
As dreamers do

Fate is kind
She brings to those who love
The sweet fulfillment of
Their secret longing

Like a bolt out of the blue
Fate steps in and sees you through
When you wish upon a star
Your dreams come true

僕はそんな夢のような光景を目の前にしながら夜空に浮かぶ月を見上げて、そこにはもういない女性を――そして、永遠にそこに留《とど》まり続ける女の子のことを思った。

ねぇ、ユーリヤ――

ユーリヤが言ったみたいに、僕たちはずいぶん遠くまで来たよ。いろいろな問題を棚上げにしたまま、曖昧《あいまい》にしてしまったままだけれど。それでも、僕たちはずいぶん遠くまで行けるようになったんだ。

だけど、いまだにこの択捉島は――北方四島は返ってきてはいない。

賭けは、今もユーリヤが勝ったままだ。

それでもね、ユーリヤ――

僕たちは小さな希望を手に入れたんだ。

その希望は今、複雑な問題を抱え過ぎたこの青い星に——僕たち人類の母星である地球に降りてこようとしているんだ。そのことで、僕たちは少しだけ前に進むことができるだろう。

人類は前に進み続けている。

月での植民が始まり、月面には『コペルニクス』という二つ目の都市が建設された。月には議会と行政府が置かれて、月の経済圏は地球のどの都市よりも大きくなろうとしていた。

もちろん、ソーネチカに次ぐルナリアンだって誕生している。

これから先、宇宙のみで人生を終える大勢の人が現れる。

ルナリアンだって、これからどんどん増えていくだろう。

僕たちは宇宙への扉を開き——人類は宇宙の時代を迎えていた。


ねぇ、ユーリヤ——


そこから見てくれているのかな?

僕は果てしない時間の波に流されそうになりながら、月に伸ばしかけた手を握りしめて——その手を未来に向けて伸ばした。

10・9・8・7・6——

この記念すべき七月七日を祝福するために。

今夜は七夕《たなばた》。

願いが叶《かな》う日。

そして七夕は——ソーネチカの誕生日でもある。

月で生まれた小さな女の子ソーネチカが、長い時間をかけてようやく地球に帰ってこようとしていた。

星に願うのではなく、自らの手で願いを叶えようとしていた。

5・4・3・2——

音楽が鳴っている。

歌が聴こえている。

集まったたくさんの人たちが星に願いをかけている。

そして世界中の——

宇宙中の人々が。


——0。

希望と未来が今——

地球に降りてきた。

月のプリンセスが地球の重力をその身に感じて――

青い星の大地に立った。

「おめでとう。そして、おかえり――ソーネチカ」

Track7

オデュッセイアの恋人
The Planets Op.32

Intro　ハロー、スプートニク

ハロー、スプートニク。

you copy?

夜空に浮かぶ星に願いをかけてみても、その願いの全てが叶《かな》うわけではないことを僕たちは知っている。それでも僕たちは多くを願い、そして多くを求めてしまう。

それを人類のエゴと断じることはとてもたやすいけれど——僕たちが願うことを、求めることをやめることはないだろう。

それは僕たち人類の原始的な欲求であり欲望だから。願うこと。求めること。それらは僕たち人類を——人類と規定する物差しの一つなのかもしれない。その物差しは一本のレールでもあり、僕たちはそのレールの上を走る大きな列車に乗車していた。

人類という名の列車に途中下車はなく、僕たちは先へ先へと進まなければならない。遠く遠くへと。人類がいずれその存在を完全に損なってしまうか、もしくは人類が次のステージへと——完成へと至るまで。

人類は願い続け、求め続ける。列車は走り続ける。僕たち人類全ての願いを叶えるまで。

人類の長い歴史には、いくつもの転換点があった。文明の発達、産業革命、大規模な戦争、テクノロジーの進化。その中で最も大きな転換点となったのは、間違いなく人類の宇宙進出だろう。

人類は夜空に浮かぶ月を新しい開拓地とし――新しい時代の幕を開けた。月には豊富な資源があった。レゴリスをはじめとする様々な資源が。地球で暮らす人たちが湯水のごとく使ったとしても使いきれない量のエネルギーが。

そして、月には未来があった。

いずれ多くの人類が、その人生を宇宙のみで営み、完結させるという新しい人生の形があった。新しい時代の形があり、宇宙時代の到来を予感させる未来への可能性があった。

新しい未来への可能性は、行き詰まりを見せていた人類の新しい希望となった。

その希望には、地球という青い星に暮らす人類に――1Gの重力に押し込められて閉塞的になっている人々に、もう一度だけ空を見上げさせる輝きがあった。夜空に浮かんだ星々に願いをかけさせるだけの希望に満ち溢《あふ》れていたんだ。

そしてそんな夜空で一際明るく輝き、優しくも無慈悲に地球を照らす月は――人類に新しい希望を与える女王となった。

現在、月には三つの月面都市が建設されている。六千万人を超える人々が月で暮らし、働き――月での人生を営んでいる。六千万人のうちの六割が月の植民者であり、その人生を月と宇宙で完結させると決心した開拓者たちだった。植民者であり開拓者でもある人々は、新しい生活と仕事を求め、フロンティアスピリットを胸に宿して宇宙に上がってきた。月の大地に小さな一歩を踏み出した。

彼らは月の発展に貢献してくれた。今この瞬間も貢献し続けている。月の生活や習慣に順応し、新しいコミュニティをつくり、月を発展させ続けた。その後に続くことといえば結婚と出産であり、月の植民者たちは産めよ増やせよと、たくさんの子供たちを月で誕生させた。それが、当然のことであるように。宇宙に進出して月で人生を営んだとしても、人の定義は何一つ変わらなかった。

恋に落ちて、愛を知って、結婚をして、子供を産む。そうじゃない人たちもたくさんいたし、セクシャリティを超えた恋愛や結婚だって当たり前に存在したけれど、それでも多くの人は恋に落ち、愛して、結婚をして、子供を産んだ。

僕たちの全てがそのようにして、誰かの愛から生まれたように。

月にはたくさんの子供たちが――

ルナリアンが生まれることになったんだよ。

1　ルナリアン

ルナリアンと呼ばれる新たな人類。地球の六分の一しかない重力の下で生まれた子供の数は、日に日に増え続けた。

その第一世代は、すでに月社会で活躍をはじめている。

それまで人類で唯一のルナリアンだった女の子――ソーネチカは、自分の後に続くルナリアンの誕生を大いに喜んだ。ソーネチカは、ずっとその日を待ち望んできたのだ。その日が訪れるのを心待ちにしながら、長い間、月で生まれる子供たちのために準備をしてきた。未来の子供たちにとっておきのプレゼントを用意するように。

そんなソーネチカは、新しい子供が生まれるたびに涙した。

「ねぇ、見て？　こんなにも小さな赤ちゃんが、こんなにも必死に泣いているわ。ここにいるよって、生まれてきたんだよって——私たちに必死に伝えているのね？」

人類でたった一人のルナリアンだったソーネチカは、月面都市の人口が増え、女性の月面進出が盛んになり始めた頃から、月面都市にいくつもの病院をつくり、産婦人科と小児科に力を注ぎ始めた。地球から多くの医者や看護師を呼び寄せた。

それらの病院はいつの頃からか『ソーネチカ記念病院』と呼ばれるようになった。ソーネチカ自身は、その呼び名を嫌っていたけれど。

「この子たちは、大切な月の宝物だわ。ヘリウム3やレアメタルなんて比べ物にならないほどの、月の金貨よ。私たちの使命は、月で生まれる子供たちを幸せにしてあげること。それ以上に大切なことなんてないんだから」

ソーネチカは新しい子供が生まれる度に、大粒の涙を流しながらそう決意を表明した。自分とこの月に言い聞かせるように、何度もそう告げたんだ。

月の金貨という、僕にとって特別すぎる表現を使って。

ソーネチカが病院を訪れると、出産を控えた女性たちの多くは涙を流して喜んだ。子供たちに会いに行けば、子供たちは歓声を上げてソーネチカを迎え入れた。病院内だけでなく、月のどこに顔を出してもソーネチカは熱烈に歓迎された。

ソーネチカは、名実ともに月の女王だった。かつて可愛らしい月のプリンセスだった女の子は、今では彼女なしでは月は立ちいかないと言われるまでの実力者に、多くの月の市民に支持される執政官に――月の代表になっていた。

月には行政府と評議会があり、その二つの機関が月の行政と司法を担っている。

ソーネチカは月の行政府の代表を初代から現在まで勤め上げていて、もはや彼女の代わりに月の代表に立候補をしようという月の市民は一人もいなかった。選挙のたびに地球から送られてきた人や、特定の国家や企業を利するための人が立候補したけれど、ソーネチカの当選が揺らぐことは一度もなかった。

ソーネチカの月での影響力は絶大であり、月の政策の多くは彼女の意見一つで決定された。望むと望まざるとにかかわらず。

ある意味では歪《いびつ》なこの状況をソーネチカは快く思っておらず、自分に代わる人材が台頭してこないことに心苦しさや苛立《いらだ》ちのようなものを抱いていた。

「ねぇ、そろそろ私は月の代表を退いたほうがいいと思うんだけど？」

僕と二人きりの時――食事をしている時や寝室にいる時――に限り、ソーネチカはその話題を持ち出した。絶対に誰にも聞かれることのない限定された状況でしか、その話題がのぼることはなかった。それが我々の間での暗黙の了解だった。

「ソーネチカよりもうまくやれる人間がいない以上、ソーネチカが月の代表を続けるほかないと思うけど？」

「そんなことはないはずよ。この月は優秀な人たちに支えられているんだから」

「だけど、実際に立候補する人はいない」

「月にいる全員が示し合わせて私を当選させようとしているのを感じるわ。私に月の代表っていう外れクジを押し付けようという思惑なのよ」

僕はくすりと笑った。

「ソーネチカは、月の全てなんだよ。これまでずっとそうだった。だからこそ、月の未来をソーネチカに委《ゆだ》ねたいとみんなが思っているんだ。その気持ちはソーネチカにだってわかるだろう?」

僕はソーネチカをなだめるように言う。背中を優しくさするように。

「でも、これじゃあ私の独裁政権よ? ヒトラー、ムッソリーニ、スターリン、毛沢東《もうたくとう》、金正恩《キムジョンウン》。地球の歴史では、独裁政権は必ずひどいことを行ってきた。私は独裁者になんてなりたくないわ」

「ずいぶん可愛らしい独裁者なんだな。子供たちに飴《あめ》をあげて甘やかして、労働者に休日を義務付けるなんて、とっても恐ろしい女王様だ」

「もうっ。冗談はやめてよ。私は本気で悩んでいるのに。バカっ」

ソーネチカは子供っぽく頬を膨らませて言った。

ソーネチカはもうあどけない女の子ではなく、成熟した大人の女性だった。大きな灰色の瞳は夜空に浮かぶどの星よりも強く輝き、意志の強さが刻まれた端正な顔立ちだが知的な憂いをおびている。白金《プラチナ》色の長い髪を髪飾りでまとめ、トレードマークである赤い色のスーツを着こなすさまは、ファッション誌のトップモデル顔負けだ。毎月電子雑誌の表紙を飾っているのだから彼女をモデルと呼んでも差し支えなかったけれど、ソーネチカは自分がシンボルかアイコンのように扱われることを嫌っていた。

「いい加減、私なんかロートル扱いして代表の座から追い落とそうっていう野心的な人が必要なのよ」

ソーネチカの気持ちはよく分かるけれど、新しい時代を迎えても人々はその形や性質を変えることはできなかった。宇宙に上がり、月の大地に降り立ったとしても。何かにすがり、何かに頼り、何かに願ってしまう弱さを——人は捨て去ることができずにいた。

いや、それは違うのかもしれない。月に上がり宇宙に進出したからこそ、人は地球にいた時よりもより強く何かにすがり、より強く何かに頼り、より強く何かに願ってしまうのかもしれない。

宇宙開発が進み、月が発展を続けて宇宙での生活が向上しているとはいっても、それでも宇宙空間は過酷な環境だ。ほんの些細《ささい》な過ちが、わずかな不注意が死につながる暗く冷たい世界。そんな世界だからこそ人はより大きな力に、より大きな光に吸い寄せられ、引き寄せられてしまうのかもしれない。

人類で最初に誕生したルナリアン——ソーネチカという眩《まばゆ》い星の光と引力に。

「だったら一度、月の代表を退いてみたらいいんじゃないか？　今期で代表を辞すると声明を出すか、電撃的に辞任して後任の選挙を行うと発表するんだ」

僕が提案すると、ソーネチカは今まで以上に不機嫌になった。

「私がそんなことできないって分かっているくせに。ずいぶんと意地悪を言うのね？」

「意地悪じゃないさ。今すぐにはできなくても、いずれその時は訪れるんだ。周りにプレッシャーをかけておくのも政治家としての手腕だよ。今のうちから少しずつ根回しをしておくといいよ」

僕は手を広げて「悪かった」と暗に示した。ソーネチカは「分かってる」と微笑《ほほえ》んだ。

「あなた、どんどん政治的になっているわよ？　私よりもよっぽど政治家に向いているんじゃないかしら」

「まぁ、僕だって今は組織の長だし、たくさんの組織を相手に自分の組織を守らなきゃいけない身だからね。幾分か政治的にもなるさ。それにＮＡＳＡっていうのはとっても政治的な組織なんだぜ？　いつだって陰謀論にまみれているんだ」

　僕たちはお互いに冗談を言い合ってくすくすと笑った。

「あーあ、月のみんなにも、私がわがままで愚痴っぽい女の子だって分かってもらえたらなあ。あなたみたいには無理でも、あなたの十分の一、いいえ六分の一くらいでも分かってもらえたらいいのに」

「女の子？」

「なんですって？」

「冗談だよ」

「今のはぜんぜん笑えないんだけど。最悪のユーモアね。宇宙空間に放り出してデブリにしたいくらいだわ」

　ソーネチカは表情を強張《こわば》らせてつんとそっぽを向いてしまった。

　ソーネチカは幼い頃から感情の起伏が激しかった。まるで夜空に浮かぶ月のようにその表情をころころと変えていたけれど、最近では僕の前でしか素直な感情を表に出せないせいか、すぐに不機嫌になったり、あっという間にご機嫌になったりと大変忙しい。それはたった一晩で新月から満月に変わっていくのを眺めているようで、僕のささやかな楽しみの一つとなっている。

「ほら、ソーネチカのそんな可愛い顔を見られるのは、僕だけの特権にしておいてほしいからさ」

「ほんとにそんなふうに思ってる？」

「もちろん。ソーネチカの半分を独占できるのは宇宙で僕だけなんだから」

「じゃあ、許してあげてもいいけど」

そこまで言うと、ソーネチカはもう我慢できないとばかりに表情をほころばせて、穏やかな笑みを浮かべた。それは月の氷が溶けそうなくらいのとびっきりの笑顔だった。

「さぁ、お話も済んだことだし食事にしましょう」

ソーネチカは吐き出すものは吐き出したといった感じで、ディナーの用意をお願いした。

僕たちはお気に入りのレストランの席に座っていた。丸テーブルをはさんで、僕とソーネチカは向かい合っている。とてもお腹《なか》を空《す》かせて。

しばらくすると、顔馴染《かおなじ》みのウェイターが料理を運んできた。

マグロと鯛《たい》のカルパッチョ、月野菜のテリーヌ、白ワインがテーブルに並べられ、僕たちは早速それを口に運んだ。その後で焼き立てのパン、魚介類をふんだんに使ったペスカトーレ、スズキの香草焼きでお腹を満たした。

海の幸はどれも新鮮で、市場から仕入れてきたばかりのようにおいしかった。身が厚く、弾力があり、それでいてとても柔らかい。素晴らしい食材ばかり。そんな魚料理の数々に舌鼓《したつづみ》を打っている間、僕は東京にある市場——築地《つきじ》や豊洲《とよす》を思い出して懐かしい気持ちになった。

僕たちの会話はいつも以上に弾み、いつも以上にアルコールを飲んだ。ソーネチカの顔はペスカトーレのように真っ赤になり、僕たちはお互いの酔っぱらった姿を見て大笑いした。食後に月レモンのシャーベットとエスプレッソで幸せな気分を満喫すると、ソーネチカは満足そうに頷《うなず》いた。その頃には、ソーネチカの酔いは完全に醒《さ》めていた。

「うん。どれも悪くなかったわね？　新鮮で素晴らしい魚介類だったわ。これなら生産体制を強化してもっと広く市場に流通させてもいいかもしれない」

ソーネチカはたった今おいしくいただいた食材に合格の判定を下した。

「生産体制が強化できれば、『アームストロング市』以外の二都市にもこの新鮮な食材を卸《おろ》せるわね」

そう語るソーネチカの瞳は、きらきらと輝いていた。

ソーネチカが現在力を入れている政策の一つが、月での海洋生物の完全養殖。

彼女が月に設立した海洋研究センターが先頃、地球でも養殖が難しいとされるマグロなどの大型回遊魚の完全養殖に成功したため、その品評会をかねて食事会を開くことに。と言っても、ただ食事をしただけだけれど。

それでも、今日という日は記念すべき日だった。

「本当にすごいわ。魚たちの生産体制が整って大量に市場に出回れば、必ず競争が起こる。マグロやスズキはすぐに高級魚じゃなくなって一般的な食材になっていく。これで月の子供たちにも新鮮なお魚を――マグロやスズキを食べさせてあげられる。もう3Dプリンターの味気ない食事なんて食べさせなくても済むわ。蚕《かいこ》なんてこの月ではもう時代遅れの食材なんだって証明することができる」

ソーネチカは熱弁をふるいながら、幼い頃に食べさせられた蚕への恨み節を披露してみせた。積年の恨みを今晴らさんとばかりに。

僕は苦笑いを浮かべるしかなかった。蚕《かいこ》は宇宙では貴重なたんぱく源だと幼いソーネチカに何度も説明をしてきたけれど、ソーネチカは最後まで理解してくれなかった。まぁ、分かり合えないこともあるのだ。

「それに、子供たちに生きているマグロを見せてあげることだってできるわ。それって本当に素晴らしいことよ？」

ソーネチカは幼い頃から地球の海に大きな憧れがあり、月では絶対に見ることができない海の生物に夢中だった。

彼女のそんな情熱は大人になってから花開いた。月の代表を務めた頃から、ソーネチカは海洋生物の養殖業に熱心になり、地球から様々な研究者や技術者を呼び寄せて、様々な機材を導入していった。その熱意は月にアクアリウムを建設してしまうほど。

『アームストロング市』に建設された『静かの海記念アクアリウム』は、現在月で人気ナンバーワンの観光スポットで、月の子供たちの社会科見学でも一番人気の施設だった。

ソーネチカは自分が子供の頃に見ることができなかったたくさんのものを、月の子供たちに見せてあげたいといつも思っていた。

ソーネチカが生まれた時とは違って、今の月には多くのものが揃《そろ》っている。生活に必要なものはなんだってあるし、娯楽と呼べるものだってたくさんある。地球と比べて遜色《そんしょく》ないかと言えば首を横に振らざるを得ないけれど、ショッピングモール、フードコート、高級ブランド店、ホテル、遊園地、動物園、ゲームセンター、ボーリング場などなど。もちろん、マクドナルドだって。月で食べる月見バーガーは絶品だと評判で、月のマクドナルドの一番人気の商品になっている。

ソーネチカは月で生まれた子供たちが、月で生まれたことを嘆かないように――月で生まれたことを呪ったりしないように、多くのものを月に揃えていった。もちろん、月に上がってきた労働者たちが不自由な暮らしをしないためにも。

ソーネチカはお気に入りの庭の手入れをするように、一つ一つを丁寧に取りそろえ、それらをお気に入りの庭に飾っていった。その庭はしだいに華やぎ、誰が訪れてもため息を漏らさずにはいられない素晴らしい庭園へと変わっていった。

だけど、ソーネチカがどれだけ願っても揃えられないものが――手に入れることができないものがあった。その自慢の庭に飾ることができないものが。

それが海だった。

僕は、ソーネチカの情熱を目の前で眺めながら――ソーネチカがはじめて地球に降りた日のことを思い出していた。

2　庭の手入れをするように

ソーネチカがはじめて地球に降りて海を見た時、彼女はそのあまりの美しさにただただ涙を流した。

圧倒されるほどに青く広い海。眩《まぶ》しすぎて目を開いていられないほどの日差し。頬を撫《な》でる優しい潮風。漲《みなぎ》る生命の気配を前にして、声にならない声で泣き続けた。幼い頃から夢に見て、手を伸ばし続けた景色を前にして、ソーネチカはどうしようもなく感情を高ぶらせ、興奮し、そして混乱していた。自分が今、どこにいるのか分からなくなってしまいそうなほどに。まるで迷子になってしまったみたいに。

その感覚を、僕は月の大地に立った時に抱いた。だから、ソーネチカの思いは痛いほど理解できた。

その後、ひたすら海で泳ぎ続けたソーネチカは、そのまま高熱を出して二日間寝込んだ。体中がひどい筋肉痛でまともに動くこともできず、全身を火傷《やけど》して悲鳴を上げた。真っ赤になった自慢の白い肌がべりべりと捲《めく》れ、日に焼けた目は太陽を見ることも叶《かな》わなくなり、ソーネチカはショックで失神しそうになっていた。

地球に降りるだけで大きな負荷のかかるか弱い体が、全身で悲鳴を上げていた。無理もない話だった。

「すごいのね？　地球の海って冷たくてしょっぱい。それに寄せては返す波がある。砂浜の砂が海に持っていかれるのよ。さあって。でも、必ず帰ってくるの。ああ、なんて素敵なんだろう。瞼《まぶた》の裏に焼きついて離れないわ。目を瞑《つぶ》っていても眩《まぶ》しすぎてどうにかなっちゃいそう」

ソーネチカは高熱にうなされながらも、海を見た感動と興奮を語り続ける。

「ああ、いつか月にも海をつくれたらなあ。月の子供たちにも海を見せてあげたいなあ」

地球へ降り、月に帰ってきてからしばらくは、それがソーネチカの口癖になっていた。ことあるごとに海を話題にして、その素晴らしさを語り続けた。海洋研究センターを設立したのも、海洋生物の養殖に多額の予算をつけたのも、アクアリウムを開いたのも——全てははじめて海を見た時の感動が忘れられなかったから。

その感動と興奮を、ソーネチカは月で生まれた子供たちにも伝えたいと思っていた。

その理由は、ただ一つ。

月で生まれた多くの子供たちは、その一生を月のみで終えるから。

子供たちの多くは地球に一度も降りることなく生きていく。人類の誕生した美しい青い星を、ただ月から眺めることしかできない。どれだけ手を伸ばしても、そこにたどり着くことができない子供たちが大勢いることを、ソーネチカは心の底から悲しんだ。月の子供たちを、かつての自分自身に重ねながら。

ルナリアンが地球に降りるための手段や方法は確立されていた。ソーネチカ自身が地球に降りるために過ごした過酷な日々のおかげで。

あの時、彼女がありとあらゆる壁を乗り越えたおかげで、現在ではソーネチカが味わった苦労の十分の一程度の過酷さで、ルナリアンは地球に降りることができる。だけど、それには多額の費用と長い準備期間を必要とする。専属のトレーナーをつけて、数年単位で地球の重力に耐えられるための肉体づくりを行わなければならない。トレーニングや食事療法だけでなく、日々の生活の全てを地球に降りるための準備に費やさなければならない。そうすることで、ルナリアンはようやく地球に降りることが可能となる。

それができる月の子供は、千人に一人程度。地球行きの切符は、それほどまでに貴重だった。

ソーネチカは月で生まれた子供たちが、いずれは誰もが地球に降りられるようになるべきだと唱えたけれど、その提案は月の市民にはうまく伝わらなかった。植民者の多くは、月で暮らして人生を営むという強い決意を持って月に上がってきた。その人生を月で終えると覚悟して地球を後にした勇敢な開拓者たちだ。今さら地球に帰ろうというものは少なく、帰るつもりならば子供をつくる前に帰っていた。

「彼らはいいのよ。自分の意志で月に上がってきたんだから。もちろん、やむにやまれぬ事情があって月に上がってきている人だって大勢いるけれど、それだって月で生きる覚悟をしてきたはずだわ。自分自身で決意を固めたはずよ」

ソーネチカは、自分の訴えが月の市民に伝わらないことに苛立《いらだ》ちながら言った。

「でも、月で生まれてくる子供たちは違うでしょ？　子供たちは望んでこの月に生まれたわけじゃない。子供には、親を選ぶことなんてできないんだから。月で生まれた後、子供たちはきっと思うわ――自分の頭上に手を伸ばしたくなるような美しい青い星があるのに、自分たちはその場所に永遠にたどり着くことができないんだって。それを知った後でも、子供たちはこの月を好きでいてくれると思う？」

ソーネチカは自分の子供時代を思い出しながら、自分自身と子供たちを重ねていた。ソーネチカはいつだって子供たちと自分を重ねている。重ねずにはいられないのだ。

「ごめんなさい」

ソーネチカは自分の言葉が僕を傷つけてしまったと感じ、泣きそうな顔になって俯《うつむ》いた。僕は傷ついてなんていなかった。ソーネチカのことをより愛《いと》おしく思っていた。

「気にすることないさ。ソーネチカの不安は、月の子供たちの未来の不安だ。ソーネチカが不安に思うのは当然だよ。いつか僕たちは、この問題に向き合わなくちゃいけない日が来る。だけど今は、それがうまく理解されていないだけなんだ。ほら、おいで――」

僕が手を広げると、ソーネチカはもう我慢ができなくなって僕の胸に飛び込んでさめざめと泣いた。プライドの高いソーネチカは、大人になっても泣き顔を僕に見せないように僕の胸に強く顔を押しつけて泣いた。

そんなところは、子供の頃と全く変わっていない。

「私、怖いの。私には、あなたがいてくれた。あなたがいつだって私のそばにいて、私を支えてくれた。あなただけじゃなく、たくさんの人が私を支えて見守ってくれた。そのおかげで私は地球に降りられる可能性を感じることができたし、希望を捨てずにすんだ。でも、私の後に続いた月の子供たちには、それがないのよ？　私のような特別扱いは誰もしてくれない。生まれながらに、希望のない子供たちが大勢いる」

ソーネチカはひどく怯《おび》えていた。

「これから、月の市民の貧富の格差はどんどん広がっていくわ。競争は激しくなり続けて、それについていけない人たちが脱落をしていく。そして、ひどい環境で生まれてくる子供たちが大勢現れる。それは止めようのない、どうしようもないことだわ。どれだけ手を尽くしても、この手のひらからこぼれ落ちてしまう人たちが現れる。人類が月に上がった意味や意義、その情熱を知らない月の子供たちは、この月をただの冷たい砂漠としか――砂と穴ぼこだらけの何もないディストピアとしか思わないかもしれない。そんな世代が続けば、いずれ月の不満は爆発してしまう」

ソーネチカは、最悪の未来を予見するように言った。

その不安は、おそらく的中するだろう。そんなことはこれまでの人類の歴史を紐解《ひもと》けば明らかなことであり、人類がまぬがれることのできない大きな病の一つだった。膨らみ過ぎた不安は、いずれ大きな争いへと発展していくだろう。そして戦争へと突き進んでいく。

全ての人が、平等に富を分け合うことは不可能だった。この月には人類が何百年かけても使い切れないだけの資源があったけれど、その月の金貨をもってしても——全ての人を満たし、人類全てを豊かにすることは不可能だった。地球では相変わらず戦いが起きており、国境線を書き換え続けている。

もちろん、北方四島だってまだ返ってきてはいない。

僕たちの賭けは、今も僕が負けたまま。

「ねぇソーネチカ、全ての問題を一度に解決することはできないんだ。ソーネチカにだって、叶《かな》えてあげられない願いはたくさんある」

「分かってる。そんなことくらい分かっているわ。みんなの願いを全て叶えてあげられないことなんて分かってるのよ。でも、私が叶えてあげたいと思っていることすら叶えてあげられないのよ？」

ソーネチカは自分がひどく子供っぽいことを言っていると思ったのか、顔を赤くして押し黙ってしまった。彼女の言葉は、ぜんぜん子供っぽくなんてなかった。

ソーネチカは、これまで僕たち人類の願いを叶え続けてくれた。ソーネチカの願いの一つや二つ叶ったって、罰は当たらないはずだった。おつりがくるくらいだ。僕たち人類はソーネチカに対して莫大な借りがある。それでもその願いが叶わないことを、僕もソーネチカも知っていた。

「ソーネチカ、目の前にある問題を一つずつ解決していくしかないんだ。多くの問題を一度には解決できない。庭の手入れをするように、全体を見渡しながら一つ一つの花壇に手を入れていく。枯れてしまいそうな花を見つけて水をあげ、土を変え、栄養を与えていく。とても時間をかけてね。僕たちはできることをやるしかないんだ。全ての花が枯れてしまわないように。やるべきこと、必要なことを、一つずつ解決していこう」

ソーネチカは、僕の言葉を受け取って力強く頷《うなず》いた。

「わかったわ。今日の前にある問題から解決していく。素敵なお庭をつくっていくわ」

その会話の答えが、今日の食事会だった。

ずいぶんと時間がかかってしまったけれど、それでもソーネチカは一つの答えにたどりついた。

月で海洋生物を養殖しアクアリウムを建設することで、月で暮らす人たちに——そして月の子供たちに、地球の海を感じてもらおうとした。その先を目指すかどうかは、海を感じた子供たち一人一人に委《ゆだ》ねられる。

答えを委ねることが、ソーネチカにできるたったひとつの冴《さ》えたやりかた。

いずれ月の市民全体の考えが変わっていけば、ソーネチカの提案が理解される日がくるだろう。そうなった時、きっと月の市民たちは自分たちで答えを出し、自分たちで選択する日が訪れる。月で暮らす全ての人が、月で生まれた子供たちの全てが地球に降りられるようになるべきだと。

だけど、それは遥《はる》か未来のこと。

僕とソーネチカが、この月を去った後のことだ。

庭に蒔《ま》いた種が芽を出して綺麗《きれい》な花を咲かせるには、いつだって長い時間を必要とする。種を蒔いた僕たちがその花を見ることができなかったとしても、収穫に立ち会えなかったとしても——その花を育てることは、けっして無駄なことじゃない。

僕たちはゆっくりと、自分たちがこの月を去った後のことを考えはじめていた。

僕の人生はもう斜陽に入っていた。僕という星はすでに傾いていて、その赤く燃え尽きそうな星は遠い山並みの陰に沈もうとしていた。これから先、僕がこの月のためにできることは限られている。地球のためにできることも。僕が月と地球のために残せるものは、限りなく少なくなっていた。

僕はもう宇宙飛行士じゃなかった。

宇宙飛行士を引退したロートル。

宇宙飛行士を引退した後、僕はこれまでのキャリアで築いた実績や影響力だけで仕事をするようになり、椅子に座って居眠りをしているだけでできるような仕事が山のように降ってきた。僕の名前だけで予算がつくようになり、僕の意見や提案は驚くほど簡単に通るようになった。誰しもが僕を月の発展の第一人者として扱い、まるで教科書に載っている歴史上の人物のように扱った。腫れ物にでも触るかのように。それはものすごく居心地が悪いことで、僕はそんな扱われ方をされるたびに自分が間違った衣装を着て舞台に上げられてしまったような気がした。おそらく、これが齢を取るということなんだろう。

僕の髪の毛はもう真っ白だったし、手足は皺《しわ》だらけでよぼよぼだ。毎朝目が覚めるたびに、僕は自分が使い古されたタイヤにでもなったような気分でベッドから起き上がらなくてはならなかった。やれやれ。

今では地球に降りるのは、ソーネチカよりも僕のほうが苦労を伴うくらいだ。月の重力のほうが何倍も体に優しく感じられた。おそらく、僕はもう地球に降りることはないだろうと確信していた。

そんなよぼよぼの沈みかけた僕にできる仕事は――月と地球のために残せるものは、あと一つだけになっていた。

それだって、成功するかどうかは分からない。

それでも僕は、この齢で最後の冒険をしようとしていた。

それは宇宙の彼方《かなた》を目指す旅――

オデッセイ。

3　エウレカとオデッセイ計画

人類が月に進出したことで宇宙開発はその加速度を増した。劇的に。そして、その開発技術は格段に進歩を遂げていった。地球から宇宙船を打ち上げるなんて莫大なコストのかかることを行う必要がなくなるほどに。これまでよりも何百倍も安価で安全に、月の宇宙港からいくらでも宇宙船を飛ばすことができたからだ。宇宙には誰でも簡単に上がれるようになっていた。展望台に上るような気軽さで。

それを可能にしたのは、地球に七機――いつの間にか七機に――ある軌道エレベーター。ちなみに七機のエレベーターは『セブン・シスターズ』と呼ばれている。宇宙船や人工衛星のほとんどは月面で建設され、月面から打ち上げられるようになった。月の重力は地球の六分の一しかなく、宇宙船や人工衛星を建設するにも打ち上げるにも理想の環境だったからだ。

月は、ヘリウム3やレアメタルといった資源産業やエネルギー産業だけでなく、建設業でも要となっていた。人類という巨大な歯車を回す大きな工場になっていたんだ。人類の新たな工場に。月では宇宙開発のためのプロジェクトが無数に立ち上げられた。火星の有人地質調査計画、木星の資源探査計画、外宇宙に存在する地球型惑星の探査計画、スペースコロニーと呼ばれる人工天体の開発計画や、その基礎理論の構築などと、計画は多岐にわたった。

そんな中、宇宙飛行士を引退したロートルの僕が立ち上げたプロジェクトは、月面に宇宙望遠鏡を設置するという計画だった。

僕は様々な分野のメンバーを集めて宇宙観測チームを発足した。その後、観測チームはこれまでにない最大規模の宇宙望遠鏡を月面に設置し、その運用に成功。宇宙観測チームはそのまま宇宙観測局となり、僕はその局長になった。そして宇宙観測局は現在、過去最大規模の——そして僕の人生最後の計画に取りかかっている。

これは、今から数か月前の話。

月面に設置された宇宙望遠鏡『エウレカ』が、遥《はる》か遠く離れた宇宙の彼方《かなた》の——特殊なブラックホールを発見した。

そのブラックホールは、年老いた連星の中性子星が互いの引力で衝突してできた、まだ若いブラックホールだった。宇宙観測局のメンバーはその宇宙に開いた新しい穴を注意深く観測し、観察し続けた。まるで夏休みに行う朝顔の観察のように。そして、ある重大な事実を発見した。

それは月面の宇宙望遠鏡が『エウレカ（見つける）』と名付けられたその意味を証明するかのような重大な発見で、それが発見された時——宇宙観測局のメンバーはみな大声で「エウレカ」「エウレカ」と叫んだ。冗談じゃなくて。マジな話。

重大な発見とは、そのブラックホール――中性子星の連星が衝突してできた新しいブラックホールから、意味のある電波バーストが発せられているというものだった。その電波バーストは有意なものであると予測が立てられた。

つまり、この月と地球に向けて『何もの』かがメッセージを送っている可能性があると判断されたのだ。僕たち人類は何百光年も離れた宇宙の彼方に『未知の知的生命体』が存在しているかもしれないという手掛かりを得たのだった。

発見はそれだけではない。

『未知の知的生命体』は僕たちにメッセージを送りコンタクトをとるために、中性子星の連星を衝突させてブラックホールを生み出したのではないかという仮説が立った。つまり『未知の知的生命体』は中性子星が衝突する際に放たれる莫大なエネルギーを利用して、人類にメッセージを送ってきたというわけだ。

これは恐るべきことだった。

『未知の知的生命体』はブラックホールをつくりだすほどに莫大なエネルギーを完璧に理解し、星の衝突のエネルギーを完璧に計算しているということになる。衝突の際に発生する電波バーストにのせてメッセージを送れるという点も見過ごせない。その上、『未知の知的生命体』が中性子星の衝突を引き起こした可能性すら考えられた。そのような科学力や技術力を有しているのではないかと。

それは『未知の知的生命体』が人類の遥か先、見果てぬ地平の先に存在しているということだった。今現在の人類では、到底たどり着くことができない文明を有しているということ。

意図的に星と星を衝突させてブラックホールを生み出し、その衝突のエネルギーを利用してメッセージを送るなんてことが、いったいどうやって実現できるだろう？

新しくブラックホールが誕生するということは、その周囲数十光年の宇宙は、衝突の際に起こる爆発でことごとく破壊されてしまうことを意味する。そんなものを制御できる文明があるとしたら、それはまさに宇宙を統《す》べる万物の理論でしかなかった。『未知の知的生命体』は人類が知りえない、思いつきさえもしない方法で宇宙を正確に把握し、その全てを計算していることになる。

そんな人類よりも遥《はる》かに高度な文明を持っている『未知の知的生命体』が、僕たち人類にいったいどんなメッセージがあるというのだろうか？

僕たち宇宙観測局のメンバーやＮＡＳＡやＪＡＸＡ、多くの宇宙飛行士や研究者たちは、『未知の知的生命体』とのファーストコンタクトの可能性に期待で胸を膨らませると同時に、不安で胸を震わせた。

そしてこの世紀の大発見のニュースは月と地球で大きな反響を呼び、世界中を巻き込んでの大論争へと発展した。ファーストコンタクトへの賛成と反対は常に入れ替わり、まるでオセロゲームでもしているかのように一手ごとに黒になったり白になったりした。世界中で反対運動や、それに対する賛成運動が巻き起こりもした。地球の宗教団代は常に過激な声明を発表し続け、博愛主義的な団体は常に暴力的で反知性的な過激な警告を行い続けた。環境団体や動物愛護団体までもが、わけの分からない声明を出した。地球の各地でテロ事件が起こり混乱は広がり続けたけれど、それでも『未知の知的生命体』とのファーストコンタクトは前進し続けた。

人類は見つけてしまったものを見なかったことになどできなかった。新しい可能性を前にして、その歩みを止めることなどできなかった。人類はすでに新しい列車に乗り込んでいた。宇宙の彼方《かなた》への旅に思いを馳《は》せていたんだ。僕たち人類がいつの日か宇宙の全てを理解し、宇宙の果てに到達する日が来るという可能性を信じていた。新しい希望を抱いていた。

そしてファーストコンタクトの計画は、電波バーストの発見者である僕たち宇宙観測局とＮＡＳＡが主導して行うこととなり、僕たちが提案した計画が採用された。

その計画の名は『オデッセイ計画』。

『オデッセイ計画』は現在——最終段階に突入していたんだ。

4　クドリャフカの意味

書斎で『オデッセイ計画』の報告書を読んでいると、流れている音楽にまぎれて小さな鈴の音が鳴った。「ちっち」と二度舌を鳴らすと、黒く丸いかたまりが僕の膝の上に飛び乗ってきた。そしてぐるぐると喉を鳴らしながら「にゃー」と声を上げた。

「クドリャフカ、いつの間に僕の書斎に入ってきたんだ？　この悪い猫め」

喉をごろごろしてやると、黒猫のクドリャフカはおはぎみたいに丸くなった。そしてふてぶてしく「にゃー」。艶のある黒い毛に金色の瞳のクドリャフカは、僕とソーネチカが飼っている愛猫。僕たちが溺愛する家族の一員だった。

月では数年間から空前のペットブームが起きており、月の市民の間では犬や猫などの動物を飼うことが一種のステータスになっていた。地球から輸入された大量の動物たちが月のペットショップに並んで、飼い主が現れるのを待ち望んでいる。

僕は膝の上の愛くるしい黒猫を眺めながら、僕たちがクドリャフカを引き取ることになった時の出来事を思い出した。歳を取ると、何かにつけて過去を思い出したくなるものなのだ。

ソーネチカははじめ、月にペット用の動物を輸入することに対して猛烈な反対を表明していた。おそらく、その考えは今も変わってはいないと思う。

「月で動物を飼うなんて、まったくもってナンセンスよ。馬鹿げているとしか言えないわ。そもそも動物を飼うなんて行為は、人類の傲慢《ごうまん》が生んだ最悪の所業よ。エゴの塊《かたまり》だわ」

月でペットを飼うという行為が議論され始めた時、怒り心頭に発したソーネチカは人類の行いを断罪するかのようにそう叫んだ。ソーネチカと同じように、ペットを飼うという行為を人間の傲慢とエゴだと指摘した女の子がいた。

僕は、そのことを懐かしく思った。その女の子は、もう少し優しい言葉で表明したけれど。

ソーネチカの言葉には続きがある。そして正当性がある。意味と理由が。

「月にまで人類の下らないエゴを持ち込んで、いったいどうしようっていうの？　月は動物たちが暮らすのに適した空間じゃないのよ？　家畜なんかの産業動物だって、地球よりも何倍も手間やコストがかかるのに。それなのに生活に関係のない動物たちまで月に持ち込んで、その動物たちが幸せに飼われる保証なんてどこにもないんだから。そんなことぐらい、どうしてわからないのかしら？」

全てはソーネチカの言う通りだった。

月で動物を飼うなんて行為は、人類のエゴ以外のなにものでもない。月に上がってくる動物たちの全てが素晴らしい飼い主に巡り合い、幸せに飼育されるなんて保証はどこにもない。多くの動物が不幸に命を落とすことになるなんてことは、容易に想像できた。

それでも、人類は動物を求めた。動物を飼いたいと願った。

ソーネチカには理解できないと思うけれど、人類は動物と共に今日まで歩んできたのだ。動物を飼うという行為は、人類が育んできた文化の一つ。今さら動物だけを人類の生活から切り離すなんてことはできなかった。

この月で生きていくことを選択した植民者たちも、これまでの人類の習慣や文化を完全に捨て去ることはできなかった。月の市民たちは動物を求めた。動物と暮らす生活を懐かしみ、動物と暮らすことで満たされる生活を望んだ。その声は日増しに強くなり、その流れは加速していった。誰にも止めることができない大きな流れに。たとえ月の女王であるソーネチカの声をもってしても、その流れは止まらなかったと思う。

それにソーネチカは、月の市民たちが望んだことを止めようとはしなかった。どれだけ自分の胸が痛み、その結果多くの動物たちが命を落とすと知っていても、月の市民の願いを叶《かな》えることを選択した。

それでも、ソーネチカは不安を表明せずにはいられなかったんだと思う。彼女が、かつて月に上がってきた子供たちのことを思い出していることは容易に理解できた。子供たちの多くは片道切符しか持っていなかった。子供たちの多くはこの月を終着駅に――墓標にした。

その時の悲しみが、今のソーネチカを形作っている。

彼女の基礎となっている。

「みんな、電気で動くおもちゃの羊を飼えばいいのよ。どうして生きている動物を月で飼おうなんて思うの？　生きている動物を、か弱い命を宇宙につれてくるなんて、とても残酷なことなんだから」

ソーネチカはいつものように涙を流し、僕もいつものように彼女を胸に迎え入れた。

「僕たち人類はこれまでずっと動物をパートナーにしてきたんだ。地球にはそこら中に動物がいて、僕たちは動物が生きている姿を常に眺めながら生活をしてきた。月に上がってきた人たちも、動物を感じたいんだよ。地球にある当たり前の光景が、この月にもあってほしいと願ってしまうんだ。それは、ソーネチカにだってわかるだろう？」

僕の言葉に、ソーネチカは小さく頷《うなず》いた。ソーネチカにだって、僕の言っていることの意味は十分に理解できていた。ソーネチカも、この月に海を求めたのだから。月の市民が月に動物を求めたとしても、それは当然のことだった。

それでもソーネチカの不安や懸念は当たり前のことで、その不安や懸念は結局のところ的中することになった。いつだってソーネチカの不安や懸念は的中するのだ。それはとても悲しいことだけれど。

ソーネチカは議会が発議したペットを飼うための法律を注意深く修正し、より厳格にして施行した。ペットの価格に空気税や生活用水税を上乗せし、ペットを飼う環境が完璧に整っていることが証明できなければペットを購入できないようにした。だけど、そこまで厳格にしたにもかかわらず飼っている動物を安易に手放したり、簡単に死なせてしまう飼い主が多く現れた。

その後、『アームストロング市』は野良猫で溢《あふ》れかえることになってしまった。ソーネチカは市内で野良猫を見つけるたびに、あの時の自分の選択を悲しそうに振り返った。

僕たちがクドリャフカに出会ったのも、捨てられている子猫を月の保健所が引き取ったという報告を受けたことがきっかけだった。その頃はまだ飼い主がペットを手放したり、捨てたりするような事案が頻発する前だったので、ソーネチカはとても大きなショックを受けて保健所に急いで出向いた。

プラスチックの容器に入れられた、まだ目も開いていない黒い子猫を見た時、ソーネチカは大粒の涙を流して子猫に謝った。

「ごめんね。私たちが自分たちの都合であなたたちを宇宙につれてきたのに、こんなにひどい目に遭わせてごめんね。私たちの傲慢《ごうまん》さとエゴが、あなたを傷つけてごめんね。ああ、どうしてこんなひどいことができるんだろう？」

いい加減な飼い主の非道な行為に深く傷ついているソーネチカに「この子猫を飼わないか？」と提案したのは僕だった。

「この子猫を飼うって、私たちが？」

「ああ。せっかくこんなかわいい子猫に出会ったんだし、僕たちが引き取ったっていいんじゃないかな？　実は僕、昔から猫を飼いたいと思っていたんだ」

それは本音だった。僕はずっと猫が飼いたかったのだ。

「でも——」

ソーネチカは動物を飼うなんていう傲慢《ごうまん》な行為を、自分自身が受け入れられるのか悩んでいた。そのエゴに押しつぶされそうになっていた。だから、僕は少しだけ彼女の背中を押した。僕とソーネチカの人生に猫が加われば——家族が増えれば、それはとても素晴らしい日々や生活になるに決まっていたから。そんなことは、考えるまでもなく分かっていたんだ。

「ほら見て、こいつ僕の指を舐《な》めたり噛《か》んだりして離さないんだ。きっと僕のことが気に入ったんだよ。ソーネチカのことも、きっと気に入るよ。それにソーネチカもこの子猫を好きになる」

「やっぱり、私は——」

「いいから、ほら。抱いてごらん」

僕は子猫を無理やりソーネチカに押し付けた。ソーネチカはおそるおそる子猫を腕に抱くと、ひどく心を打たれように体を震わせた。その小さくて温かな子猫の重みを実感したように表情を強張《こわば》らせた。

「こんなに小さいのにとっても温かい。それにとっても重たい。これが、命の重みなのね。ああ、なんて素敵な重さなんだろう。ほら見て、私の指を舐めてる。お母さんのおっぱいと勘違いしているみたい」

ソーネチカは、自分の指をペロペロと舐める子猫の姿に涙した。子猫はソーネチカを慰めるように「にゃー」と鳴いた。

「この子は、今日から私たちの家族ね。きっと素敵な日々になるわ」

ソーネチカは胸に抱いた子猫の重みを感じながら、そう決断した。僕はにっこりと笑った。猫はまた「にゃー」と鳴いた。僕たちはとても幸せだった。

ソーネチカはすぐに子猫の虜《とりこ》になった。

そして子猫を家族に迎え入れた翌日、まるで天啓を受けたようにこう告げた。

「この子の名前は――『クドリャフカ』にするわ」

その言葉に、僕はとても驚いた。

かつて、野良猫にクドリャフカと名付けた女の子がいたから。

僕はその不思議な偶然に胸を打たれて、しばらく自分がどこにいるのか分からなくなってしまった。過去にのみ込まれて、自分を見失いそうになった。迷子になりそうなほどに。

「どうかしら？　クドリャフカってとってもいい名前じゃない？」

「クドリャフカは犬の名前だよ？」

僕は我に返ってそう言った。そう言うだけで精いっぱいだったんだ。

「ええ。でもクドリャフカがいいわ。この子にはクドリャフカって名前が似合っているんだから。あなたもいつか、私がこの子にクドリャフカって名付けたことを理解する日が来るのよ。とっても正しい名前だってね」

ソーネチカは自信満々に言ってにっこりと笑った。ソーネチカには、まるで未来が見えているみたいだった。僕は、その提案を受け入れた。

クドリャフカは、人類史上はじめて宇宙に打ち上げられた動物――ライカ犬の名前だった。

クドリャフカは不幸な星のもとに生まれてきた犬だった。そのライカ犬は、ソ連のスプートニク2号に乗せられて宇宙に打ち上げられた。そして地球に帰還することなく宇宙船の中で死亡した。

死亡の日時や原因などには諸説ある。スプートニク2号そのものはもともと大気圏再突入が不可能な設計だったため、不幸なライカ犬は毒入りの餌で安楽死させられる予定だったという。

ソーネチカは、いったいどんな意味をこめて野良猫にクドリャフカと名づけたのだろうか？

人類のエゴによって打ち上げられてしまった不幸なライカ犬と、人類のエゴによって月につれてこられて捨てられた猫の姿を重ねたのだろうか？

その意味を、いつか僕は理解する日が来るのだろうか？

そんなことを思った。

「クドリャフカ、君は私が大切に育てるわ。宇宙で一番贅沢《ぜいたく》で長生きな猫にしてあげるんだから」

喉をごろごろされたクドリャフカは、嬉《うれ》しそうに「にゃー」と鳴いた。

それが、クドリャフカが僕たちの家族になった経緯。

それからずいぶんと時間が経《た》ち、今では立派なデブ猫になってしまったクドリャフカが、僕の膝の上で居心地が良さそうに眠っている。

僕はクドリャフカを眺めるたびに、地球にある日本という島国の、靴底みたいな形の種子島《たねがしま》の片隅に存在していた野良猫のことを思い出してしまう。

そのプライドの高い野良猫にクドリャフカと名付けた女の子のことを思い出してしまうんだ。そして、僕がスプートニクと呼ばれていたことを思い出してしまう。

いや、それは思い出すというようなものではなく、より鮮明に浮かび上がるといったほうが正しかった。僕は自分がかつてスプートニクだったことを、片時も忘れたりはしなかった。だから、思い出す必要もなかったんだ。

それでもクドリャフカを眺めたり、その名前を呼んだりすると、僕はかつて僕がスプートニクだったことを鮮明に実感してしまうんだ。

僕のことをスプートニクと呼んだたった一人の女の子――ユーリヤの存在とともに。

クドリャフカを膝に乗せるたびに、僕はこの不思議な巡り合わせの意味を探ってしまうんだ。

「やれやれ。本当にどうしようもないほどに僕は年寄りになってしまったんだなあ」

僕はうんざりと呟《つぶや》きながら、自分の書斎を眺めてみた。

『アームストロング市』に建てた僕とソーネチカの邸宅にこしらえた僕自慢の書斎。そこはたくさんの本で溢《あふ》れかえり、天井からは太陽系の模型が透明な紐《ひも》でぶら下がっている。宇宙船の模型もいっぱい飾ってあり、その中にはもちろんスプートニクもある。人類初の人工衛星となった1号も、不幸なライカ犬クドリャフカが乗せられた2号も。

そんな秘密の図書館のような書斎には、いつも古いレコードプレイヤーからデューク・エリントンの『スタークロスト・ラヴァーズ』が流れている。僕は自分の人生が斜陽に入るにつれて『フライ・ミー・トゥー・ザ・ムーン』でも『ウェン・ユー・ウィッシュ・アポン・ア・スター』でもなく、この『スタークロスト・ラヴァーズ』を好んで聴くようになっていた。

『スタークロスト・ラヴァーズ』は雰囲気のあるゆったりとしたバラード曲。どうしてか、僕はその曲を気に入っていた。

「ねぇ、クドリャフカ来てる?」

書斎のドアが少し開き、ソーネチカが顔を出して尋ねた。

「来てるよ。僕の膝の上でくつろいでる」

「もう。私が休みの時くらい私の部屋でくつろいでくれてもいいのに」

「僕の膝の上が好きなんだよ。ゆっくりできるからね。ソーネチカはクドリャフカをかまい過ぎるんだ」

僕が指摘すると、ソーネチカはつんと唇を尖《とが》らせてみせた。そのまま流れるような足取りで僕の隣にやってきて、そっと僕の肩に手を置いた。

「仕事の邪魔をしちゃった？」

「一段落したところだよ」

「そう。こらっクドリャフカ、私の腕の中からいなくなるなんて悪い子ね」

ソーネチカは僕の膝の上からクドリャフカを取り上げると、意地悪くデブ猫のうたた寝の邪魔をした。とても楽しそうに。

「みぎゃー」

クドリャフカは不機嫌な声を出して不満を表明すると、身をよじってソーネチカの腕の中から逃げ出した。

「ジンジャーエールはしばらくお預けだからね」

ソーネチカは、クドリャフカの満月みたいなお尻に向かってそう言った。

クドリャフカは変わった猫で炭酸飲料――とくにジンジャーエールを好んで飲んだ。そのせいで丸々と太ってしまったのかもしれない。そんなとてもユニークなところも、僕に野良猫のクドリャフカを思い出させた。

「しばらく一緒にいても大丈夫？」

「かまわないよ」

クドリャフカを探すのは僕の書斎にやって来るための口実だってことぐらい分かっていた。ソーネチカだって、僕がそのことに気づいていると知っていた。長い間一緒にいると、わざわざ言葉にしないことが増えていくものなのだ。

「またこのめそめそした曲をかけているのね？」

「お気に召さなかった？」

僕はにやりと笑った。

「だって物静かなだけでつまらないじゃない？　もったいぶったムードばかりあって重苦しいだけだし。それに、わざわざこんな古臭い機械を動かさなくたっていいでしょう？　化石みたいな円盤も場所ばかり取るし。ボタン一つで音楽なんて無限に聴けるんだから」

「レコードで聴く音楽は味わいがあっていいんだよ。一つ一つの曲を丁寧に扱えるし、針を落とす時に音楽に敬意を払える。何より懐かしさがあっていいじゃないか？　月の重力でレコードを聴くと、地球で聞くよりも優しく響くんだ」

「そんなのオカルトよ。それにあなたが生まれた時にはレコードなんていうカビの生えた物はとっくに過去の遺物に成り下がっていて、ＣＤすら売れなくなってデジタル配信が主流だったって知っているんだからね。かっこつけてるだけでしょう？」

ソーネチカの言う通りではあったけれど、僕にとってレコードはとても大切な思い出の一部だった。ユーリヤの家では、ときおりレコードの音楽を聞かせてもらっていたから。その時の思い出や感動を、僕は今も忘れられずにいる。だから地球からせっせと音響機器やレコードを運び込んで、この書斎に立派なステレオセットを設置した。

どうやらソーネチカのお気には召さなかったみたいだけれど。

ジジジジジ。

ソーネチカの苦情を聞き届けたみたいに、バラード曲は終わりを迎えた。ジジジジジと、レコード針の心地よいノイズだけが書斎に響き渡る。

「ふふん」

ソーネチカは勝ち誇ったように笑った。

やれやれ。

5　ユリシーズ

「あなたの書斎って子供部屋みたいよね？」

ソファーに腰を下ろしたソーネチカが、僕の肩に小さな頭を預けながら言う。それはとても心地よい重みだった。ソーネチカが僕の肩に寄りかかるだけで僕はとても幸せな気持ちになる。

「そうかな？」

「そうよ。だって宇宙船の模型ばかり置いてあって子供が喜びそうじゃない？」

「ボストーク1号だよ」

僕はソーネチカが指した宇宙船の名前を教えてあげた。少しだけ寄せては返す思い出の波に揺られた。

「じゃあこれは？」

ソーネチカは、ソファーの前に置かれたガラステーブルの上の模型を指さした。

「これは『ユリシーズ』だよ。『オデッセイ計画』でブラックホールに向かう宇宙船なんだ」

「これがそうなのね」

ソーネチカは『ユリシーズ』の模型を手に取って眺めた。

「なんだか出来損ないのガラクタみたいね？　それか金属の虫か？」

僕は思わず噴き出しそうになった。

『ユリシーズ』は金属の球体に花弁のような八枚のパネルがついた不思議な形をしていて、たしかに失敗した工作のように見えなくもない。金属の虫っぽいという表現も間違ってはいないけれど、僕にはとても洗練されてかっこよく見えた。ワクワクする形をしている。少なくともスプートニクよりは。

「こんなのが光速に近い速度で宇宙空間を飛んで行くなんて不思議ね？」

「この花びらみたいな八枚のパネルが、船で言うところの帆の役割を果たしてくれるんだよ」

僕は『ユリシーズ』の模型をソーネチカから受け取り、花のつぼみのように閉じているパネルを開いてみせた。つぼみを開くと『ユリシーズ』はコスモスの花のように見えた。宇宙に咲くとてもきれいな花に。

「月に設置した大出力のレーザー装置から、この帆に向けてレーザー光線を照射するんだ。すると『ユリシーズ』の帆はレーザー光線を吸収して推力に変換する。理論上は光速とほぼ同じ速度でブラックホールへと向かうことになる」

「ふうん。でもそんなにすごい速度で宇宙を移動したりしたら、途中でデブリにぶつかったりしないのかしら？」

「僕たちは、その可能性は限りなく低いと思っているよ。宇宙空間は本当に広大だからね。何かに出会うということがそもそも難しいいんだ」

「それじゃあ、あなたたち宇宙観測局が存在すると言っている『未知の知的生命体』と遭遇できる可能性はどれくらいあるの？　そもそも本当に知的生命体なんかが存在していて、それが私たちにメッセージを送っていると証明できる？　ブラックホールを調査する予算を引っ張ってくるために大袈裟《おおげさ》に言っているんじゃないの？」

「今日はなかなか手厳しいね？」

「クドを独り占めにしたお返しよ」

ソーネチカは、僕の肩の上でくすくすと笑った。

「この『オデッセイ計画』が失敗したら議会で説明を求められるわよ。今だって議会には、この計画を疑問視している声がたくさんあるんだから」

ソーネチカはそれとなく警告と注意を発した。気をつけてと、暗に言っているのだ。

「今のうちに原稿を用意しておかなくちゃなあ」

「あなたは得意じゃない？　いつだって素敵なスピーチをするんだから」

「ありがとう」

僕はにっこりと笑った。

「それで、正直なところはどうなの？」

「さぁ、正直なところは分からないんだ。まるでね」

ソーネチカは信じられないって顔をした。

「新しく誕生したブラックホールから有意なメッセージが発せられていることだけは間違いない。何者かの意思や意図が介在しているのは疑いようがないんだ」

「でも、そのメッセージは解析できていないんでしょう？」

「ああ、だけどそれは明らかに意図を持ったメッセージで、そうじゃなかったら電波バーストに乗って月と地球に届くわけはないんだ。そんな奇跡はこの宇宙では起こらない。全ては計算され尽くしているんだよ」

「だけど、星と星がぶつかって発生するエネルギーを利用してメッセージを送るなんてこと、本当に可能なのかしら？　そんなことが誰かの手によって意図的に行えるなんて信じられないわ」

ソーネチカの疑問は当然だった。

「僕もだよ。だからこそ、それを確かめるために『ユリシーズ』を送るんだ。結果的に『未知の知的生命体』に出会うことができなくても、星と星がぶつかって発生する電波バーストに乗せてメッセージを送った方法が解明できれば、僕たちはその発見から学ぶことができる。僕たち人類も、同じように電波バーストを送れるかもしれない」

なかなかにぞっとする話だけれど。

「その発見が、人類のために役に立つのね？」

「大いにね」

僕はソーネチカにしっかりと向きなおり、正しい言葉を慎重に選んで説明をはじめた。しっかりと僕の言葉が届くように。

「人類は、いまだに宇宙の多くを理解できずにいる。どんなに小さな手掛かりだって、今の僕たちにとっては前進するための燃料なんだ。ブラックホールのことを調べることができれば、僕たちは新たな方程式や物理法則を見つけることができるだろう。その結果、人類の宇宙での生活は格段に向上するだろう。人工天体を完成させたり、数千人を乗せることができる宇宙船の開発だってできるかもしれない。さらにはワープやタイムトラベルだってできるようになるかも。なんていったって、ブラックホールの中は時間と空間の概念すらなく、あらゆる法則や方程式が通用しない場所だからね」

「時間と空間の概念がなくて、ありとあらゆる法則や方程式が通用しないって、いまいちよく分からないんだけれど？」

ソーネチカは、わざとらしく首を傾《かし》げてみせた。

正直なところ、それを正確に伝えるのは難しい。僕自身もよく分かっていないと言える。僕はにっこりと笑ってみせた。

「それを理解するために、僕たちは『ユリシーズ』を向かわせるんだよ。いつか人類がそこに至った時、僕たちは新しい宇宙を知ることができるだろう。僕たちが、新しい宇宙をつくることができるようになるかもしれない。例えば——この月に海をつくったりね」

それを聞いたソーネチカもにっこりと笑った。

「ほんと、スピーチが上手なんだから。でも、できることならあなたが直接ブラックホールに行きたいって顔をしているわよ」

ずばり指摘されて、僕は頷《うなず》いた。

「ソーネチカの言う通り、僕自身の目で確かめたいけどね。それは次の世代に託すことにするよ。僕にできるのは、長い航海に船を送り出すところまでだ」

僕は『ユリシーズ』をガラステーブルに置き、自分のよぼよぼの手を眺めた。僕はもう宇宙飛行士じゃない。そのことを実感した。もう長い旅に出られるような年齢じゃないのだ。とても残念だけれど。

いや、僕じゃなくても——どんな宇宙飛行士だって、『ユリシーズ』に乗って宇宙を旅することは叶《かな》わない。

「『ユリシーズ』がブラックホールに到着するまでに、およそ数百年かかる。探査船は無人で、人類からのメッセージを乗せて目的地に向かうんだ。その結果を知ることができるのは、数百年以上先の人類だけだ。僕たちは数百年以上も先の人類に向けて手紙を送るんだよ。そして、『未知の知的生命体』に向けてもね」

『ユリシーズ』は無人の探査宇宙船で、『オデッセイ計画』は数百年の時をかけて行われる壮大な計画だ。今生きている人類の誰もが、その結果を知ることが叶わない途方もない計画であり——次の世代へと受け継がれていく長大な構想の一大叙事詩《じょじし》。

「会ったこともない、存在するかどうかも分からない生命に向けて手紙を送るなんて、果てしない計画ね。想像もできないくらい」

「そうだね。でも、人類はこれまで何度も未知の生命に向けて手紙を送ってきたんだ。電波を発したり、宇宙船に乗せたりしてね。今も宇宙を飛んでいるボイジャー1号と2号には、『ゴールデンレコード』と呼ばれる人類からのメッセージを記録したレコードが搭載されている。『ユリシーズ』と同じようにね」

『ユリシーズ』が『未知の知的生命体』とのコンタクトに成功し、彼らの文明の一部にでも触れることができたなら、人類の文明は飛躍的に発展し、格段の進歩を遂げることができるだろう。先ほどソーネチカに語ったように、今現在では実現が不可能とされている人工天体や、数千人規模の巨大宇宙船の開発、そして惑星のテラフォーミングだって可能になるかもしれない。ワープやタイムトラベルだって。

月に海をつくりだすことだって叶《かな》うかもしれない。

僕たちはその可能性を次の世代に繋《つな》げ、そして託し――この月を去るのだ。

「あなたのラブレターが無事に届くといいわね？」

「そうだね」

「その時、この月と地球はどうなっているのかしら？」

それは、誰にも分からないことだった。今を生きている僕たちは、未来に思いを馳《は》せることしかできない。広い砂浜に立って、遥《はる》か先の海を――遠い水平線を眺めるみたいに。

繋ぎ、託すことしかできない。

「きっと素敵な未来が待っているよ」

「そうだと嬉《うれ》しいな」

僕とソーネチカは手を握りながら、月と地球の未来に思いを馳せたんだ。

6　セーガン

『ユリシーズ』の打ち上げが目前に迫った時、月に設置された大型宇宙望遠鏡『エウレカ』が新しい電波バーストを観測した。その電波バーストはこれまでよりもさらに強く、より有意な信号を発しており、観測チームはすぐさまその信号の解読に取りかかった。

宇宙の遥か彼方《かなた》から送られてきた新しい手紙の内容はあっけないほど早く、あっけないほど容易に解読されることとなった。

内容はとても簡単で単純、明快なものだった。

「局長、これは鍵ですよ」

「鍵？」

観測チームの一人が、興奮気味に語る。

「はい、これまでの電波バーストは言ってしまえば鍵のない扉と同じで、鍵がなければ絶対に開くことができなかったんです。とても頑丈な扉です。しかし、今回送られてきた暗号を解読するための鍵があれば、頑丈な扉は容易に開きます。数学の問題を解くための公式のようなものだと思っていただければわかりやすいと思います」

「なるほど。公式か」

なるほど。よく分からない。

「正しい公式を使用すれば、それがどれだけの難題だろうと解くことができます。それが数学のシンプルな真実です。『未知の知的生命体』が送ってきた電波バーストに乗せた暗号も、その類のものでした」

新しい電波バーストにより、宇宙観測局の予測は――『未知の知的生命体』が存在しているという仮説は、確信に変わった。『未知の知的生命体』は間違いなく人類にコンタクトを取ろうとしていた。これは疑いようのない事実と証明された。

宇宙観測局はこの事実に沸き立ち、興奮冷めやらぬ様子で『オデッセイ計画』の成功をも確信に変えた。

「局長、これはすさまじい発見と成果ですよ。解読チームが宇宙人からのメッセージを解読したら月と地球はひっくり返ります。おめでとうございます」

宇宙観測局のナンバー2であり、実質的にこの計画を仕切っているナーウィス・セーガンが興奮気味に語る。

セーガンはアメリカ人なのに病的なまでに弱々しい見た目の男性で、陰ではカイワレ大根（スプラウト）なんて呼ばれている天文学者であり研究者だ。天文学と宇宙物理学の権威であり、完璧主義の実務屋でもある。局内では僕の右腕として振る舞っているけれど、この宇宙観測局も観測チームも、全てはセーガンの才能と実力を存分に発揮させるために僕がつくった彼のためのアトリエでしかない。

言ってしまえば、僕はセーガンや観測チームを支援し援助するためのパトロンかスポンサーでしかないのだ。予算を引っ張ってくるだけが仕事の老人。まぁ、あしながおじさんのようなものだろう。

セーガン自身は子供の頃から宇宙飛行士に憧れ、宇宙飛行士を目指していたということもあって僕を父親のように尊敬してくれてはいたけれど、真に尊敬されるべきはセーガンだった。

「これはお前の功績――いや、観測チーム全体の功績だ。おめでとうを言うべきは、お前たちにだ。僕はただ予算を引っ張ってきたにすぎない。セーガン、久しぶりに地球に降りて学会にでも出席してこい。ネイチャー誌やタイム誌の表紙を飾ってくるといいだろう」

僕が言うと、セーガンは青白いそばかすだらけの頬をかいて皮肉っぽく笑う。

「どうして地球なんかに降りなくちゃいけないんですか？　あんな重力に縛られた田舎はもうこりごりですよ。そういう見栄えのいい華やかな仕事は局長に任せます。あなたはいつだって素晴らしいスピーチをして大勢を虜《とりこ》にする」

僕はスピーチの腕を褒められたにもかかわらず、苦笑いを浮かべるしかなかった。

若い科学者たちの間では、地球を時代遅れの田舎のように扱う風潮がある。もちろん、僕はそれを快く思っていない。

確かに現在の学問や最新技術などは、全て月が最前線で最先端だ。多くの研究者や科学者、技術者が月に上がり、日々研鑽《けんさん》に励んでいる。それでも地球を下に見るような考え方は間違っている。そのような考え方は月と地球との間に分断を招き、不必要な線を引いてしまうだけ。

国境線という名の線を引いてしまうだけだ。

「まぁ、そう言うなよ。お前の発見をお前の言葉で聞きたがっている人が大勢いるんだ。それにまだ月に上がることができない学生たちだって、お前の言葉に触発されるはずだ。いずれ、お前のように月に上がってくるかもしれない。だから、たまには教鞭《きょうべん》を執ってみるのも悪くないだろ？　愛想を振りまけって言っているわけじゃないんだぜ。その才能と偉業を僕に代わって見せつけてこいって言ってるんだ」

僕はセーガンの肩を叩《たた》いてそう勧めた。セーガンは困ったような顔でブロッコリーみたいな頭をかきむしった。

「わかりましたよ。局長が言うのなら地球でいくつか講義をしてきます。でも、雑誌の表紙なんてお断りですからね」

僕は笑って頷《うなず》いた。


数日後、観測チームは無事に電波バーストに込められたメッセージの内容を解読した。その解読結果はとても短く、とても明快だったけれど——多くの人をとても困惑させた。

僕自身も大いに困惑することになった。

僕の場合は、とても個人的な意味で。

電波バーストに乗せて送られた『未知の知的生命体』からのメッセージは、以下の通り——

ハロー、スプートニク。
you copy?

7　メッセージ

解読された『未知の知的生命体』からのメッセージは、僕たち宇宙観測局だけでなく、月と地球のありとあらゆる人々を困惑させた。

宇宙観測局や『オデッセイ計画』の成功を願っている関係者たちは、送られてきたメッセージの中に『未知の知的生命体』の存在に関する何かが、彼らについての手がかりがあると信じていたので、このたった二行のメッセージに大いに面食らってしまった。それこそ、鳩《はと》が宇宙空間に放り出されて豆鉄砲を食ってしまったみたいに。

『未知の知的生命体』の知識や技術、彼らの歴史や生態などが記されているとは――もっと詳しく言うなら、ブラックホールにたどり着くための装置の設計図やブラックホールまでの最短航路、外宇宙との通信方法などが込められているとは夢にも思ってはいなかったけれど、それでも何か意味のあるものが込められていると信じていた。

いや、本当はかなり期待していた。僕はワープやタイムトラベルができるようになるんじゃないかと本気で思い込んでいた。子供っぽい話だけど。

それなのにまさか意味不明なたった二行のメッセージとは、誰も思ってもみなかった。


ハロー、スプートニク。

you copy?

そのメッセージは僕にとってはとても意味のある言葉だったけれど、多くの人にとっては何の意味も見出《みいだ》せない言葉でしかない。

この意味不明なメッセージを受けて、今度は解読された二行のメッセージの意味を読み取ろうとする人たちが大勢現れた。テレビのワイドショーやゴシップ紙、仕事のない芸能人やウェブ配信者がおもしろおかしく騒いで、人々を間違った方向に誘導しはじめた。

彼らは、いつだって間違っている。いつだって間違った方向に人々を導こうとする。ジャーナリズムが正しく機能したことなんて一度たりともない。三流以下のジャーナリストや、番組をおもしろくするためならどんな発言だってするコメンテーターたちは、このメッセージや電波バースト自体が、宇宙観測局やNASAのでっち上げの可能性があると言い出す始末だった。予算を食いつぶすだけの寄生虫とまで言い放つメディアも登場した。

これでは、アメリカ合衆国が打ち上げたアポロ11号をアメリカ政府の陰謀だと、誰も月には行っていないと騒いでいた頃と何も変わってはいないじゃないか？　それを陰謀だと言って許されるのは、純真無垢《むく》な少年少女だけだというのに。人類は月にたどり着き、今ではそこで人生を営んでいるというのに、僕たちは何一つ前に進んでいないみたいだった。人類は、いつまでも同じことを繰り返そうとしている。

そんな辟易《へきえき》するような日々が続きながらも『オデッセイ計画』は滞りなく前に進み続けた。それは人類のスケジュールにしっかりと組み込まれており、今さら誰かが騒ぎ立てたところで取り消すことができるような計画ではなかった。時計の針はしっかりと進み続け、正しい時を刻み続けている。

ちくたくちくたく。

列車はいつだって定刻通りに出発しなければいけなかった。

しかし、宇宙観測局のメンバーがストレスを感じていないかと言えば、世間の声に対して動揺や苛立《いらだ》ちを感じていないかと言えば、そんなことはまるでない。メンバーの多くが神経質になり、普段よりも刺々《とげとげ》しく、感情を荒らげやすくなった。これまでよりもミスを嫌い、他人の失敗にも過敏になり、その結果仕事がうまく回らないという悪循環が起こった。

神経質と完璧主義が白衣を着て歩いているようなセーガンは、病的なまでに神経質で意地悪くなり、局内で怒鳴り声を上げたり、意味のない再計算を延々とやらせはじめる始末。僕が落ち着くように言って休暇を取るように勧めると、セーガンは顔を真っ赤にして捲《まく》し立てた。

「今日も馬鹿なジャーナリストたちが、あれこれ陰謀論を巻き散らしてますよ。あいつらはいつだってありもしない話をでっち上げてデマを流しまくるんです。自分たちが正義だと信じて疑わないろくでなしで寄生虫みたいな奴らなんですよ。ただ反対を叫んでいればいいと思っている能なしどもだ。予算のついているものにケチをつければ、それがジャーナリズムだと思っているんだからお笑い草ですよ。ろくに取材もせず、ただ送信された情報を垂れ流している地球の連中は一層たちが悪い。永遠に重力の檻《おり》の中でこの月を見上げていればいいんだ」

セーガンの怒りは当然だったけれど、こんな調子では使い物にならないし他のメンバーも仕事になりそうもなかった。

「まぁ、落ち着けって。こんなのはいつものことだ。気にするなって言っても無理だろうけど、その怒りを直接ジャーナリストたちにぶつけたりはしないでくれよ？　そんなことになったら格好のスキャンダルだ」

「そんなことくらい分かってますよ。だから局内で怒りを爆発させてるんです。あいつらジャーナリストたちにぶつけられるのなら、とっくにぶつけてます」

セーガンの表情がとても恐ろしかったので、誰か監視をつけておこうとかと本気で考えた。何をしでかすか分からない怖さがセーガンにはあった。マッドサイエンティスト的な雰囲気が。

僕は、とりあえず話を変えることにした。

「あの解読したたった二行のメッセージについて、お前の詳しい見解を聞かせてくれよ」

仕事の話を振ると、セーガンはなんとか落ち着きを取り戻して頭をかきむしる。ブロッコリーは今にも爆発しそうになっていた。

「何の意味もありませんよ。あの二行のメッセージで終わり。行き止まりです」

「メッセージを立体的にしてみたりしたら、何かの装置の設計図だったりっていう可能性はないか？」

「立体的にする？　バカバカしい。映画の話をしたいならよそでしてください」

僕は肩をすくめた。冗談が通じる精神状態じゃないらしい。

「それじゃあ、あのメッセージの意味は何だっていうんだ？」

「さぁ、こちらがメッセージを解読できるかどうか試したんじゃないでしょうか？　もしかしたら次のメッセージが送られてくるのかもしれません」

「どうしてスプートニクなんだと思う？」

僕の心臓は激しく打ちはじめた。

「それも分かりませんよ。人類がはじめて打ち上げに成功した人工衛星だからじゃないですか？『未知の知的生命体』は地球の宇宙開発の様子を遠くの宇宙から詳しく観察をしていて、それを端的に伝えたかったという可能性が考えられますね」

「なるほどな」

「you copy?　という文章を送ってきたことからも、人類に自分たちに——『未知の知的生命体』に出会う準備があるのか、そのための打ち上げ準備は大丈夫なのかと尋ねているんじゃないでしょうかね。下らない推察にすぎませんよ。確かなデータや証拠が何もないんですから」

「たしかにな」

僕は表向き、納得をしたふりをした。セーガンの言葉には説得力があった。筋が通っているし、辻褄《つじつま》も合う。それ以外の可能性を、今のところ宇宙観測局は見つけられずにいる。

だけど、僕はどうしてかその可能性をうまく受け入れることができなかった。

セーガンの正しすぎる言葉は、僕の胸にぽっかりと空いた疑問という隙間を正しく埋めてはくれなかった。

僕の胸に空いたその隙間は、たった一人の女の子の形をしていた。その女の子だけが、僕の胸に空いたその隙間を埋めることができた。馬鹿げているのは分かっていた。そんなことはあり得ないということも分かっていた。

それなのに僕はその考えを、あまりにも荒唐無稽《こうとうむけい》すぎる可能性を、どうしても拭《ぬぐ》い去ることができなかった。

このメッセージは——ユーリヤが僕に向けて送ってきたメッセージなんじゃないかって、そんなことを馬鹿げた考えがどうしても頭から離れなかった。そんなことはあり得ない、セーガンの考えが正しいと自分に言い聞かせながらも、ユーリヤのことばかりを考えていた。そして僕は直感的に、その願望にも似た考えが正しいことを心のどこかで確信していたんだ。

このメッセージは、ユーリヤが僕に送ってきたものなんだって。

僕のことをスプートニクと呼んだ女の子が——ユーリヤが僕に向けて送ってきたんだと。

8 ユー・コピー?

ユーリヤは、僕を月に打ち上げてくれた女の子だった。僕の宇宙への扉は、彼女が開いてくれた。ユーリヤ自身も宇宙飛行士を目指し、月を目指していたけれど——それは叶《かな》わなかった。僕が宇宙飛行士になってこの月を目指したのは、ユーリヤをひとりぼっちにしたくなかったから。

ユーリヤを月につれて行く——そのために僕は月を目指した。僕たちは、お互いの人生と北方四島を賭けて月を目指した。そして、それは叶った。

僕たちは、この月で踊った。

ユーリヤは、今もこの月で眠っている。

青い星が——地球がもっとも美しく見える特等席で、今もユーリヤは静かに眠っている。

地球にはひっそりと『ユーリヤ』と呼ばれる軌道エレベーターが今も稼働していて、『ユーリヤ』は多くの人類を宇宙に送り、そして地球へ迎え入れている。「いってらっしゃい」と「おかえりなさい」を繰り返している。

この月から地球を眺めながら。

だから、遠く離れた宇宙の彼方《かなた》からユーリヤのメッセージが届くなんてことはあるはずがなかった。それはどんな可能性をでっち上げてもあり得ないことだった。

ハロー、スプートニク。
you copy?

これは、僕たちだけの特別なやり取りだった。幼い頃に僕とユーリヤが使っていた秘密の挨拶《あいさつ》——二人で宇宙飛行士ごっこをした時に必ず使う僕たちだけの合言葉で、メールでやり取りをする時にも必ず使っていた。


『いい？　これから私が「ユー・コピー？」って尋ねたら、必ず「アイ・コピー」って返すのよ？

ハロー、スプートニク——ユー・コピー？』

『アイ・コピー』


ユーリヤに「ユー・コピー？」と尋ねられ、「アイ・コピー」と返すことが、僕の最大の喜びだった。僕が「アイ・コピー」と返すと、ユーリヤはいつもにっこりと笑ってくれた。

僕たちは、たどたどしい英語で何度もその合言葉を繰り返していた。

その笑顔だけで、僕はいつだって無重力を体験することができた。

僕のはじまりは――ゼロ・グラビティは、いつだってユーリヤだったんだ。

そういえば、ユーリヤに「アイ・コピー」と最後に返したのはいつだっただろう？

僕は年寄りらしく、またしても過去を振り返った。寄せては返す波に揺られるみたいに、思い出がそっと押し寄せる。

あの『秘密の図書館』でユーリヤと出会ってから、僕たちは長い間一緒に成長を続けた。まるで双子のように。

そして僕たちは離れ離れになり、再会をした。満月の夜に。僕たちは、再び心を通わせることができた。お互いの引力に引かれ合うようにして。

その満月の夜、僕は月に向かう決意をした。

そして、月にたどり着くと確信したんだ。

だけど、その道のりはとても困難だった。38万4400㎞の距離は途方もなく果てしなかった。何度も足を止めそうになってしまうほどに。

本当にいろいろなことがあった。

僕とユーリヤとの距離は、どんどん離れていった。歩いて五分、距離にしてわずか百メートルもなかった僕たちの物理的な距離は、ユーリヤが種子島に引っ越したことで千キロも離れ、その後アメリカに留学してしまったことで一万キロになった。それでも僕たちは何度も再会して、その距離をゼロに縮めた。

種子島。

ロシアの星の街。

インドネシアの島で。

離れ離れになっていても、僕たちは互いの引力を感じることができた。それを感じてさえいれば、僕は前に進むことができた。だって僕たちはいずれ38万４４００㎞もの距離を乗り越えて再会を果たすのだから。

僕は、いつだってユーリヤの背中を追い続けた。

僕はユーリヤの衛星だった。

スプートニクだったんだ。

そんなふうに月を目指してがむしゃらに走り続けた日々から、ずいぶんと時間が経《た》ってしまったことを改めて実感した。

僕は、ようやくそのことに気がついたような気がした。月に上がってきてからの日々も同じようにがむしゃらで、僕はいつも迷子のようになっていたから、過去をうまく振り返ることができずにいたのかもしれない。

自分のよぼよぼの手足を眺めている時や、地球の重力に耐えることができない重すぎる体を動かしている時や、百年後の未来に向けて仕事をしている時には実感できなかった本当の時間の重みのようなものを、僕は今ようやく実感することができた。人生の最後を前にした時に、どうしようもなく気がついてしまう恐怖や後悔のようなものを、僕は今ようやく感じていた。

不意に、最後にユーリヤに向けて「アイ・コピー」と言った瞬間の記憶がよみがえった。寄せていた波が大きな波になって帰ってきた時のように、僕はその波にのみ込まれた。

その記憶は、暗い病室。

ユーリヤはベッドに横になっていた。その手はとても冷たく、その顔色は怖いくらいに真っ白だった。僕はユーリヤが透明になってしまうんじゃないかって気が気じゃなくて、なかなか自分の話を切り出せずにいた。

その日は、僕の月面行きが決定した日だった。

僕はそれを告げるために急いで帰国して、ユーリヤの病室に向かった。

それは僕たちの約束が叶《かな》うことを報告する、待ち望んでいた日のはずだった。だけどその日、僕は心の中でこんなにも残酷なことがあるだろうかと、自分の人生に絶望しそうになっていた。同じように月を目指したはずの幼い宇宙飛行士の二人があまりにも対照的すぎて、僕はそれをうまく受け入れられずにいた。こんなものをどうやって受け入れればいいんだろうって、僕は怒りと悲しみで震えていた。僕は、どうしようもないほどに傷ついていたんだ。

なかなか報告を切り出さない僕に、ユーリヤはベッドに横たわったままにっこりと笑いかけた。

「決まったのね。月に行く日が?」

ユーリヤの声は小さくかすれていたけれど、ユーリヤが心から喜んでくれていることだけはしっかりと伝わってきた。ユーリヤはとても穏やかで、その表情はとても深い親しみに溢《あふ》れていた。こんなにも穏やかな表情のユーリヤを、僕は見たことがなかった。全てを受け入れてしまうような穏やかさが、そこにはあった。全てのエゴを捨て去ったような静けさが。

「ああ、とっても素敵ね。スプートニク、あなたは私を月につれて行ってくれるのね？　あなたはいつだって私との約束を守ってくれる。私のスプートニク。しっかりと宇宙飛行士の役目を果たしてくるのよ。ユー・コピー?」

その言葉に、僕は決意を込めて返したんだ。

あらゆる理不尽や不条理を——怒りと悲しみを、絶望のような感情をのみ込んで打ち消すように、しっかりと決意の言葉を返した。

「アイ・コピー」

僕の返事を聞いたユーリヤは、幼い頃と同じようににっこりと笑ってくれた。

僕はその笑顔を胸に焼き付けて、月に向かう決意を新たにした。

これがユーリヤに「ユー・コピー?」と尋ねられ、僕が「アイ・コピー」と返した最後。

この後、僕はユーリヤと再会するために月に上がった。

ユーリヤの言葉はいつも僕の中に響き渡っている。『フライ・ミー・トゥー・ザ・ムーン』の音楽と共に。

『そうね。きっと、あなたが私を月につれて行ってくれる。ああ、なんて素敵なんだろう。私たち、月で踊るのね』

ユーリヤが言ったように、僕は月に上がりユーリヤと踊った。

『いずれ、人類の誰もが宇宙に行ける時代が来るわ』

ユーリヤが願った通り誰もが宇宙に行ける時代が訪れた。ユーリヤのつくった軌道エレベーターはその時代の到来を加速させた。『ユーリヤ』と呼ばれる軌道エレベーターは、宇宙時代の礎《いしずえ》となった。

『ねえ、スプートニク？　いつか、別の誰かと結婚してね。本物の結婚式を挙げて、この宇宙で一番幸せになってね。そうだ。月で暮らすのもいいかもしれないわね？　きっと、月面には大きな都市ができるわ。たくさんの人がその都市に移住するの。それでね、あなたは月で猫を飼うの。それって、とても素敵だと思わない？　きっと、そうなるわ。北方四島を賭けたっていいんだから』

ユーリヤが願った通り、僕はソーネチカと結婚して本物の結婚式を挙げた。この宇宙で一番幸せになったと思う。もちろんこの月で暮らしている。

月面には大きな都市が――『アームストロング市』ができた。たくさんの人々が地球から上がってきて、月で生活を営んでいる。そして僕は月で猫を飼っている。クドリャフカを。それは本当に素敵なことだった。

ユーリヤが北方四島を賭けて願ったことは、全て実現した。

賭けは、今も僕が負けたまま。

全てはユーリヤが言った通りになった。

そして今、僕は再び「ユー・コピー？」と尋ねられている。

人生の最後を前にして。

この数奇な巡り合わせを、この不可解な一致を、僕はどうしてもユーリヤと結びつけずにはいられなかった。

だって、僕はユーリヤのスプートニクだから。

僕をスプートニクと呼ぶのはこの宇宙でただ一人――

ユーリヤだけなのだから。

9　ゼロ・グラビティ

「にゃー」

気がつくと、僕の膝の上にクドリャフカが乗っていた。僕は、自分がどれだけ思い出の海の中に沈んでいたのか分からなかった。クドリャフカは僕の指をぺろぺろ舐《な》めて、何かを訴えかけるように甘えた声を出した。僕は愛すべき黒猫の頭を撫《な》でてやった。

「ジンジャーエールならダメだぞ。お前は最近太り過ぎなんだから」

「にゃー」

クドリャフカは不機嫌な声を上げる。

「お前が長生きしてくれないと、ソーネチカが悲しむだろう？」

「にゃー」

僕の言葉を理解してくれたのか、クドリャフカは長い尻尾で僕の膝を数回打った後、おはぎのように丸くなって静かになった。書斎には『スタークロスト・ラヴァーズ』の気だるいメロディが響いている。

僕は書斎を見渡した。たくさんの本と宇宙船の模型。天井からつり下がった天体の数々。懐かしい思い出。

僕は机の上のノートパソコンを操作して、地球と通信をするための高速回線システムを起動した。メールサービスのブラウザを開いてアドレスを打ち込んでいく。記憶だけを頼りにキーボードを打ちはじめたけれど、僕はその宛先をよどみなく思い出すことができた。指先がその宛先をしっかりと記憶していたみたいに。

それは幼い頃に、僕とユーリヤが使っていた二人だけの秘密のアドレスだった。

僕とユーリヤだけしか知らない二人だけの宛先。

二人だけの郵便ポスト。

高校生になってユーリヤが種子島に引っ越してしまった後、僕たちはこのメールアドレスを使ってお互いの近況を報告し合った。大学生になるまで、僕たちはこのメールアドレスを使っていたと思う。僕が宇宙飛行士になって以降は、一度として使っていない。このメールアドレスが使えるかどうかも分からない。そんな曖昧《あいまい》な宛先であり郵便ポストだった。

そんな古びたポストに手紙を送っても、ユーリヤに届かないことは分かっていた。宛先不明でメールが戻ってくるか、永遠に返事が返ってこないこともちゃんとわかっていたんだ。それでも僕は、そのメールアドレスに向けてメールを送らなければならないと確信していた。

その宛先に手紙を送るべきなんだと。

だから、僕は震える指で手紙を綴《つづ》った。

ユーリヤに向けて。

ハロー、ソユーズ。

i copy.

メールを送信した後、僕はどっと疲れて大きなため息をついた。じんわりと汗をかいて、口の中はひどく渇いていた。ジンジャーエールが飲みたかった。甘く刺激のある炭酸で喉を潤したいと思った。『カナダドライ』でも『ウィルキンソン』でも『シュウェップス』でもなんでもいいから、喉の奥に流し込みたかった。クドリャフカのお気に入りは『シュウェップス』だった。味の分かる猫なのだ。

だけど、僕はジンジャーエールを取りにはいかなかった。ただ黙ったままノートパソコンの画面をのぞき込み続けて、その時が来るのをじっと待っていた。その間、僕の心臓は激しく鼓動していて、まるで百メートル走を全力で走った後みたいだった。

僕には予感があった。その手紙が無事に宛先に届いて、返事が返ってくるだろうという予感という名の確信が。

高校生になってはじめてユーリヤにメールを送った時のことを思い返していた。あの時、僕はユーリヤから送られてきた手紙の返事を書いた。何度も書き直しをして、送った後は不安で仕方がなかった。今の僕に、その不安はなかった。

その時が訪れたように短いチャイムみたいな音楽が鳴って、僕は懐かしさとともにようやく不安を感じた。たった今届いたばかりの手紙を見て、目を見開く。震える指でメールを開いて、僕は大きく胸を震わせた。

幼い頃に感じた無重力を、僕はもう一度感じることができた。この年になってもまだ、僕は無重力を感じることができたんだ。

いつだって僕のゼロ・グラビティは――ユーリヤだった。

僕は返ってきた手紙を読んだ。

ハロー、スプートニク。

こちらソユーズ。

新しい任務を告げる。

10 エンディミオン

ソユーズから新しい任務が送られてきてからというもの、僕は何もかもが夢か幻のように思えて自分自身を現実にうまく繋《つな》ぎ止めておくことができずにいた。まるで無重力空間に放り出されたまま、終わりのない船外活動を行わされているような気分だった。

僕は、宙に浮いたような日々を過ごしていた。仕事でもプライベートでも役立たずになり、聞いた話はまるで覚えておらず、自分が何を言ったのかもまるで記憶にないろくでもない状態に陥った。仕事の指示を出そうにも指示の内容が思いつかず、集中力というものが僕の体から抜け去ってしまったみたいだった。そしてまるで新人の宇宙飛行士に戻ってしまったみたいに、そこら中に頭をぶつけた。

宇宙観測局のメンバーはついに僕の認知症がはじまったと噂《うわさ》をしはじめ、セーガンはそんな腑抜《ふぬ》けた僕に直接怒りをぶつけた。

「局長、やる気がないとか体調が優れないなら、今すぐに帰ってください。置物のウサギでも今の局長よりは役に立ちます。なんといったって置物のウサギは人の仕事の邪魔をしませんし、変な噂の種になって私を苛立《いらだ》たせたりしませんからね。正直に言って足手まといです」

「すまない」

素直に謝罪して観測局を後にした。

僕は四六時中ソユーズのことを考えていた。

『未知の知的生命体』やブラックホールと、僕とユーリヤが使っていたメールアドレスにいったいどんなつながりがあるというのだろうか？

この数奇な星巡りの意味を、僕はずっと探し続けていた。しかしどれだけ深く考えたところで、その意味を正しく理解することは不可能だった。

ソユーズから送られてきた任務は、『未知の知的生命体』が僕にコンタクトを取ろうとしてきたとも考えられる。あくまでも一つの可能性として。僕とユーリヤが使っていたメールアドレスを介する意味は全く分からなかったけれど、それでも僕に直接コンタクトを取ろうとしていることだけは間違いなかった。

このことを、僕は誰にも話していなかった。宇宙観測局のメンバーにも、セーガンにも――そしてソーネチカにも。もしも『未知の知的生命体』が僕個人に直接コンタクトを取ろうしてこんなにも回りくどいやり方をしてきたのなら、それには何かしらの意味や理由があるはずだった。僕にだけ分かるようにメッセージを送ってきたことからも、他の誰にも知られたくないはずだと僕は考えた。そのために『未知の知的生命体』は、僕とユーリヤの過去を利用したのかもしれない。

それともソユーズからの任務は、本当にユーリヤが僕に向けて送ったのかもしれない。あり得ないと、あり得るはずがないと思いながらも、僕はその可能性を捨てきれずにいた。考えれば考えるほど、僕は深い海の底に沈んでいくみたいだった。思考の海で溺れてしまうように。

僕は書斎にこもってソユーズから送られた新しい任務や、『未知の知的生命体』のことを考え続けた。その答えが出ることはないと知っていながら。そして、ユーリヤのことを思った。

「にゃー」

『スタークロスト・ラヴァーズ』のメロディにまぎれて、クドリャフカの鳴き声が聞こえた。その鳴き声は僕に膝を明け渡せと言っていたので、素直に席を用意した。丸々と太った黒猫は僕の膝の上に飛び乗り、満足そうに頷《うなず》いた。

「にゃー」

クドリャフカにしては珍しく、今日はかなり人懐っこかった。僕のたるんだお腹《なか》に鼻をこすりつけ、自慢の肉球で僕の膝を優しく叩《たた》く。そして何度も甘い声で鳴いた。いつもはふてぶてしいくらいに不愛想なくせに。

「どうした？　ジンジャーエールが飲みたくて禁断症状でも出たのか？　でもダメだぞ。それともマグロが食べたいのか？　それなら少しは考えてあげてもいい」

マグロの缶詰は、ジンジャーエールに次ぐクドリャフカの好物なのだ。

「にゃー」

クドリャフカの鳴き声は、明確に否定を表明していた。

長い間、動物と一緒に生活すると、不思議と意志の疎通ができるようになる。言葉が伝わらなくても、お互いの考えが分かるようになる。人と動物は長い間、そのようにして生きてきた。寄り添ってきたんだ。

否定を表明したクドリャフカは、それでも僕の膝に留《とど》まり続けて甘えている。僕がどうしたものかと困っていると、書斎のドアが開いた。

「クドリャフカ来てる？」

ソーネチカがやってきて尋ねた。

「来てるよ。こいつ、今日はなんだかおかしいんだ。僕の膝の上でずっと甘えてる」

「ここ数日あなたの様子がおかしいから、クドも心配しているのよ。今日だって仕事を早退してきたんでしょう？」

ソーネチカは僕の隣に寄り添って心配そうに僕を見つめた。

「耳が早いね」

「あなたのことが心配だから、常に監視をしているのよ。隠し事なんて許さないんだから」

「隠し事なんてしてないよ。話すべき時に話す。必要な言葉は必要な時に口にする。それが僕の信条なんだ」

ソーネチカが僕を見つめたまま頷《うなず》く。今の言葉で、僕が呆《ぼ》けていないということは伝わったみたいだった。

「大丈夫?」

僕の肩を撫《な》でながら、ソーネチカは率直に尋ねる。

「分からない。正直に言えば戸惑っている」

僕も率直に答えた。

「でも、今はその理由を話すべき時じゃないのね? だから、沈黙したまま解決の方法を探している」

「そうかもしれない。だけどそのせいで、ソーネチカや観測局のみんなには迷惑をかけている。申し訳ないけれど」

「あら、誰も迷惑だなんて思っていないわよ? みんな、あなたのことが心配なのよ。偉大なる宇宙飛行士だったあなたが、そこら中に頭をぶつけているんだもの」

ソーネチカはくすりと笑いながら、僕の頭にできたたんこぶを撫でてくれた。

「それに、あなたはもう十分すぎるほどこの月と地球のために力を尽くしてくれた。長い休暇を取って羽を伸ばしたっていいのよ? 引退して悠々自適に過ごしたって誰も文句は言わないわ」

「ありがとう。そんなふうに言ってもらえるなんて思わなかったよ」

「みんなそう思っているわ。セーガンなんて、あなたの様子がおかしいってすごい取り乱しようだったのよ？　彼の通話の声を録音してあなたに聞かせてあげたかったくらい」

僕たちはくすくすと笑った。

「私に何かできることがあったら言ってね？　本当はもっと力になってあげたいし、もっとあなたのそばにいてあげたいんだけれど」

「もう十分すぎるほど力になってくれているよ。それに、十分そばにいてくれてる。僕はとても幸せだ。僕のほうこそ、もっとソーネチカの力になってあげたいって思ってる」

僕たちは手を握った。ソーネチカは満足そうに頷いた後、「そう言えば」と思い出したように言った。

「NASAと宇宙観測局に依頼されてたブラックホールの愛称だけど、ようやく決まったの」

「そう言えば、そんな話もあったな」

すっかり忘れていた仕事の内容を思い出した。

僕たち宇宙観測局は『オデッセイ計画』の目的地であるブラックホールの愛称を、ソーネチカに依頼していた。

宇宙望遠鏡『エウレカ』によって発見されたブラックホールには、発見者の名前を冠した正式な学名がつけられているけれど、『オデッセイ計画』を行ううえで一般の人にもわかりやすく興味を引きやすい愛称をつけようという議題が持ち上がった。主に広報上の理由で。そして、その名前をソーネチカにつけてもらおうという話になった。

月で最も知名度の高いソーネチカにブラックホールの愛称をつけてもらうことによって、莫大な予算のかかる『オデッセイ計画』の理解を深め、計画に好意的になってもらおうという宣伝戦略の一つ。やれやれって話ではあるけれど。

「『エンディミオン』にしたの」

「『エンディミオン』？」

僕は聞きなれない単語に首を傾《かし》げた。

「ええ。『エンディミオン』はギリシャ神話の登場人物なの」

「ギリシャ神話？」

僕には全く縁のない物語だった。

「『エンディミオン』は、月の女神セレーネーが恋に落ちた相手の名前よ。だけど、女神であるセレーネーと違って普通の人間である『エンディミオン』は、日に日に年老いてしまう。そのことに耐えられなくなったセレーネーは、全能の神ゼウスに『エンディミオン』を不老不死にするようお願いするの。ゼウスはその願いを聞き入れ、『エンディミオン』を永遠の眠りにつかせる。それ以降、セレーネーは毎夜地上に降りて『エンディミオン』に寄り添うのよ」

「悲しい物語だね」

「そうかしら？」

ソーネチカは複雑な表情を浮かべて続ける。

「永遠を手に入れたんだから、セレーネーは幸せだったかもしれないでしょう？ 『エンディミオン』には気の毒な話かもしれないけれど。それでも愛した人と永遠に一緒にいられるというのは素敵なことよ」

セレーネーの複雑な恋心をうまく理解できなくて、僕は苦笑いを浮かべた。

「それに、物語性があったほうがコマーシャルに使いやすいでしょう？」

ソーネチカは、宇宙観測局やＮＡＳＡが自分にネーミングの依頼をした意図を完璧に見抜いていた。それは当然のことだった。ソーネチカは幼い頃から、幾度となく大人たちの願いを叶《かな》え続けてきたのだから。

間違いなく完璧なネーミングだった。

月の女神セレーネーが恋に落ちた『エンディミオン』。

僕たち月の宇宙観測局が目指す、未来の可能性に満ちたブラックホール――

『エンディミオン』。

「ありがとう。きっとみんな気に入るよ」

「そうだといいけど」

僕たちは一瞬深く見つめ合い、そして頷《うなず》き合った。話すべきことは話し終え、僕たちはお互いを理解し合った。

「もう行くわね。あなたの仕事を邪魔しそうだし。ほらクド、あなたも行くのよ。今日は私の部屋にいらっしゃい。たっぷりと可愛がってあげるから」

「にぎゃー」

ソーネチカが僕の膝の上のクドリャフカを引き取ろうとすると、デブ猫は珍しく本気で嫌がってみせた。激しく鳴いて何かを強く訴えていた。金色の瞳で僕を真っ直ぐに見るクドリャフカは、僕に対して明確な反対を表明していた。まるで、これから僕が行おうとすることを知っているかのように。猫はいつだって賢く、勘が鋭いのだ。

「にゃー」

ソーネチカに抱えられてつれて行かれたクドリャフカの最後の鳴き声が、なかなか僕の頭から離れなかった。どうしてか、もう二度とその鳴き声を聞くことができないような気さえした。

僕一人残された書斎は静寂に包まれ、演奏を終えたレコード針のジジジジジというノイズ音だけがうるさいくらいに響いている。

僕は机の上のノートパソコンの画面を見つめ続けて、その時が来るのを静かに待った。

星が巡り合うのを待つみたいに。

11　スピードマスター

ソユーズから送られてきた任務は、とても簡単で単純なものだった。指定された時刻に、指定されたアドレスにアクセスをする。さらにアクセスをしたページに指定された数字を打ち込む。それだけ。

単純明快な任務だ。

ただ意味が分からないというだけ。

打ち込む数字は八桁。

どうして八桁の数字なのかも、指定された数字の意味も、呆《あき》れるくらい簡単に理解することができた。意味が分かったからこそ、僕の戸惑いは激しくなった。

僕は腕に巻いている腕時計を眺めた。オメガのスピードマスターは深夜零時《れいじ》を刻もうとしている。僕はゆっくりと立ち上がり、レコードプレイヤーに向かった。いくつかのレコードを手に取って眺める。ブラックホールのように黒くて丸いレコードをジャケットから取り出してターンテーブルの上に乗せては、再びレコードをジャケットに戻す。そんなことを繰り返した。

最終的に一枚のレコードをターンテーブルの上に乗せて、レコード針をゆっくりとレコード盤の溝に落とした。再生ボタンを押すとレコードがゆっくりと回りはじめ、小さな宇宙が音楽を奏ではじめる。

僕は『フライ・ミー・トゥー・ザ・ムーン』でも『ウェン・ユー・ウィッシュ・アポン・ア・スター』でもなく、この状況にふさわしいとは思えない『スタークロスト・ラヴァーズ』を選曲した。どうしてか、この曲が無性《むしょう》に聴きたかった。

僕はムードのあるゆったりとした音楽を聴きながらノートパソコンに向き直り、指定されたアドレスを打ち込んでエンターキーを押す。すると、ただ真っ黒なだけのページが現れる。その黒さは全てをのみ込んでしまうブラックホールのように見えた。画面の中央には白いカーソルが灯《とも》っていて、そこに指定された数字を打ち込んでいく。黒い画面の中心に八桁の数字が白く表示されると、僕は大きく息を吐いた。

これから先いったい何が起こるのか、何がどうなるのかまるで分からない。だけど、何かが待ち受けていることだけは理解していたし、覚悟していた。

後は、エンターキーを押すだけでいい。

グリニッジ標準時の十一月三日の深夜零時に指定されたアドレスにアクセスをして、指定された八桁の数字を打ち込む。それがソユーズから送られてきた任務の内容。

ただし、数字を打ち込めるのは一度きり。深夜零時《れいじ》から一分以内に数字を打ち込みエンターキーを押さなければ、アドレス先のページごと消滅すると書き添えられていた。まるで古臭いスパイ映画を観ているようでうんざりしたけれど、僕にはこの命令を実行する以外の選択肢はない。

「よし。あとはエンターを押すだけか。いったい何が待ち受けているのか？　僕はいったいどうなってしまうのか？　まるで分からないな。でも、僕はこの任務を遂行しなければいけない」

僕は深夜零時になったことを確認し、震える指先でエンターキーを押した。

その瞬間――僕の意識は深い海の底に沈んでいくみたいに暗転していった。くるくると、僕の中で何かが回転をしている。まるでレコードが反対に回っているみたいに。

何かもかもが逆回しになっているような感覚がして――僕は走馬灯《そうまとう》を見ているかのように、これまでの人生を垣間見《かいまみ》た。これまでたどってきた全ての道のりを逆回しに眺めながら――僕は、僕の人生の出発点にたどり着いた。

この長い旅のはじめの一歩を踏み出した日に。

それは八桁の数字が示していた日付で、僕の人生を決定づける運命的な出会いの日だった。

あの瞬間、僕の全てがはじまった。

スプートニクとしての人生が。

この逆回しの終着点は、
僕の人生のはじまりだった。

出発点であり。

始発駅であり。

スタートライン。

12　あなたは必ず、私のもとにたどり着くわ

歯車が重なり合うような感覚がした。そして、巻き戻ったレコードが再び回りはじめるような感覚が。

僕はいつの間にか立ち尽くしていて、両手には宇宙船の模型を持っていた。

それは、ボストーク1号だった。

ここは僕の書斎じゃなかった。だけど、見覚えのあるとても懐かしい場所。部屋の中には宇宙船の模型がたくさん飾られていて、天井からは太陽系の天体が透明な紐《ひも》でぶら下がっている。

ここは僕の思い出の中にあるはずの――

秘密の図書館だった。

ボストーク1号を持つ僕の両手は焼き立てのマドレーヌみたいに小さく、とても血色が良かった。目に見える景色は全てが高く、何もかもが大きく見えた。背伸びをしなければ世の中の全てに手が届かなかったあの頃みたいに。

僕は、自分の体が幼少期の頃に戻っていることを強く実感していた。

だって今、僕の目の前にいる女の子は――いつまでも色あせることのない思い出の中のまま、僕の記憶の中のままそこに立っていて、そして微笑《ほほえ》んでいたから。

「ユーリヤ」

僕は絞り出すような声でその名前を、ユーリヤを呼んだ。その声は年老いてしわがれた声ではなく、甲高《かんだか》く溌溂《はつらつ》としていた。まるで勢いよくトランペットを吹いたみたいに。

ユーリヤはとても清潔そうな、たった今洗濯が終わったって感じの白いワンピースを着ていて、大きな灰色の瞳で僕を見つめている。

僕があの真っ黒な画面に打ち込んだ八桁の数字――

僕とユーリヤが出会ったあの日の姿で。

「ハロー、スプートニク」

ユーリヤはとても懐かしそうにその名前を呼んだ。まるで、これまでの距離を一瞬で埋めてしまうかのような親しみがそこにはこもっていた。だから、僕も改めて感じることができた。一目見ただけで他の女の子とは違うんだって――彼女は特別なんだって分かる雰囲気が、そこにはあるんだって。

「ユーリヤ？　本当にユーリヤなのか？」

僕は戸惑いながら漏らし、信じられないと目の前のユーリヤを見つめ続けた。

「ええ。そうよ」

「でも、そんな？　こんなことが？　これはいったい？」

ユーリヤは僕にゆっくりと近づいて僕の手の中のボストーク1号を取り返すと、それを大事そうに両手で抱えた。まるで帰還する宇宙船を迎え入れるような、そんな優しい表情が特徴的だった。あの日と同じように。

「世界ではじめて人を乗せて宇宙に行ったロケットなんだから。そんなことも知らないんだ？　あと、ここはパパの書斎なんだから勝手に入らないで。人の家に来て、勝手にお部屋の扉を開けるなんて失礼だわ」

ユーリヤはそう言うと、唇をつんと尖《とが》らせる。自分が本物であると証明するみたいに、僕たちの出会いを再現してみせた。

「ユーリヤ」

再び巡りあった僕たちは互いの存在を確認し、そして認め合ったことを理解した。目の前のユーリヤは本物のユーリヤで、僕たちはまた再会したんだと。とても信じられないことだけれど。

「ユーリヤ、これはいったいどういうことなんだ？　ここはどこで、僕たちはどうして子供の姿をしていて、どうして『未知の知的生命体』からのメッセージがユーリヤなんだ？　それに、ユーリヤは月で――」

僕は、その先の言葉をのみ込んだ。ユーリヤは悲しそうに笑って、僕の頬をそっと撫《な》でた。まるで出来の悪い弟を慰めるみたいに。

「ねぇ、スプートニク。あなたは今、とても戸惑っている。そして多くの疑問を抱えている。その疑問を私に尋ねたいと思っている」

ユーリヤは戸惑う僕に優しく言う。まるで優しい姉のように。

「でも、あなたはこれから今以上に戸惑い、もっと多くの疑問を抱くことになるの。そしてこれから、とても長い旅に出なければならない。その道のりはとても長く険しくて――あなたはこれからとても大変な目に遭う。とてもひどい目にたくさん遭うの。これまでの人生で経験したことのない困難を、何度も乗り越えなければならない。スプートニク、あなたはきっと全てを投げ出してしまいたくなると思う。ううん、きっとそうなるの。あなたは何度も挫《くじ》けそうになり、足を止めてしまいそうになる。旅を終わらせてしまおうと。でも、それでもね、スプートニク――あなたは、必ず私にたどり着く」

「僕が、これから旅に出る？　そしてユーリヤにたどり着く？」

僕は、僕のことを真っ直ぐに見つめるユーリヤに尋ねる。

ユーリヤの顔はとても傷ついていて、今にも泣き出しそうに歪《ゆが》んでいた。とても弱々しく。少し触れただけで粉々に砕けてしまいそうだった。濡れて光った大きな灰色の瞳の中には、今にも泣きそうな女の子と同じように、今にも泣き出してしまいそうな弱々しい男の子の顔が映っていた。

再会した僕たちは、とても弱々しかった。寄り添っていなければ壊れてしまいそうなくらいに。勇気を振り絞ったように、女の子が力強く頷《うなず》く。

「ええ。あなたは必ず、私のもとにたどり着くわ。何度も何度もやり直しをして――何度も何度も繰り返して。とても長い時間をかけて、私にたどり着くの。長い旅を終えた末にね。私は、いつまでも待っている。スプートニクと再会できるのを。いつだって、あなたは私の願いを叶《かな》えてくれるんだから」

ユーリヤは優しく僕を抱きしめた。もう二度と離さないというみたいに。それは子供が駄々をこねた時にするみたいな抱きしめ方だった。

「スプートニク――ユー・コピー？」

ユーリヤにそう尋ねられ、僕は迷うことなく返した。

いつだって、僕はそう言葉を返すんだ。

「アイ・コピー」

その言葉を発した瞬間――

僕の意識は、またしても深い海の底に沈んでいった。

くるくると、僕の中で何かが回転している。きゅるきゅると、まるでレコードが高速で回転しているみたいな音が聞こえた。大きな何かによって僕というレコードが早回しされているみたいだった。

その音が聞こえている間、僕がユーリヤから離れていっているのを感じていた。とても遠くに行ってしまうのを感じ続けていた。

僕とユーリヤは、再び離れ離れになってしまう。そのことが何よりも悲しかった。せっかく再会することができたのに。

もうユーリヤの引力を感じることができなくなっていた。

そして、それが長い旅の――

オデッセイのはじまりだった。

13　カウントダウン

　気がつくと、僕は再び書斎にいた。

『スタークロスト・ラヴァーズ』が流れていて、そのメロディはとても遠くのほうから聴こえてくるみたいだった。そして、そのメロディはとても悲しく聴こえた。いつも以上に。

　ノートパソコンには黒い画面が映ったままで、画面の中央には白いカーソルが灯《とも》っている。僕はたった今僕に起きた信じられない出来事の意味も分からないまま、そして多くの謎や疑問を置き去りにしたまま、腕に巻いたスピードマスターに急いで視線を落とした。

「十一月三日の深夜零時《れいじ》ちょうど？」

　つまり、僕がたった今体験した信じられない出来事は――幼少期に戻ってユーリヤと再会を果たしたことは、公式の時間の中では行われていなかったということになる。まるで誰かがカレンダーからそっと消し去ってしまったみたいに。

「だけど、僕は間違いなくユーリヤと再会したんだ。夢でも幻でもなく、本当にユーリヤと再会したんだ。そしてユーリヤにたどり着かなければならないと言われた。必ずユーリヤにたどり着くと。僕のことを待っていると。そのために、僕は旅に出なければならない。ユーリヤにたどり着くために」

　あれが、僕の願望が作り出した都合の良い幻なんてことは考えられない。本格的な認知症がはじまったとも思いたくはない。

僕は、先ほどのユーリヤとの再会が間違いなく行われたことを理解していた。たとえ僕たちの再会を誰かがこっそりと消し去ってしまったとしても、それは確実に行われた。

この宇宙のどこかで。

片隅で。

ユーリヤは言った。

「スプートニク——あなたは、必ず私にたどり着く」

その言葉の意味はまだ分かってはいなかったけれど、僕はもう一度ユーリヤと再会しなければならない。そのことだけは間違いなかった。

深夜零時を一分過ぎれば、この真っ黒なページは消滅する。

一分以内に再び八桁の数字を打ち込んで、僕は過去に戻らなければならない。

戻った先に、ユーリヤがいるのかどうかは分からないけれど、僕は八桁の数字を——ユーリヤと出会った日の日付を打ち込んだ。

深夜零時一分まであと十秒。

10・9・8・7・6——

ねぇユーリヤ、

僕は必ずユーリヤにたどり着くよ。

二度と、ユーリヤをひとりぼっちにはしない。

僕はそう誓ったんだ。

5・4・3・2――

ユーリヤ、待っていてほしい。
今、迎えに行く。

1――

僕は、エンターキーを押した。
そして、僕は長い旅に出たんだ。
ユーリヤにたどり着くためのオデッセイに――

0。

Track8

Theme From a Summer Place

1　Re：スプートニク

巻き戻ったレコードが再び回りはじめ——新しい演奏がはじまる。

僕は秘密の図書館に立ち尽くしていて、両手でボストーク1号を持っている。

そして目の前には——とても清潔そうな、たった今洗濯が終わったって感じの白いワンピースを着たユーリヤが立っていた。

「ユーリヤ？」

僕は思わずユーリヤの名前を呼んでしまう。

「私は、勝手に触らないでって言ったのよ？　それに私の名前を呼び捨てにして。さては、お母さんに私のことを聞いたのね？」

ユーリヤは不機嫌に言いながら僕に近づき、僕の手の中からボストーク1号を取り返すと、それを大事そうに両手で抱えた。帰還する宇宙船を迎え入れるような、そんな優しい表情で。

「ボストーク1号」

僕は何かを確かめるようにそう言った。ユーリヤは少し驚いたように目を見開く。

「へぇ、あなたボストーク1号を知っているのね？　そうよ。世界ではじめて人を乗せて宇宙に行った宇宙船なんだから」

ユーリヤは得意げに言ってみせる。

僕は、そんな幼いユーリヤを見て確信する。今目の前にいるユーリヤは、先ほど再会したユーリヤとは別のユーリヤだと。自分でも何を考えているのか分からなかったけれど、今僕の目の前にいるユーリヤは——僕とはじめて出会ったあの日のユーリヤだった。

僕たちは、これから長い時間を一緒に過ごすことになる。

そう思った瞬間、僕はこれから起こることに身構えた。僕はこれから、人生ではじめての無重力を体験する。しっかりと身構えていなければ、地球の重力にしがみついていなければ、僕は胸をついて溢《あふ》れ出す思いや、感情の波に飲み込まれて溺れてしまうだろうから。

「あなたはボストーク1号のことを知っていたから、特別にこの書斎に入ったことをお母さんに言いつけるのはなしにしてあげる。内緒にしてあげるわ。でも、そのかわりに一つだけ条件があるわ」

「条件」

僕は、思い出をなぞるように尋ねた。

「そうよ。今日からあなたは私のスプートニクになるの」

「スプートニク?」

僕の声は震えていた。そんな僕を見たユーリヤは驚いて灰色の目を丸くしたけれど、すぐに僕に寄り添って僕の頭を撫《な》でてくれた。とびっきりお姉さんぶるように。

「あなた、バカね? そんなに怖がらなくてもいいでしょう。お母さんに言いつけるなんて冗談なんだから。ほら、これがスプートニクよ」

ユーリヤはスプートニクの模型を僕に手渡した。スプートニクは金属の球に一方向に向かって四本の棒が付いた、なんだかわけの分からない形をしていた。僕ははじめてこれを見た時、工作の時間に失敗をしたガラクタだと思ったんだ。

そう思ったんだよ、ユーリヤ。

「人工衛星っていうのは、地球の周りをいつも離れずにぐるぐる回っているでしょう？　それがあなた。つまり私の後ろを、いつもくっついていればいいの。簡単でしょう？」

僕はその言葉をはじめて聞いた時、なんてひどい提案で、なんてひどい女の子なんだって思ったんだ。

ねぇ、ユーリヤ——僕はそんなふうに思ったんだよ。

「いい？　これからあなたは私のスプートニクなんだから、勝手にどこかに行ったり、私の許可なく私の先に行ったりしちゃいけないいんだからね」

この瞬間、僕の人生は決定づけられたんだ。

ユーリヤのスプートニクになるっていう人生を。

僕は、静かに頷《うなず》いた。

「よろしい。私は、ユーリヤ・アレクセーエヴナ・ガガーリナよ」

ユーリヤはワンピースの裾《すそ》をつまんで可愛らしくお辞儀をした。その瞬間、僕は体が浮かび上がったんじゃないかってくらい胸を弾ませた。

ねえ、ユーリヤ——これが、僕の人生ではじめての無重力体験だったんだよ。

ユーリヤは、僕と目を合わせてにっこりと笑った。その笑顔を見てしまったら、僕はもう思い出の波にのみ込まれて、自分がどこにいるのかわからなくなってしまった。溢《あふ》れ出すものを、流れ出す思いを、寄せては返す感情を、僕は自分の中に留《とど》めておくことができなくなっていた。

そんなことできるわけないいんだ。

そんなこと、できるわけがないじゃないか？

だって、僕の目の前にユーリヤがいるんだから。

「ねぇスプートニク、どうしたの？　もしかして泣いてるの？　もう。しかたのない男の子ね。めそめそしちゃって。ほらしっかりしなさいよ。ほんとやれやれだわ。ほら、よろしくね――スプートニク？」

2　アイ・コピー

過去に戻ってユーリヤと二度目の再会を果たした日から、僕は戸惑いとともに日々を過ごしていた。まるで過去をなぞるように毎日を過ごし、思い出を振り返るように新しい人生を歩み出していた。ユーリヤと一緒に。

休日にはユーリヤの家に遊びに出かけ、宇宙や宇宙飛行士の話を聞き、アメリカが月に行ったという陰謀を暴くための活動をする。

「いい？　本当はアポロ11号は月には行ってないの――あれはアメリカの陰謀なのよ。アメリカっていう威張りん坊と、アームストロングって嘘《うそ》っぱちがでっち上げたデマなのよ。証拠だってあるんだから」

ユーリヤは、僕の記憶のままにアームストロング船長を糾弾《きゅうだん》し続けた。だけど未来ではアームストロング船長の名前を冠した都市が存在している。アームストロング船長は間違いなく偉大なる英雄なのだ。ユーリヤだって英雄だ。

未来には『ユーリヤ』の名前で呼ばれる軌道エレベーターが存在している。ユーリヤはいずれ、人類が宇宙に進出する上では欠かせない未来への塔を築いた宇宙時代の第一人者になる。そのことをユーリヤに教えてあげたかったけれど、僕はかたくなに口をつぐみ続けた。

僕はユーリヤとの懐かしい日々を過ごしながら戸惑い続け、不安を抱き続けた。それと同時に、焦りや苛立《いらだ》ちを感じていた。

いったい過去をなぞり、過去をやり直すことで、何が起こるというのだろうか？

すでに過去に戻ってから一か月以上の時間が過ぎている。けれど、過去の出来事に変化はなく、何かが起こる気配すらない。ユーリヤはいったい僕に何をしろと言っているのだろうか？

何を見せて何を伝えようとしているのかすら分からなかった。

この状況で、僕はどうやってユーリヤにたどり着けばいいのだろうか？

僕は早くも迷子になっていた。羅針盤を失った船のように。それでも、もう一度ユーリヤと再会して——もう一度ユーリヤのスプートニクになって彼女の背中を追うことは、僕にとって言葉にしがたいほどの喜びだった。

ユーリヤの背中に、僕の人生の全てがあった。

ユーリヤは、僕の人生のはじまりなのだから。

それでも、ただ心地よいだけの過去に入り浸っているわけにはいかなかった。僕を最初に過去に導いたユーリヤは、今もどこかで僕のことを待っているはずだ。この宇宙のどこかで。片隅で。

そして未来には——僕の帰るべき場所ではソーネチカが待っている。

「このままじゃだめだ。きっと、何かが間違っているんだ。何かが起こるのをただ待つんじゃなくて、僕が何かを起こさなきゃダメなんだ」

僕は自分に言い聞かせた。

「ありとあらゆる可能性を試して、僕はユーリヤにたどり着かなくちゃいけない。そして、ソーネチカのもとに帰らなくちゃいけないんだ。まずは今、僕のいる過去が本当に僕の知っている——僕が経験した過去なのか確認してみよう」

これから先に、僕とユーリヤにはいろいろなことが待ち受けている。それらの全てが僕の知っている通りに、僕の経験した通りに行われるのかどうかを試してみる価値はあった。僕は過去を変えないように細心の注意を払いながらそれを行った。

これは簡単に判明した。結果として、今僕がやり直している過去は限りなく僕の知っている過去と同一のものだった。僕の言動や行動で多少の変化こそ起こったけれど、それでも基本的には一本道で僕の知っている未来へと進んでいった。

この過去でも、ユーリヤは体が弱かった。よく体育の授業を休んでいて、体育で活躍する僕を見ると不機嫌になって唇をつんと尖《とが》らせた。太陽の光にもめっぽう弱く、すぐに疲れて休憩をしてしまう。いつも宇宙の平和を願っていて、『フライ・ミー・トゥー・ザ・ムーン』が大好きだった。クラスでは人気者で、集まってくる同級生を相手にロシア語の授業を開いていた。みんながユーリヤに恋をしていた。

そして、やはり「北方四島を賭けたっていいんだから」がユーリヤの口癖だった。

この過去でも、僕と二人きりの時にしか口にしない特別な言葉だった。

これから先、ユーリヤを待ち受けるどうしようもない誤解や軋轢《あつれき》、身に降りかかる困難や苦難の数々を――そして僕たちの避けがたい別れを思うと、僕は今すぐにでもこの過去から逃げ出したくなった。それはもう一度経験をするには耐えがたく、悲しすぎる思い出と過去だった。思い出し、振り返るだけで僕の心はひび割れ、粉々に砕けてしまいそうになる。

あの満月の夜の再開も、種子島での星巡りも、星の街での約束も。

そのすべてが切なく、つらく、それでいてとても愛《いと》おしくてどうしようもない思い出ばかり。ただ悲しいだけじゃない思い出の欠片《かけら》たち。僕の人生の大切な一部。

僕はユーリヤに大切なものをたくさんもらった。僕の人生は、ユーリヤによって形作られている。だからこそもう一度思い出をなぞり、もう一度過去を体験することがつらかった。とても。

だけど、僕はふとあることを思いついた。

それはユーリヤが体育で活躍をした僕を見て不機嫌になり、しばらく口をきいてくれなかった時に閃《ひらめ》いた。まるで月が輝いたみたいに。

「私のスプートニクなんだから、私より速く走っちゃダメだし、私よりも運動ができてもダメなの。いつだって私の後ろを追ってこなくちゃいけないいんだから」

その無茶苦茶な言い草を再び耳にした時、僕はその考えに思い至った。もしもユーリヤが、僕よりも早く走れたらどうなるんだろうと。ユーリヤの体が治って、ユーリヤ自身が宇宙に行くことができたらどうなるんだろうと。つまり、過去を変えることができるんじゃないかと。

過去を変えてユーリヤの体を治し、ユーリヤ自身が宇宙にたどり着く。

僕を過去に導いたユーリヤは言った。

『スプートニク――あなたは、必ず私にたどり着く』

その言葉を聞いて、僕は勝手に思い込んでいた。ユーリヤはどこか別の場所にいて、僕がユーリヤにたどり着くのを待っているんだと。そう思い込んでいたけれど、もしかしたら僕は思い違いをしていたのかもしれない。

「ユーリヤが僕を未来から過去に導いたのなら、僕のいた未来とは別の未来に――大人になったユーリヤがいるのかもしれない？　その未来では、過去に干渉をする技術を完成させているのかもしれない。つまり別の未来のユーリヤが過去に干渉をして、僕に新しい未来をつくらせようとしているのでは？」

僕は、そんな仮説を立ててみた。そこに『未知の知的生命体』からのメッセージがどう絡んでいるのかは分からなかったけれど、別の未来には別のユーリヤがいる。

その可能性は大いにあった。

「もしかしたらユーリヤは僕に、未来のユーリヤの存在する未来を体験させようとしているのかもしれない。僕の未来では宇宙飛行士になれなかった――月にたどり着けなかったユーリヤが宇宙飛行士になる未来を、僕につくれと言っているのかもしれない。二人で月にたどり着こうと」

別の未来のユーリヤは月にたどり着いている。そのことを僕は想像した　僕と二人で月にたどり着いている未来を。

それはとても素晴らしい未来に思えた。

僕たちが思い描いた理想の未来に。

だとしたら、今の僕はこの過去のやり直しでユーリヤを宇宙飛行士にするために——二人で月にたどり着くために存在しているのかもしれない。確信はない。『未知の知的生命体』がこのやり直しにどのように関わっているのかもまるで分からない。それでも、やってみる価値のある任務に思えた。

僕はレコードプレイヤーから流れる『フライ・ミー・トゥー・ザ・ムーン』を聴きながら、夜空に浮かぶ満月に手を伸ばした。

ソユーズから受け取った新しい任務を理解した僕は——月に向かって口にする。決意を込めて。

「アイ・コピー」

3　もう私の前で宇宙飛行士の話なんかしないでよ

やり直した過去で、僕は医師になることを考えた。医師になってユーリヤの体を治してから、ユーリヤと二人で宇宙飛行士になろうと計画を立てた。二人で月に上がるために。

未来の僕は、宇宙飛行士だった。日本人ではじめて月の大地を踏んだ宇宙飛行士で、月面開発の第一人者。自分ではなかなか腕のたつベテラン宇宙飛行士だったと思っている。いや、そう思いたい。少しばかり頼りないところや、正確性や協調性に欠けるところはあった。それは認める。いつまでたっても成熟しない危なっかしい宇宙飛行士ではあったけれど——それでも、なかなか悪くない宇宙飛行士だったと自分を誇りに思っている。

医師になった後からでも、宇宙飛行士の試験に合格することはわけもないことだ。目隠しをされて両手を縛られて宇宙空間に放り出されたって、僕は宇宙飛行士になることができるという自負があった。だから、僕は医師になるための勉強をはじめた。正直なところ、僕の頭はそれほど良い出来ではない、勉強はかなり苦手だったし、数学や物理はお手上げだった。散々な成績を何度もたたき出してきた。

そんな僕が宇宙飛行士になれたのは、間違いなくユーリヤのおかげだ。ユーリヤが僕の背中を押して打ち上げてくれたから、僕は宇宙飛行士になることができた。ユーリヤのスプートニクだったからこそ、僕は月までの途方もない距離を——38万4400㎞の道のりを走りぬくことができた。ユーリヤの背中を追いかけなければ、僕は宇宙飛行士にはなれなかっただろう。

いや、ユーリヤがいなければ——僕は何ものにもなれなかったと思う。ユーリヤがいてくれるなら、僕は宇宙飛行士にだって、野球選手にだって、大統領にだってなることができる。もちろん医師にだってなれるはずだ。

そのための準備は順調に進んでいった。当たり前といえば当たり前だ。僕には、人生一回分の知識と経験がある。その知識と経験をもったまま子供に戻り、もう一度変わらない人生をやり直しているのだから、それこそ僕が望めば何にだってなれたし、何だってできた。大金持ちになることなんて簡単だった。株でもギャンブルでも、会社を立ち上げたっていい。どの銘柄を買ってどの銘柄を売ればいいのかなんて知り尽くしていたし、どの馬やどの野球チームに賭ければいいのかも知り尽くしていた。これから起こる出来事は全て記憶の中にあったので、世の中を正確に見通し、世界中で起こるありとあらゆる出来事や事件を正確に予測することができた。

だけど、僕はそんなことには目もくれなかった。僕はただ医師になるための勉強に励み、ユーリヤの体を僕の手で治すことだけを考えて日々を過ごした。

中学生になる頃には、僕は医学部に首席で合格できるだけの学力を得ていた。僕は学校やその周りの大人たちから天才とか神童ともてはやされ、新聞やテレビなどのメディアで度々取り上げられるようになった。僕の進路に多くの大人が興味を持つようになり、僕の将来をサポートしたいという大人たちが大勢集まってきた。それは、僕が目論《もくろ》んだことだった。

僕は自分をメディアにさらすことで自身をアイコン化し、僕をスポンサードしてくれそうな大人たちを慎重に探していた。そして、交渉の席に着かせることに成功した。年老いてから得た、予算を獲得するための交渉や根回しがこんなところで役に立つものだと思った。結果、僕は様々な分野の人材とコネクションを得て、次第に関係を深めていくことに成功した。

多くの大人たちが僕とコンタクトを取りたがるようになり、僕はそれを歓迎した。常に扉を開いておくことで、ありとあらゆる可能性を模索できるような体制を整えた。

それは、ユーリヤの体を治す研究を早くはじめられるようにするためであり――その後、速やかに宇宙飛行士になるためだった。最短距離で月までたどり着けるように、最速の軌道を選んだつもりだった。

僕の計画は、とても順調に進んでいるように思えた。

だけど中学に上がった頃から――ユーリヤは、露骨に僕を避けるようになっていった。ユーリヤが僕に話しかけることはなくなり、僕がユーリヤに話しかけても心ここにあらずでどこかそっけなかった。ユーリヤは日に日に僕と距離をとるようになった。まるで僕から逃げているみたいに。一緒に登下校をすることも、休日にユーリヤの家に遊びに行くこともなくなり、二人で宇宙の話をすることもいつの間にかなくなっていた。

僕は混乱していた。どうしたらいいのか分からずにいた。

この頃になると、やり直した過去は完全に別物になっていた。分岐した別の人生を歩み出していた。それは僕自らが望んだことだったけれど、こんな結果になるなんて思ってもいなかった。

僕の歩んできた過去では、この頃の僕とユーリヤはバラバラになっていて、僕たちの間には大きな国境線が引かれていた。

それは、運動会での出来事。

僕が徒競走で一等賞を取ったことで起こった些細《ささい》で決定的なすれ違いによって、僕とユーリヤは互いに背を向けて歩き出してしまった。その後、僕たちが再会するのは――もう一度お互いの引力に引かれ合い、同じ月を見上げるのは中学三年生の受験シーズンのこと。それまで、僕たちは一切言葉を交わすことがなかった。

だからこそ、僕はあの運動会での別れを回避して、それまでの関係を保って順調に中学に上がることを選択した。それが最良の航路だと判断した。

それなのに、僕たちの関係はどんどんとおかしな方向に進んでいってしまった。僕は激しく戸惑い、どうしようもないほどに混乱した。

何かを間違えてしまったような気がしていたけれど、何を間違えてしまったのかまるで分からないでいた。取り返しのつかない過ちを犯してしまった気がした。

人生一回分の経験があったとしても、女の子の気持ちを正しく理解するなんてことはできないんだと思い知らされた。それは常に耳をすまし続けなければいけないほどに、繊細で気まぐれなものだった。波の音を聞き分けるように。

そして僕は何を間違えてしまったのか分からないまま、ただ自分の立てた計画だけを前に進めて中学卒業を目前にした。もはや軌道修正が利かないほどに計画は進行していた。それなのに肝心のユーリヤが僕を拒絶し続けることに耐えられなくなって、僕はその感情をそのままぶつけてしまった。癇癪《かんしゃく》を起こした子供みたいに。


「ユーリヤ、いったいどうしたんだよ？　もうすぐ卒業だっていうのに全然学校にも来てないし、高校受験だって志望校からかなりランクを下げたみたいじゃないか？　そんなんじゃ宇宙飛行士になるなんて到底無理だよ。今からでも遅くないから、僕と一緒にがんばろう」

ユーリヤの家の玄関でそう説得をすると、ユーリヤは気まずそうに目を逸《そ》らした後、僕をじっと睨《にら》みつけた。信じられないことに、この過去ではユーリヤは種子島に引っ越すことはなかった。そして、引きこもりのように家に閉じこもっていた。多くのことを拒絶するみたいに。

「あなたには関係ないでしょう？」

「関係ないってなんだよ？」

「そのままの意味よ」

僕たちは互いに声を荒らげた。

「あなたは、私なんかいなくても十分に優秀なんだし、一人で好きなことをやりなさいよ。すごい大人たちを集めて、ものすごい計画を進めてればいいんだわ。私なんか、あなたの役にはちっとも立たないんだから」

ユーリヤは皮肉っぽく言って俯《うつむ》いた。その言葉はとても刺々《とげとげ》しかった。ユーリヤは神経質そうに頭をかき、くすんだ灰色の瞳をきょろきょろと動かした。落ち着きがなく、とても不安そうで、まるで全てのことに対して自信がないように見えた。綺麗《きれい》に櫛《くし》の入っていた髪の毛はぼさぼさで、肌や唇は荒れていた。大きな目の下には濃いくまができていて、指先はささくれ立って血がにじんでいた。まるで自分を傷つけているみたいだった。

僕の知っているユーリヤとは、まるで別の女の子だった。

僕の歩んできた過去では、ユーリヤは僕と離れ離れになった後も、宇宙飛行士になるために一人で勉強や努力を続けていた。周りの生徒たちとすれ違いながらも、宇宙と月を目指していた。

ユーリヤは孤独に耐えるだけの強さを持っていた。

孤立すれば孤立するほどに、大人びて美しい女性になっていった――このやり直した過去でもそのはずだった。だけど今僕の目の前にいるユーリヤは、何もかもを諦めて投げ捨ててしまったような、どうしようもない顔をしていた。

ユーリヤの魅力の多くは損なわれてしまい、そこに残ったものはユーリヤの砕けた欠片《かけら》でしかなかった。わずかな残滓《ざんし》だけが、かろうじてユーリヤの形を留《とど》めているだけ。そのことが、僕をとても傷つけた。

「僕たち、一緒に宇宙飛行士になるって約束したじゃないか？　僕はユーリヤのスプートニクで、ユーリヤは僕に宇宙飛行士になるために必要なことをたくさん教えてくれたじゃないか？　あの時の熱はどこに行ったんだよ？」

泣きそうな声で僕が言うと、ユーリヤは叫ぶように声を荒らげた。

「やめてよっ。いつまで宇宙飛行士ごっこを続けているのよ？　スプートニクって、バカじゃないの？　そんなの幼い頃のくだらないお遊びでしょう？　くだらない約束よ。私が、私なんかが宇宙飛行士になれるわけないじゃない」

僕はユーリヤの言葉に衝撃を受けた。まさかユーリヤからそんな言葉を聞くなんて――僕たちの約束を否定するような言葉が飛び出すなんて思ってもいなかった。

「あなただって知ってるくせに？　私が宇宙飛行士になれないなんて、そんなことわかりきってるくせに？」

「そんなことない。きっとなれるさ。ユーリヤは宇宙飛行士になれるよ。僕が、必ずユーリヤを月につれて行く」

僕も叫ぶように言った。その言葉に嘘《うそ》や偽りはなかった。僕はユーリヤなら宇宙飛行士になれると信じていたし、このやり直した過去でならユーリヤを月につれて行き、二人で月の大地に立てると思っていた。そのために、僕は計画を進めてきたんだから。

僕は心からユーリヤが宇宙飛行士になれると信じていた。だけど今僕の目の前にいるユーリヤは、まるでそんなことは考えてもいないみたいだった。もう二度と夜空を見上げることもなくなってしまったみたいに俯《うつむ》き、ただ地面を見つめている。

「いい加減にしてよ。私、百メートルだって全力で走ったことがないのよ？　プールにだってまともに入ったことないし泳げもしない。それどころか、太陽の光を浴びるだけでつらくてしかたないのよ？　普通の生活だってままならないくらいなのに、そんな私がどうやって宇宙飛行士になるっていうのよ？　ねぇ、教えてよ？」

ユーリヤはか細い体を、今にもバラバラになってしまいそうなくらい震わせる。自分自身の声の冷たさに凍《こご》えたみたいに。

ユーリヤは僕を見て卑屈に笑ってみせた。その表情はとても意地悪くて、その瞳には妖《あや》しげな灯が宿っていた。まるでその身を焦がしてしまいそうなほどに。

「私みたいな落ちこぼれにかまって、世話を焼くのはさぞ楽しいでしょうね？　今までは私があなたをスプートニク扱いして世話を焼いていたのに、それが逆転して今度はあなたが私を子供扱いできるんだもの。みじめな私を心の中で笑っているんでしょう？」

ユーリヤは歪《ゆが》んだ笑みを浮かべた。ユーリヤは、僕にひどい言葉を浴びせることを楽しんでいるみたいだった。これまで内にしまって隠していた本音を吐き出してしまえることに、喜びや快感のようなものを得ているようにさえ見えた。これまで悩み、思いつめ、傷つき、忌々《いまいま》しく思っていた全てを言葉にしようとしているみたいだった。世界と僕を呪う言葉を。

「僕はそんなこと思ってもいないよ。ただ、僕はユーリヤに宇宙飛行士になることを諦めてほしくないいんだ」

「だったら――」

ユーリヤは、僕の言葉をかき消すように叫んだ。その瞳は滲《にじ》んでいて、灰色の目は悲しみに暮れていた。ユーリヤのその凍りついた表情は、僕のことを完全に拒絶していた。僕の言葉をこれ以上聞いていたくないと、もう何も言わないでほしいと、そして自分の前から消えてほしいと言っているみたいだった。

心から願っているみたいに。まるで、扉をかたく閉ざしてしまったみたいに。

「私のことは放っておいてよ。これ以上、私のことをみじめにしないでよ。もう私の前で宇宙飛行士の話なんかしないでよ。ユーリヤなんて呼ばないでよ。お願いだからもう――傷つけないで」

その瞬間、僕は全てを間違えてしまったんだと思った。この任務を失敗したんだと理解した。決定的な破滅が訪れ、僕たちが大切に積み上げてきたものが崩れ去ってしまったことを思い知らされた。あの運動会の日、ユーリヤに金メダルを渡そうとしたあの時も――僕は間違え、失敗をしてしまった。

またしても、僕は失敗をしてしまったのだ。

今回の失敗はどうやっても取り返しがつかないように思えた。今回の失敗は、過去の失敗とはまるで別ものだ。

僕のせいで、ユーリヤは宇宙飛行士になることすら諦めてしまったのだ。僕に負い目を感じ、僕のことを疎《うと》ましく思うことで、ユーリヤは卑屈になり、自信をなくしていってしまった。自分を惨《みじ》めだと感じるようにすらなってしまった。

僕のせいで。

僕は、何をやっていたんだ？

そばにいたはずなのに、寄り添っていたはずなのに、僕はユーリヤを追い詰めて、彼女から全てを奪ってしまった。宇宙飛行士になるという目標を、宇宙に行きたいと願う心を、宇宙を思う気持ちを奪い取ってしまった。いずれ、宇宙飛行士にならずとも誰しもが宇宙に行くことができるようになる時代を思い描いてたどり着いた軌道エレベーターという未来すら、僕はユーリヤから奪ってしまったんだ。

全ての道が閉ざされたことを、僕は思い知らされた。

あの運動会の日、僕はバラバラになってしまう僕たちの関係に手を伸ばす勇気がなかった。今も、かたく閉ざされた扉を前にしてその扉をたたき――その扉をもう一度開こうとする勇気がなかった。その扉がもう二度と開くことはないだろうと、僕は理解してしまったから。

それでも僕は、自分を奮い立たせるために夜空を見上げた。たどり着き、帰るべき場所に手を伸ばすために、月を見つめようとした。だけど月はまるで見えなかった。はっきりと見えていたはずの月に上がるための軌道すら、まるで見えなくなっていた。

こんなにも月を遠く感じたのはいつ以来だろう？

僕はそれを思い出すことができなかった。

4　エンターキー

ユーリヤに拒絶され、かたく扉を閉ざされてしまった日から――ユーリヤはさらに家に閉じこもるようになり、誰とも関係を持とうとはしなくなってしまった。暗い海の底に沈んでしまったみたいに。

僕は何度もユーリヤの家に通ったけれど、ユーリヤは一度も顔を見せてはくれなかった。そのうち彼女の両親からも、ユーリヤに会いに来ないでほしいと頼まれた。

「申し訳ないけれど、君が会いに来ると娘がとても怖がるんだよ。それにとても傷つく。あの子は今とても落ち込んでいて、人と話せるような精神状態ではないんだ」

ユーリヤの父親は、僕に諭《さと》すようにそう言った。

種子島の海岸で、僕たちは約束したはずだった。お互いの人生を賭けてユーリヤを月につれて行こうと。

あの時、ユーリヤの父親はユーリヤのことを心から思って泣いていた。僕はもう後戻りはしないと自分自身に刻み付けるように、曖昧《あいまい》な言葉ではなく正確な言葉と意思をもって、決意を口にした。

正しい進路と軌道を知るために。

『僕は、宇宙飛行士になって月に行きたいんです。ユーリヤを月につれて行ってあげたいんです。だから――どうしたら宇宙飛行士になれますか?』

そして僕ははっきりと、ユーリヤの父親に伝えた。

ユーリヤの人生を背負うつもりなんてなく、まして過去の重力に押しつぶされるつもりもないと伝えるために。

ユーリヤは、僕の未来なんだと。

『僕、ユーリヤが大好きなんです』

そして僕たちは自分たちの持っている情熱と推力を、ユーリヤを月につれて行くためだけに注いだ。

僕が宇宙飛行士になることができたのは、ユーリヤの父親の尽力も大きかった。

ユーリヤが軌道エレベーターの研究に打ち込めたのも、もちろん彼女の父親の尽力が大きい。そんな僕たちをそっと支えてくれた一番の理解者が、もう娘に関わらないでほしいと僕に頼んでいる。そのことが僕をとことんまで打ちのめした。

ユーリヤの父親はそんな僕を見て言う。

「私たち家族は、もうすぐ引っ越す。とても遠い場所に。ユリヤが君に会うことは、おそらくもうないだろう。だから君もユリヤのことは忘れて、君は君の人生を好きに生きなさい。ユリヤのことは忘れてほしい」

それは、明確な拒絶の言葉だった。ユーリヤの父親も、扉をかたく閉ざして僕を締め出してしまった。つまり僕は最大の理解者すら失ってしまったことになる。

中学を卒業するとユーリヤたちはどこか遠くに引っ越してしまい、僕は連絡先すら教えてはもらえなかった。その後、ユーリヤの父親から一通の手紙をもらったけれど、そのことは思い出したくもない。その手紙のことを考えるだけで、僕は全てのことに絶望しそうになった。

僕はその手紙を読んだ時、どこで何を間違えてしまったのかを考えた。

何度も。何度も。何度も。何度も。何度も。

「僕たちは、一緒に成長していかなくちゃいけなかったんだ」

僕はその結論に至った。

「僕は、いつだってユーリヤの背中を追っていたじゃないか？　僕たちは双子のように成長して、僕はいつだってユーリヤの後ろをついて回っていたはずなのに――それなのに、僕は勝手に一人で前に進んでしまった。ユーリヤを置き去りにして、勝手に計画を進めてしまったんだ」

僕は、ようやくそのことに思い至った。

僕たちは、どちらか片方だけでは耐えられない弱い星だった。だからこのやり直した過去で僕だけがどんどんと前に進み、自分を置き去りにして成長してしまうことに、ユーリヤは耐えられなくなってしまったんだと気づいた。全てが手遅れになってしまった後で。

僕はユーリヤのそばにいながら――ユーリヤをひとりぼっちにしてしまったんだ。

「僕は、これからどうしたらいいんだ？」

僕は途方に暮れていた。これから先、何をどうしたらいいのかまるで分からなかった。

ユーリヤを失ってしまった今、このやり直した過去でこれ以上何をすればいいのだろうか？

「ユーリヤ、教えてくれ。僕はこれからどうしたらいいんだ？　僕にこれ以上どうしろっていうんだよ。僕は失敗したんだ。どうしようもないほどに間違えてしまったんだ。頼むから、もう一度やり直させてくれよ」

そんな情けない言葉を発した時、僕は自分の言葉に引っ掛かるものを感じた。遠い星の引力に引かれるような何かを。

「もう一度、やり直す？」

そして、僕はやり直すという言葉に手を伸ばした。

「そうだ。もう一回、もう一回やり直すことができれば――今度こそ」

ユーリヤによってはじめて過去に導かれたとき、僕は一度未来に帰っていた。そしてもう一度過去に戻ることを、僕は自分の意思で決意した。

失敗をしてしまったこの過去は二度目の過去。

つまり過去は何度でもやり直せる可能性があった。

僕は、ユーリヤの言葉を注意深く検討し直した。


『ええ。あなたは必ず、私のもとにたどり着くわ。何度も何度もやり直しをして――何度も何度も繰り返して。とても長い時間をかけて、私にたどり着くの。長い旅を終えた末にね。私は、いつまでも待っている。スプートニクと再会できるのを。いつだって、あなたは私の願いを叶《かな》えてくれるんだから』


ユーリヤは何度もやり直し、何度も繰り返し、とても長い時間をかけて自分にたどり着くと言った。いつまでも待っていると。

ヒントは与えられていた。

過去は何度でもやり直せると。

「でも、どうやって？　どうすればもう一度過去をやり直せるんだ？」

僕は考える。これまでのことを一つずつ思い出して検討を続ける。

「もう一度過去をやり直すには、この過去でも宇宙飛行士になる必要がある。それで月の任務を受けて月に上がり、月面を発展させて宇宙観測局を立ち上げる。そうすれば電波バーストを観測してユーリヤから送られてくるメッセージを受け取ることができる。そこまで待たなくてはいけないのか？」

それははるか未来のことで、今から何十年も先の話だ。そんなに時間をかけることはできない。たとえユーリヤが長い時間をかけて自分にたどり着くと言ったとしても。もっと適切な解答があるはずだと僕は考えた。

「もっと早く電波バーストを観測することはできないのか？」

その瞬間――星が頭上で瞬《またた》いたみたいに、ある考えが閃《ひらめ》いた。

「あの電波バーストは、遠い宇宙から送られてきたメッセージだ。数百光年も離れた過去から送られ、僕のいた未来でようやく届いた。つまり今この瞬間も電波バーストは宇宙を進み続けていて、この月と地球に向かっているということになる。だとしたら、わざわざ電波バーストを解読する必要はないはずだ」

僕はそんなことがあり得るのかと思いつつ、この考えが正しいのかを証明するために部屋のパソコンを起動した。

「電波バーストは、僕のいた未来ですでに解読できている。答えはすでに得ている。なら、ソユーズから送られてきたアドレスを打ち込めばいいだけ」

僕はインターネットにアクセスをして震える手でキーボードを打ち込む。すると吸い込まれてしまいそうなほどに真っ黒な画面が現れ、画面の中央には白いカーソルが灯《とも》っている。

「やっぱりだ」

僕は自分の考えが正しかったことを理解した。

「この画面が現れたってことは、インターネットにアクセスできる場所からなら僕はいつでも過去に戻ることができる。もしかしたら過去だけじゃなく――」

僕は今思いついたことを確かめるべく、キーボードに八桁の数字を打ち込んでいく。それは、僕が未来でこの真っ黒な画面に数字を打ち込んだ日付。つまり、遥《はる》か未来の十一月三日の深夜零時《れいじ》。

この旅のはじまりの時間だった。

「やってみる価値はある。いや、確かめてみるべきだ」

数字を打ち込み終わり、エンターキーを押す直前――僕は、ためらった。

未来に帰り、もう一度過去をやり直すということは、この過去のユーリヤをなかったことにしてしまうということだ。僕は二度とユーリヤをひとりぼっちにしないと誓い、決意をして月を目指したはずだった。そして過去をやり直したはずだった。それなのに僕はこの過去を捨てて、新しい過去をやり直そうとしている。ユーリヤを諦めようとしている。

そのことに、僕はひどく傷ついていた。僕は僕自身に失望していたし、正直に言えば絶望しかけていた。簡単に過去を諦め、新しい過去を試そうとしている自分が許せなかった。だけど、僕はユーリヤにたどり着かなければいけなかった。なんとしても。

「そのためだったら、僕は何百回、何千回、何万回だろうと、過去をやり直す。何度でも。何度でも。何度でも。何度でも。何度でもだ」

僕はその決意のもと、新しい任務を胸に抱いた。

「アイ・コピー」

そして僕は、二人だけの合言葉をそっと口にした。

そこには、ある種の弱さや情けなさがあった。

それでも僕は、月を目指さなければならない。

足を止めることはできないんだ。

だから僕は、未来に戻るためのエンターキーを押した。

5　リトライ

『スタークロスト・ラヴァーズ』が聴こえる。そのメロディはとても重々しく、そしてもの悲しく響いていた。その、とても遠くから聴こえてくるような音色を、ひどく懐かしいと思った。

「僕は、帰ってきたのか？」

僕は自分の書斎にいた。

僕は月に――未来に帰ってきていた。

スピードマスターに視線を落とす。時刻は十一月三日の深夜零時《れいじ》ちょうど。残り一分で、僕は再び過去に戻る決断をしなければいけない。

過去への扉を開くことはいつでもできる。でもその扉は一分後には固く閉ざされ、二度と開かなくなってしまう。消えてしまう過去への扉とは別に、この旅の出口はしっかりと用意されていた。

僕が諦めさえすれば、いつだってこの過去への旅を終えることができる。

一分間。

たったそれだけの時間、ただこの黒い画面を眺めているだけで全てが終わる。その瞬間に扉は固く閉ざされ、僕は二度と過去に戻れなくなってしまう。僕はいつでも好きな時に自分の意思で出口へと向かい、この旅を終えることができる。

そう、出口は用意されていたんだ。

だけど、それはとても残酷なことだった。

この旅を終える時、僕は自分の意思で旅の終わりを決断しなければならなかった。僕自身の意思でユーリヤを諦めることを――ユーリヤをひとりぼっちのまま過去に置き去りにしてしまうことを、選択しなければいけなかったんだ。

ユーリヤを諦めるなんて選択肢はない。

目の前にある出口を使うつもりも一切ない。

僕はこれから先――何度も、何度も、過去をやり直すことになるだろう。そのことを理解し、覚悟した。そして僕は、過去をやり直した末にユーリヤのもとにたどり着く。その決意だけはすでにできていた。

それでも、僕はエンターキーを押すのをぎりぎりまでためらった。書斎の扉に視線を向けて、その扉が開くのを静かに待った。

「ソーネチカ」

僕は、一日でいいからソーネチカの顔が見たかった。クドリャフカの鳴き声が聞きたかった。ソーネチカの顔を見て少しでもいいから安心したかった。クドリャフカを膝の上に乗せて、その重みを感じたかった。

僕の帰るべき未来を——胸に刻み付けたかった。

だけどその扉が開くことはなく、時計の針はその時が来ることを無慈悲に告げようとしている。ちくたくちくたく。

僕は過去に戻るためのエンターキーを押した。扉を開いて過去へと戻った。僕の人生が巻き戻っていき——またゆっくりと針が落ちて再びレコードが回り始める。まるで聴きなれた音楽を演奏するみたいに。

僕は再び、僕の人生の出発点に立っていた。

秘密の図書館に立ち尽くし、小さな両手にはボストーク1号がある。目の前には、とても清潔そうな、たった今洗濯が終わったって感じの白いワンピースを着たユーリヤが立っている。僕はまた一からユーリヤとの出会いをやり直さなければならなかった。

「——よろしくね、スプートニク」

6　リプレイ

それから、僕は何度も何度も過去をやり直した。やり直す度に、僕はやり直し方を変えることにした。手始めに僕は、僕を過去に導いた最初のユーリヤを見つけられないかと、ユーリヤとの出会いだけを繰り返してみた。僕を過去に導いたユーリヤに再会することが、一番の近道だからだ。全ての答えを知るための。

過去をやり直す意味や、電波バーストに乗せられて送られてきたメッセージの意味はもちろん、『未知の知的生命体』が人類に何を伝えようとしているのか、そして『未知の知的生命体』とユーリヤの繋《つな》がり——その全ての答えを得るためには、僕を過去に導いたユーリヤに再会する必要がある。

安易な考えではあったけれど、ソユーズからの任務を達成するためには——ユーリヤにたどり着くためには、全ての可能性を一から試す必要があった。たとえそれが、すべてのルートを総当たり的にたどる非生産的なやり方だったとしても。皮肉なことに時間は無限にある。やり直しは無制限なのだから。

だから、僕は過去を何度も何度もやり直した。

「——よろしくね、スプートニク」

僕は過去をやり直した。

「——よろしくね、スプートニク」

僕は過去をやり直した。

「——よろしくね、スプートニク」

僕は過去をやり直した。

「――よろしくね、スプートニク」

僕は過去をやり直した。

「――よろしくね、スプートニク」

僕は過去をやり直した。

ユーリヤとの再会を何度やり直しても、僕を過去へ導いたユーリヤに出会うことはできなかった。僕はユーリヤとの出会いを千回以上は繰り返したと思う。正確な回数を数えることは、すでにやめてしまっていた。

途中、何度もへこたれそうになり挫《くじ》けそうになった。足を止めたくなったし、わめき散らしたくなり、何かを壊したい衝動に駆られた。今度こそはと思っても、新しく戻った過去で僕の目の前に現れるユーリヤは、僕とはじめて出会う無垢《むく》な女の子。これから先に待ち受けるものを何一つ知らない未来への希望に胸を膨らませたまっさらな女の子だった。

月に手を伸ばす小さな宇宙飛行士見習い。

ユーリヤが僕に「――よろしくね、スプートニク」と言ってにっこりと笑うたび、僕は自分が少しずつ損なわれていくのを感じた。まるで袋の底に穴が開き、そこから少しずつ僕自身が砂のようにこぼれていくみたいに。

僕は自分を損ない失っていったけれど、それでも根気強く何度も過去をやり直し続けた。些細《ささい》な変化も見逃さないように目を光らせ、遠くの小さな音も聞き逃さないように耳をすまし続けた。

「――よろしくね、スプートニク」

それは、本当に途方もない作業だった。

「——よろしくね、スプートニク」

それはまるで、レコードから流れる音楽の前奏だけを聴いた後、レコード針をそっと曲のはじめに戻し続けるようなただ虚《むな》しいだけの作業だった。何度レコード針を置き直しても演奏される曲に変化はない。僕はユーリヤにはたどり着けず、目の前には僕のことを知らないはじめてのユーリヤが現れ続けるだけ。

「——よろしくね、スプートニク」

ユーリヤとの出会いを何千回もやり直した後、僕はこの方法では永遠にユーリヤとは再会できないと結論付けた。僕はこのルートをつぶし、次の可能性を検討することにした。

「——よろしくね、スプートニク」

僕はこの途方もないただ虚しいだけの作業に疲れ果てていたけれど、旅の途中で足を止めるわけにはいかなかった。次の可能性を試す以外に選択肢はない。

僕は必ずユーリヤにたどり着くと自分に言い聞かせ、自分を奮い立たせた。月を見上げて「アイ・コピー」と呟《つぶや》き、次の可能性に着手した。

「——よろしくね、スプートニク」

7　ターニングポイント

僕は、ユーリヤと月を目指すことにした。

はじめに立てた計画通り、ユーリヤの体を治して二人で月の大地に立つ。それが最も正しい選択肢だと信じて、僕はユーリヤとの関係を一から築き直した。

「――よろしくね、スプートニク」

今度は失敗をしないように、ユーリヤを置き去りにしないように、僕は常にユーリヤの言葉や行動に気を配った。どんな些細《ささい》な変化も見逃さないように目を光らせ、耳をすまし続けることを忘れなかった。凪《な》いだ海を眺め続けて、嵐の前兆を探すみたいに。

それでも、様々な要因で何度も失敗をして僕たちの関係は壊れ、ばらばらになり、二度と修復ができなくなった。僕とユーリヤの関係がうまくいっていたとしても、その他の要因――思いがけない不確定な要素によって、僕たちの関係はもろくも崩れていった。交友関係、社会的要因、事故、事件、その他のまるで考えもしなかった要素や出来事によって、僕とユーリヤは何度も何度も離れ離れになりバラバラになってしまった。突然の嵐に襲われて船が沈没してしまうみたいに。

僕は吹き荒れる嵐に巻き込まれた後、その嵐が過ぎ去るのを静かに待って航海をやり直した。根気強く、丁寧に、順序よく。それまでの失敗を活かして船を前に進め続けた。船が座礁《ざしょう》して航海が失敗するたびに、僕は座礁したポイントを海図に書き記し、少しずつ未開の海の地図を完成させていった。海のどこに暗礁があるのか、どこの海域が浅瀬なのか、潮の流れや満ち引きを記録し計算し、満潮や干潮の時間などを完璧に把握する。どんな些細なことも漏らさずに記載して、完璧な海図をつくっていった。

その結果、僕はやり直した過去を前に進めるための法則を見つけた。

必ずたどらなければいけないルートを発見したんだ。それは、僕とユーリヤの人生におけるターニングポイント。僕たちの航海は、必ずそのポイントを通らなければならなかった。

一つ目のポイントは、僕たちの出会い。

僕とユーリヤがはじめて出会ったあの秘密の図書館で、ユーリヤのスプートニクになると約束をすること。これは僕とユーリヤの関係の出発点でもあるので、当然といえば当然のポイントでありルートだった。このルートを通らなければ、僕とユーリヤの関係は存在しないのだから。

二つ目のポイントは、僕とユーリヤがはじめて離れ離れになった運動会。

あの日、僕たちはお互いの間に引かれてしまった国境線に背を向けて、そのままバラバラになってしまった。

何度も過去をやり直すうちに、あの運動会での出来事が僕とユーリヤが前に進むうえではとても重要なターニングポイントであると僕は理解した。離れ離れになることで、僕たちはお互いの存在の大きさを実感することができた。僕たちはお互いの引力によって前に進むことができたんだって思うことができた。会えない時間が、僕たちをより強く結びつけた。

百メートル走で一位になってもらった金メダルをユーリヤに渡そうとして、ほんの些細なことで口論になってしまうことが、ユーリヤの背を見送ってしまうことが――僕たちの未来にはどうしても必要なことだった。

だけどそれは何度もやり直すにはとても苦しく、とても悲しい過去だった。

「べっ、べつに体育なんて出たくないわよ。走りたくなんてぜんぜんないんだから。そんなのちっともおもしろくないし、意味なんてまるでないじゃない？　それより、あなたは私のスプートニクなんだから、私よりも先に行ったらダメだって——私よりも速く走ったらダメだって、約束したじゃない」

僕は何度もユーリヤの金切り声を聞き、滲《にじ》んだ灰色の瞳を見て、その小さな背中を見送らなければならなかった。その過去を再現するためには、僕は何度も心にもないひどい言葉をユーリヤに投げつけなければならなかった。そのたびに、僕は自分が自分じゃない別のなにかになっているような気がした。

「スプートニクなんて知らないよ。もう、僕のほうがユーリヤよりも速く走れるんだ。僕のほうがユーリヤよりも先に行ける。僕はもう、ユーリヤのスプートニクなんかじゃない」

その心ない言葉を口にするたび、僕は深く傷ついた。どうにかなってしまいそうだった。

それでも僕は船を前に進めるために、ユーリヤにたどり着くための地図を完成させるために、何度も運動会の日をやり直した。

次のポイントは、やはり満月の夜の再会だった。

中学三年生のあの夜、ユーリヤと再会をして彼女の思いを聞き、そしてユーリヤの願いを知ってユーリヤの語る未来に思いを馳《は》せること。それこそが、僕たちが必ずたどらなければならない大切なターニングポイントであり軌道だった。

だって僕は、あの満月の夜に誓ったのだから。ユーリヤを絶対にひとりぼっちにしないって。そして僕は、確信したんだ。月にたどり着くんだって。

その過去をやり直すことは僕にとってとても心地よく、とても幸せなことだったけれど、僕はそのターニングポイントをたどるたびにつらくなった。僕の隣でユーリヤが未来を語り、滑り台の上で声を震わせながら告白をするたび、僕はユーリヤの言葉に耳をすませるのがだんだんとつらくなっていった。

それは何度もやり直していい過去ではなく、僕の人生でたった一度きりの最高の瞬間だった。レコード針を落とすように何度も何度も繰り返して聴いていいような、軽々しくリピートをしていいような過去じゃなかったんだ。

過去をやり直し、この満月の夜の再会をたどるたび、僕は自分の過去を汚しているような――永遠に色あせることのないはずの最高の瞬間を、くすませているような気がしてしかたがなかった。それは絶望に近かった。

「ねぇ、本当に地球って青いのかな?」

ユーリヤは尋ねた。

「本当に月って丸いのかな?」

ユーリヤは知りたがった。

「神さまって、本当にいないのかな？」

そして、ユーリヤは願った。

「ねぇ、私ね――私がもしも死んじゃっても、地球のお墓には入りたくないって思うな。そうね、月にまいてほしい。なんだか、それってとても素敵じゃない？　私の一部が月で舞って、まるでダンスを踊るみたいで。だから、お願い――」

過去をやり直すたび、だんだんとユーリヤの言葉が僕の胸を打たなくなっているような気がして、僕は過去をやり直すのが怖くなっていった。二人で自転車に乗って一緒に口ずさむ『フライ・ミー・トゥー・ザ・ムーン』が、僕の中の永遠のナンバーであるはずのその曲が、だんだん僕の胸に響かなくなっているような気がして恐ろしかった。

いつまでもリフレインし続けるはずのユーリヤの言葉とそのナンバーが、遥《はる》か遠くのほうに、手を伸ばしても届かないどこかに行ってしまうみたいで、僕はどうしようもなく不安になった。

それでも僕はこの旅を続け、船を前に進めなければならなかった。

「私ね、ずっと、私はソユーズなんだって思ってたの。結局、月に行くことができない――ひとりぼっちのソユーズなんじゃないかって。そんな不安を消し去りたくて必死だった。必死に大人ぶって、一生懸命意地を張って、自分は特別なんだって言い聞かせていた。でも、ほとんど失敗ばかり。

だけど、そんなポンコツみたいな私にも、あなたが――スプートニクがいてくれた」

親しみをこめてそう言ってくれたユーリヤを、ひとりぼっちにしないために。

僕は次のポイントをたどらなければならなかったんだ。

8 過去の地図

次のポイントは種子島での再開だった。

そこで重要なことは、ユーリヤの父親との約束。

ユーリヤと種子島で再会し、ユーリヤの種子島での成果を知り、不安や恐れを感じ取り、軌道エレベーターの模型を二人で見つめることも大切だった。そして突然に訪れる別れも重要なポイントだったけれど、ユーリヤが僕の目の前で倒れて病院に運ばれた後、海岸で交わした彼女の父親との約束が何よりも重要だった。

あの瞬間、僕の決意と思いを言葉にして刻み付けることが何よりも大切なことだったんだ。僕自身とユーリヤの父親の胸に刻み付け、そして人類のカレンダーに書き込むことが。

「僕は、宇宙飛行士になって月に行きたいんです。ユーリヤを月につれて行ってあげたいんです。だから――どうしたら宇宙飛行士になれますか?」

この言葉の後、僕たちは人生を懸けて誓い合った。

ユーリヤを月につれて行くと。

はじめにやり直した過去で、ユーリヤの父親に拒絶され、娘に関わらないでほしいと頼まれたことを思えば、また再びユーリヤの父親と約束を交わせることはとても嬉《うれ》しいことだった。それでも何度も何度も約束を交わしているうちに、僕の心は擦《す》り切れて消耗していった。この約束に何の意味があるのかだんだんと分からなくなり、僕はただリプレイを続ける人形にでもなったようだった。

だけど、ここまでのルートをたどればやり直した過去は基本的には安定した。僕のいた未来への軌道をおおむねたどっていった。僕は宇宙飛行士になることができたし、ユーリヤは軌道エレベーターを建設する技術者になった。

だけど僕のいた未来に限りなく近づくには、最後のターニングポイントをたどらなければならなかった。

それが、ロシアの星の街での再会だった。

あの街で、僕はユーリヤに宇宙飛行士になることを告げた。

宇宙飛行士の街の教会で、僕はユーリヤに結婚を申し込んだ。

あの瞬間——僕たちは間違いなく世界で一番幸せだった。

「これは、きっと紙の結婚式なのね」

ユーリヤはそう言った。

「そう。私とスプートニクだけが知っている、二人だけの結婚式よ。私にとって、宇宙も、月も、宇宙飛行士も――ぜんぶ『ペーパー・ムーン』。紙の月の上のことだった。私は、紙の月しか知らないし、知ることができない。でも、あなたが私を本物の月につれて行ってくれる。それで、じゅうぶんだわ。だから、私たちの結婚も――紙の結婚式でいいのよ。ほら指輪をつけて」

ユーリヤの細く長い薬指に僕たち二人にしか見えないダイヤモンドの指輪をはめた瞬間、僕たちは永遠を手に入れた。二人だけで挙げた紙の結婚式は、僕たちを永遠に結びつけたんだ。

過去と未来を超えてしまうくらい。

あの時、ユーリヤは人類の未来を予言しながら、僕の未来をも予言した。

そうなってほしいと願いを込めながら。

「ねぇ、スプートニク？　いつか、別の誰かと結婚してね。本物の結婚式を挙げて、この宇宙で一番幸せになってね。そうだ。月で暮らすのもいいかもしれないわね？　きっと、月面には大きな都市ができるわ。たくさんの人がその都市に移住するの。それでね、あなたは月で猫を飼うの。それって、とても素敵だと思わない？　きっと、そうなるわ。北方四島を賭けたっていいんだから」

これが、僕たちの最後の賭け。

僕はその賭けに負けたままでいる。

僕はユーリヤの言った通り、別の誰かと結婚をした。ソーネチカと。本物の結婚式を挙げて、宇宙で一番幸せになった。その後は月で暮らしているし、その時には月に大きな都市ができていた。もちろん、たくさんの人が地球から移住してきた。僕は月で猫を飼った。

全てユーリヤの言った通りになった。

ロシアの星の街での再会を——紙の結婚式をやり直すことが、僕のいた未来に近づくための最良のルートだった。

この後、僕は宇宙飛行士になり、軌道エレベーターが建設されるインドネシアの島でユーリヤと再会して、月面行きのミッションに任命される。

だけど僕は、この紙の結婚式を何度もやり直すことはしなかった。理由は簡単だ。この頃にはユーリヤは宇宙に上がれるような体ではなくなっていて、二人で月の大地にたどり着くことは不可能だったからだ。

ユーリヤは徐々に車椅子で生活をしなければならなくなり、その時には軌道エレベーターを完成させることが自分の役目であり使命だと受け入れていた。

人類を宇宙に打ち上げること。

僕と二人で、人類を宇宙に打ち上げるんだと。

「ええ、そうよ。私たち二人がつれて行くの。私が、たくさんの人類を打ち上げる。でも、ただ宇宙や月に向かって打ち上げるんじゃない。私たちは、人類を未来に向かって打ち上げるんだから。

私が宇宙に打ち上げた人たちを、スプートニクが月に導くの。そして未来に」

ユーリヤはその言葉通り、僕を未来に打ち上げてくれた。そして、人類を未来に打ち上げた。自分自身は宇宙に上がることが叶《かな》わないと知っていてなお。

「ねぇ、スプートニク――これから先どんな困難や苦労が待ち受けていても、絶対に忘れないでね？　私は、いつだってあなたを宇宙と月に向かって打ち上げるし、あなたを地球に迎え入れる。だから、あなたは安心して宇宙に上がって、地球に帰ってくるの。『いってらっしゃい』と『おかえりなさい』は、いつだって私が言ってあげるんだから。分かったわね？　ユー・コピー？」

だから僕は、僕たちが世界で一番幸せだったあの紙の結婚式を、何度もやり直したりはしなかった。せめて、その思い出だけは美しいままにしておきたかった。自らの手で汚してしまうようなことはしたくなかったんだ。何度もやり直し、リプレイを続けることで何も感じない、二度と胸を打たれないような、そんな思い出にだけはしたくなかった。

僕はその不可侵の思い出を守り抜きながら、その他の思い出の多くを過去のやり直しによって台無しにしていった。必要なルートをたどることでやり直した過去を安定させ、ユーリヤとの関係を維持したまま宇宙に向かうために。

結果、過去の地図は完成し、正しいルートをたどることはできるようになった。そのことに意味があるのかどうかはまるで分からなかったし、僕の考えが正しいという確信はなかったけれど。正直なところ、無駄な時間を過ごしているのではないかという考えが頭から離れなかった。無為に時間を消費し、ただただ思い出を汚しているのではないかとさえ思った。

それでも僕は、この過去のやり直しを続けるしかなかった。

ユーリヤのもとにたどり着くために。


「――よろしくね、スプートニク」

9　インドラニとコールドスリープ

過去の地図を完成させ、正しいルートをたどって過去をやり直しても――それでも僕とユーリヤが、一緒に月にたどり着くことはできなかった。どのような軌道や航路をたどっても不可能だった。まるでそのルートだけが、あらかじめ消されてしまっているみたいに。

正しいルートをたどっているはずなのに、僕たちはどうしてかバラバラになり、様々な要因に阻害されて二人で月に上がる道は断たれ続けた。まるで世界そのものが、歴史や運命といった巨大な何かが、僕たちの行く手を阻《はば》んでいるみたいに。

僕は繰り返した過去の中で、何度も大学の医学部に進み、医師になって研究や実験に没頭してユーリヤの体の治療法を発見しようと試みた。けれど、それを発見することは不可能だった。

過去をやり直すたびに、僕は医療や医学に対する理解を深め、数百回を超えるやり直しの成果として医学界における最大の権威になることができた。しかし医学界の権威に上り詰めてなお、ユーリヤの体を治すことはできなかった。数々の論文を発表し、いくつものオペを成功させ、学会で華々しい発表を繰り返してなお、僕はたった一つの成果を上げることができなかった。ただただ無意味なやり直しでしかなかった。

白い巨塔の頂上に立っても、そこから見える景色は何もなかったんだ。張りぼての権威が何の役にも立たないように。

女の子一人救えない権威に何の意味があるというのだろうか？

僕は過去をやり直すたびに、目の前にいるユーリヤを諦めなければならなかった。何度もユーリヤを見捨てて、新しいユーリヤに出会わなければならなかった。

「――よろしくね、スプートニク」

この過去では叶《かな》えられないと分かっている約束を――ユーリヤを月につれて行くという約束を、何度も交わさなければならなかった。

ユーリヤと再会して彼女のスプートニクになり、そして叶えることができないと分かっている約束を交わすたびに、僕は少しずつひび割れていった。僕の中身はすでに空っぽになっていて、ついには空っぽになった器のほうが壊れはじめた。ひび割れる音は少しずつ大きくなり、僕はその音を聞くたびにどうにかなってしまいそうだった。

僕はユーリヤの体を治すためにはどんな手段でも使った。ありとあらゆる方法を模索し、危険な実験や非人道的な研究だってていとわなかった。医学界や経済界、時には政界にまでコネクションを広げ、各業界や各団体、影響力のある人間を脅迫さえした。数えきれないほど過去をやり直したことで、僕は自分に関わることになる人間の弱みや秘密をすべて知っていた。それを使って研究や実験に必要なありとあらゆる協力を引き出した。法律だって変えさせたし、莫大な予算を要求もした。

それでも、たった一つの答えにたどり着くことは叶《かな》わない。

「くそっ。いったい何がいけないっていうんだ。僕のやり方の何が間違っているっていうんだよ。くそっ。くそっ。くそっ」

僕は憤りを通り越して、手に持っていたマグカップをたたき割った。物に当たるくらいしか苛立《いらだ》ちをぶつける方法がなかった。

そして僕が答えにたどり着けないでいる間、迷子になって地団駄を踏んでいる間——人類も正しい未来にたどり着けないでいた。

ニュース番組がそんな世界の状況を伝える。

『本日、月面の開発を行っていた宇宙飛行士が帰還しました。月面の開発は失敗に終わり、死傷者も出ています。月の砂であるレゴリスを燃やすことで得られるヘリウム3という新エネルギーに注目が集まっていましたが、どうやら月面の開発は人類にはまだ早かったようです。NASAの発表によりますと、今後予定されていた月面開発のプロジェクトは当面の間、延期となる模様です』

僕が医師になってユーリヤの体の治療法を探している過去では——人類は月にたどり着いても月面の開発を成功させることができずにいた。ことごとく失敗して月から撤退していた。まるで大切な鍵が存在しないことで、正しい扉が開けないみたいに。

そして人類は、未来への扉を開けずにいた。月面開発という人類の新しい希望と開拓地を失うことで、完全な迷子になっていた。

月面開発という共通の目的を失った人類は次第に争いをはじめ、資源や食料を奪い合って戦争をはじめた。そのせいで何度も地図が書き換わり、地球は巨大なチェスのボードになっていった。そして終わらないゲームが繰り広げられた。それでも一度として、北方四島が返ってくることはなかった。

その賭けは、何度過去をやり直しても僕が負けたまま。

僕は壊れていく世界から目を背け、自分のやるべきことだけに没頭してたどり着くべき未来だけを目指した。幾千のやり直しを経て、僕はもう時間の感覚を全く失っていた。永遠とも思える時間をやり直し、繰り返す過去の中で過ごした。それでも、ユーリヤと一緒に月にたどり着くことはできない。

「どうしてなんだ？　いったい何が間違っているっていうんだ？　こんなのおかしいじゃないか？　全く筋が通らない」

僕は何度も弱音を吐いた。何度も「どうして？」と自問を繰り返したけれど、その答えが返ってくることはなかった。当たり前だ。それは、僕が見つけてたどり着かなければならない類の答えなのだから。

だけど、やり直した過去ではどのようなルートをたどっても目的の答えにはたどり着けない。あらかじめそのように決められているみたいに。そのルートだけが、地図の上から消されてしまっているみたいに。

それでも、唯一とも思える手がかりを得た過去もあった。

それは、インドラニという女性からもたらされた。彼女はインド人の医師で、若くして医療物理学の権威だった。日に焼けたカカオ色の肌に、彫りの深い顔立ちの女性。その澄んだ瞳は深い林のように穏やかで、その性格も象のようにおっとりして聡明だった。

インドラニとは、ある医学学会で知り合った。その過去では、僕は世界中の学会や医大の研究室を飛び回って、ありとあらゆる分野の医師とコンタクトを取ってコネクションを広げていた。

「現在の医療技術であなたの望む治療法を見つけるのは、率直に言って難しそうですね。お気の毒ですけれど」

彼女はわがままそうな黒髪を雑にまとめた頭をゆっくりと横に振り、落胆している僕を見て心苦しそうに表情を歪《ゆが》めた。

彼女は僕の話に親身に耳を傾け、僕が渡した資料を真剣に読んで検討してくれた。それだけで僕の荒《すさ》んでいた心は少しだけ安らいだ。手当たり次第に名のある人間に声をかけ続けては手ひどく振られてきたので、僕はうらぶれた気持ちになっていた。

僕が深く頭を下げてその場を後にしようとすると、インドラニは僕を引き留めた。

「今の時代では確かに治療法は確立されていません。でも、未来ならどうでしょう？」

「未来？」

僕は意味が分からないと首をかしげる。

「あなたは私の専門分野と研究内容を知った上で、私に声をかけてきたのかと思ったのですが違うみたいですね？　藁《わら》をも掴《つか》むといった感じだったのでしょうか？」

僕はずばり言い当てられて言葉を失った。インドラニは「冗談です」と笑った後、自身の研究論文や研究データを僕に見せた。僕たちは華やかな会場を後にして、静かなカフェに移動した。

「これはいったい？」

まるで専門外な彼女の研究内容に説明を求めた。

「ボディクーリングシステム。古臭いＳＦ的な説明をすれば、コールドスリープということになりますね」

「コールドスリープ？」

僕は驚いて間抜けな声を上げてしまった。

コールドスリープなんてものは僕が子供の頃に見ていたＳＦ小説や映画に登場する技術で、カビが生えた古臭いガジェットにすぎない。今では誰も取り上げなくなってしまった忘れ去られた技術。今どきそんなガジェットを使う小説や映画があったら、僕はつまらないＢ級作品だと笑い飛ばしていたと思う。

僕は時間を無駄にしたと、今度こそ本当に落胆した。それを隠すことなく表情に出した。けれどインドラニはとくに気にする様子もなく説明を続けた。おそらく、このような反応には慣れているのだろう。

「これは特殊な冷気を鼻腔から吸い込ませることで、脳と全身を低温状態にして人体を冬眠に近い状態にします――」

その後も長々と説明が続く。

「そんなことが可能なのか？」

「もちろん可能です。現在、世界中から被験者を募っていて、実際に冬眠をしている人もいます」

「冬眠者たちは、いったいどんな目的で冬の熊みたいなことをしているんだ?」

僕の皮肉交じりの冗談を、インドラニは穏やかに笑って受け流した。

「理由は様々です。未来を見てみたいという人もいれば、興味本位の人もいます。死後冬眠をするという契約の人もいて、実際に死体のまま冬眠している人もいます」

僕にはわけが分からなかった。墓に入ることと何が違うのだろうかと本気で思った。

「冬眠者の中には、現在の医療技術では治療が困難な患者も一定数います」

インドラニは、ここが本題だと示すように声音を真剣なものにして続ける。僕は、ようやく話の意図を理解した。

「その契約内容は、契約者の抱えている病気や障害が治療可能になった段階で冬眠から目覚めるというものです」

「危険性はないのか?」

「今のところ三十年以内なら脳と体に影響はないという研究結果が出ています。短期の冬眠による実験では、被験者は冬眠後は何の問題もなく日常生活に戻っています」

「三十年か?」

僕はその技術に興味がわき始めていた。

「あなたは宇宙開発の分野にも詳しいと聞きましたのでお話ししますが、現在このボディクーリングシステムはNASAと契約をする段階にまで進んでいます」

「NASAがどうしてこの技術を?」

「NASAは有人による火星探査に、この技術が使えないかと考えているみたいです。売り込んだのは私たちですが、反応は思いのほか良好でした」

「なるほど。火星までの移動をコールドスリープで済ませようって考えか？　そうすれば酸素の使用量を大幅に軽減できるし、食料などの積荷の問題も解決する。打ち上げにはキロ単位で莫大な予算がかかるからね。何より、長い時間船内という閉鎖空間にいることで発生するストレスを防げる。いずれは恒星間の移動にも使えるかもしれないな？」

「その通りです。私たちの開発したボディクーリングシステムは短期間の冬眠をすでに成功させています。半年程度の冬眠ならば宇宙空間でも問題なく使用できるでしょうから、ＮＡＳＡはそのことを理解してくれたのだと思います」

僕はそのアイディアを悪くないと思った。月まではわずか三日だが、火星となるとどれだけ急いでも三か月はかかる。九十日間も船内で過ごし続けるストレスは計り知れないだろう。閉鎖空間では、何が起こっても不思議ではない。僕のいた未来でも火星に人を送る計画は何度も立てられていたけれど、それが形になることはなかった。

火星は、未《いま》だ人が足を踏み入れていない未開の星のまま。

「そして現在、私たちのグループが開発を進めている瞬間冷凍の技術が確立されれば、理論上は永遠に冬眠できるようになります」

インドラニは畳みかけるように続けた。大したセールストークだと感心した。

「永遠に？　まさかそんなことが？」

「それは、まぁ、少し言いすぎましたね。理論上は千年以内なら脳と人体に影響を与えることはない、と言うべきでした」

インドラニは冗談めかして言ってみせたけれど、彼女の穏やかな瞳と表情の奥に潜む自信を見るに、それはあながち冗談というわけでもなさそうだった。

「すごいな。それで、その技術は成功しそうなのか？」

「あくまでも理論上の話です。この技術を完成させるには大きな予算を必要とします。そのスポンサーを探しにこの学会に発表に来たのですが、どうも空振りに終わりそうです。予算をつけるべき分野や研究は山ほどあります。私たちの研究はどうしても優先順位が低くなってしまう」

「なるほど。たしかに、この技術に大きな予算をつけるのは難しいだろうね。公的な資金の投入は大勢の人々の理解を得られないだろう。かといって資本力のある企業が参入するにはニッチすぎる。どこの研究室も予算をもらうのに必死で列をなして待っているからね」

「その通りです。バスはいつだって満席です。でも、あなたの医学界における権威と影響力があれば、このプロジェクトに予算を通すことができるのではないですか？　あなたの力は政財界にも及ぶと聞いています」

インドラニは白状するように言ってみせた。どうやら、コンタクトを取ろうとしていたのは彼女のほうみたいだった。僕はまんまとおびき出されたネズミというわけだ。

「正直な話、あなたに関して良い噂《うわさ》は聞きません。かなり強引な手を使ってご自身の研究に予算をつけさせていると聞きます。あなたは多くの政治家に莫大な献金を行い、大規模なロビー活動を行って医学界で好き勝手をやっています。世界中の人々が、あなたのお金の出所に興味をもっている。それでも、あなたの医療に対する見識と医学界への貢献は本物です。だから、私はあなたに力を貸してくださいとお願いしに来ました」

この過去での僕は、医学界から政財界、さらには各国の捜査機関も含めて、そこに所属している重要人物の弱みやスキャンダルを握っていた。それらを利用して医学界を操っていた。誰もが僕を恐れていた。僕はフィクサーのように振る舞った。

「残念だけれど、僕にはそこまでの影響力はないよ。もしもそんなものがあったとしても、僕はそれを私利私欲のために、ましてや誰かの研究や利益のために使うつもりはない。僕はただ、今苦しんでいる多くの人を救いたいだけなんだ」

それは、僕の本音だった。

ユーリヤの体を治すことだけが目的だったけれど、その結果救われることになる多くの人たちがいてくれたおかげで、僕は最後の一線を踏み越えることはせずにいた。汚い手を使ったとしても、それを私利私欲のために使ったりはしなかった。絶対に。

インドラニは残念そうに首を横に振って微笑《ほほえ》んだ。

「コンタクトは失敗ですね。でも、私はいつかあなたの力になれると信じています。気が変わったら、いつでも連絡をしてください。私はあなたの言葉を信じます。あなたは確かに医学に貢献をしている。多くの人を救いたいという思いを感じます。どこにいても駆けつけます。たとえ地球の裏側にいたとしても」

僕たちは短い時間で信頼関係を築き、固い握手をして別れた。その後、僕はインドラニのプロジェクトを何度も真剣に検討してみた。別の過去に移っても、インドラニのことが頭から離れなかった。彼女の研究に予算をつけてコールドスリープ装置を完成させようかと思った。

ユーリヤをコールドスリープさせて、ユーリヤの体を治すことができる未来が訪れるのを待つ。

その際に僕も一緒に装置に入って冬眠をすれば、ユーリヤと一緒に未来で目覚めることができるだろう。そうすれば、いずれ二人で月を目指すこともできるのではないかと考えた。

いくつもの手段や計画を注意深く検討した。だけど、結局その考えを採用することはなかった。

僕はこの時代でユーリヤにたどり着かなければならなかったし、未来の誰かにユーリヤを託すなんてことは無責任だと判断した。

ユーリヤと一緒にコールドスリープ装置に入ったとしても、僕たちが無事に目覚めるという保証はない。それに、目覚めた未来がどうなっているかもわからない。何十年、何百年後に目覚めるかもわからない。そんな何もかもが分からない曖昧《あいまい》な状況に僕たちを置くわけにはいかなかった。

なぜなら、僕はユーリヤにたどり着かなければならないのと同じくらい——ソーネチカのもとに帰り着かなければならなかった。

僕の帰るべき未来はたった一つ。

ソーネチカのいる未来だけだった。

だから僕は、未来に帰れなくなる可能性のある選択をするわけにはいかなかった。

そんなふうに考えてしまったら、僕は無性《むしょう》にソーネチカの顔が見たくなった。ソーネチカに会って、ソーネチカを抱きしめて、夜空に浮かぶ月のようにころころと変わるソーネチカの表情を見つめたくてしかたなかった。

僕はソーネチカのことを思うたび、月を見上げて気をまぎらわした。開拓されていない無人の月を見て、今はユーリヤのことだけを考えようと自分に言い聞かせ続けた。

インドラニと別れた後も、僕は数えきれないくらいのやり直しをした。

ユーリヤのもとにたどり着き、ソーネチカのもとに帰り着くために。
だけど――

10　リターン

一万回以上もの過去をやり直したところで、僕はどうしようもない寂しさと虚《むな》しさに襲われた。深い孤独感に打ちひしがれ、もうそれ以上前に進めなくなってしまった。

僕は宇宙飛行士だった。どんな過酷な環境でも耐えられる自信があった。たとえ冷たく暗い宇宙空間に放り出され、誰もいない閉鎖空間で一週間以上過ごさなければいけなかったとしても、僕は冷静に任務をこなすことができただろう。

だけど一万回以上もの過去をやり直し、永遠とも思える時間を繰り返すことには耐えることができなかった。そんなものに耐えられる人間は、おそらくどこにもいないだろう。

僕は自分を損ない失いすぎて、ついには空っぽになってしまった。だから、僕はソーネチカに会う方法を考えた。僕を満たしてくれる温かで柔らかなものを強く求め、それに縋《すが》りつこうとした。

ソーネチカとクドリャフカに会って、ひと時の安らぎを得ようとしたんだ。

その方法は、とても簡単だ。

過去に旅立つ前日の未来に戻る。一日だけソーネチカと過ごし、クドリャフカにおもいきり悪戯《いたずら》をして、また過去に戻る。それだけ。今までどうして試さなかったんだというくらい簡単すぎる任務だったけれど、その理由もとても簡単だった。

未来に戻ってソーネチカの顔を見たら、クドリャフカを膝に乗せてしまったら、僕の心は完全に折れてしまうんじゃないかと思ったからだ。

それ以上、過去に戻れなくなってしまいそうで怖かった。ユーリヤを諦めてしまうのではないかという恐怖を感じていた。だけど僕は今、恐れていた方法で未来に帰ろうとしている。それくらい僕は弱っていたし、孤独に震えていた。やり直し続け、失敗し続けた過去のせいで僕は完全におかしくなっていたし、限界を感じていた。何よりもぬくもりを求めていた。

どんな手を使ってでもソーネチカに会いたかった。

だから、僕は一度未来に帰ってソーネチカに会うことを決めた。

十一月三日の前日——十一月二日に日付を合わせて、僕は未来に帰るための扉を開いた。

帰るべき未来に向けて。

11　月面戦争

未来に帰ると——僕は見知らぬ空間にいた。
灰色の打ちっぱなしのコンクリートに囲まれた空間で、そこはとても広い室内だった。丸テーブルがいくつも置かれていて、アルコールと煙草《たばこ》のひどい匂いが充満している。たくさんの人たち——大半は男性で、しかも老人——が賑《にぎ》やかに会話をしながらビールジョッキを口もとに運んでいて、どこかの酒場かクラブにでも迷い込んだみたいだった。僕の目の前にも、樽《たる》のように大きなジョッキが置かれている。

僕は我が目を疑いながら、あたりを見渡した。やはり老人たちばかりで、それもかなり柄の悪い大柄な老人が多かった。まるでどこかの老人ホームを占拠して好き勝手をしているように見えてしまうほど。

ここはいったいどこなんだ？

戸惑いながら観察を続けていると、老人たちには共通点があることに気がついた。その年老いた人々はどこか暗く、どこか打ちのめされているように見えた。表情には暗い影が落ちていて、後ろめたさや、投げやりな雰囲気すら感じられた。野球の試合で大敗でもしたみたいに。

僕は、自分がどこにいるのかまるで分からないことに不安を覚えた。過去に戻る前日に、僕はこんなところにいた記憶はない。これは僕の知っている11月2日の記憶じゃなかった。

何かがおかしい？

そう思って立ち上がろうとしたけれど、僕の足はまるで動かなかった。下半身に目を落として僕は目を疑った。

「僕は、どうなってるんだ？」

僕は思わずそう漏らした。なんと車椅子に乗っていたのだ。そして僕の両足はピクリとも動かなかった。まるで深い眠りについたみたいに。なんとか立ち上がろうと両足に力を込めたり腕の力を振り絞ったりしたけれど、腰を浮かすこともできない。

「おい相棒、何をやっているんだ？　トレーニングなら今朝終えただろう」

聞き覚えのある声が聞こえると同時に、老人が一人笑いながら席に着いた。僕はまたしても我が目を疑った。これで三度目だ。

「まさか、バーディなのか？」

「おいおい酒の飲みすぎか？　それともついにボケたか？」

バーディは大げさに肩をすくめながら笑った。懐かしい黒い肌の宇宙飛行士が目の前に現れて、人懐っこい笑みを浮かべている。僕はわけが分からなくてどうにかなってしまいそうだった。

バーディは、僕の相棒だった。とても優れた宇宙飛行士で、僕が月に向かう最初の任務ではミッションのリーダーを務めていた。ともに月面の開発に携わり、僕はバーディに何度も助けられた。

僕が正式に宇宙飛行士になる前から僕に目をかけてくれた先輩宇宙飛行士であり、最も信頼していた相棒。僕が知っている中で、最高の宇宙飛行士といえばバーディだった。その優秀な宇宙飛行士は、僕のいた未来ではNASAの長官にまで上り詰めた。

正真正銘の英雄だ。

「バーディ、ここはどこなんだ？　どうして僕の足は動かない？　それに月面はどうなっているんだ？　ソーネチカは？」

僕は、はやる気持ちを抑えきれずに早口でまくし立てる。するとバーディは深刻そうな表情で僕を見た。髭《ひげ》の生えた顎をさすってどうしたものかと思案する。それはバーディが真剣にものを考える時の癖だった。陽気で気さくな性格だったけれど、彼は誰よりも慎重で用心深い宇宙飛行士だった。誰よりも万全の準備と細心の注意をもって任務にあたるリーダーだったことを思い出して、僕は少しだけ正気に戻ることができた。

僕の目の前には、僕が最も信頼していた宇宙飛行士がいる。憧れていた先輩宇宙飛行士が。その事実だけで、僕は宇宙飛行士に戻ることができた。冷静さを取り戻すことが。

僕はたった今犯してしまった失態を挽回するべく、慎重に言葉を口にした。

「すまない、相棒。少し混乱してしまったんだ」

僕は小さく息を吐いて考える。この状況を打開する方法を。

「一瞬、自分がどこにいるのかわからなくなったんだ。急に足が動かなくなったような気がして、とても不安な気分になった。とにかく、ここから逃げ出したくなった。どうしてかは分からないけれど」

僕はバーディからこの状況の説明を引き出すために混乱したふりを装った。若干演技めいていたけれど、それは仕方ない。僕は演技が苦手なのだ。

「わかるぜ、相棒」

バーディは悲しさと優しさが複雑に入り混じった目で僕を見た。そしてとても深く頷《うなず》き、暗い影の落ちた顔を歪《ゆが》めた。

「俺だって、いつも同じことを考えている。どうしてこんなところにいるんだ――どうしてこんなくだらない穴蔵に引きこもっているんだろうってな。過去の栄光をつまみに酒を飲むだけの毎日なんて、くだらなすぎて反吐《へど》が出る。この『退役クラブ』には感謝しているが、ここはしみったれた卒業アルバムみたいな場所だ。ここの全てが過去の遺物でしかない」

僕は『退役クラブ』という単語を頭の中のメモ帳に記した。

「僕の足のことなんだけれど、どうして動かなくなったんだろう？　時々よくわからなくなるんだ。

僕の記憶が正しいのか、思い違いをしているのか。できるなら記憶と事実をすり合わせをしておきたい。若い看護師にボケた老人だと思われたくないからさ。うまくデートにも誘えないだろ？」

軽いジョークを言うと、バーディはにやりと笑って頷《うなず》いた。昔を懐かしむように。

僕たちはジョークを交わすのが大好きだった。特に相手をバカにするようなジョークが大好物だった。僕たちはいつだってとっておきのジョークや皮肉を披露しては、それを酒のつまみにして飲み明かした。バーディは日本酒が好きで、僕はウィスキーが好きだった。僕たちは、何度も酔いつぶれるまで飲み明かした。これまで飲んだ酒の量は、『静かの海クレーター』を満杯にしても足りないと思う。

「つらい過去を思い出したくないだろうが、女をデートに誘えないとなるとかわいそうだからな。いいだろう。記憶と事実のすり合わせをしよう。お前の足が動かなくなったのは——『月面戦争』のせいだ」

『月面戦争』？

僕は聞いたこともない歴史上の出来事に驚愕《きょうがく》したけれど、平静を装った。

「そうだ。『月面戦争』だ。バーディ、『月面戦争』の話をしてくれないか？　どうしてその戦争が起こったのか、何が引き金だったのか、そしてその戦争はどのように終結したのか——教えてくれ。頼む」

「ああ、いいぜ」

バーディは一呼吸した後に静かに語り始めた。

「俺たちが月に上がって月面開発を行った数年後、月面の資源採掘はようやく軌道に乗りはじめた。

その頃から、それまで共同で月面開発を行っていた各国が、自国の利益のみを優先するようになった。まるで一等賞を競うみたいにな。競争は次第にエスカレートし、各国は月の土地の領有権を主張するようになった。そして勝手に国境線を引き始め、自分たちの土地を守るために軍を動員した。それで月面は火薬庫のようになっていった」

まるで、つまらないハリウッド映画のあらすじを聞かされているみたいだった。それもB級以下の。月面に軍を動員？　月面が火薬庫？　まるで信じられなかった。そんなことが起こり得るなんて考えられなかった。だって、宇宙は静かじゃなければならないのだから。地球のくだらない争いごとを宇宙にまで持ち込むなんてナンセンスだ。僕たちは、そんなことをするために月にたどり着いたわけじゃない。

「月面は冷戦状態に陥ったが、そんな状況はあっという間に崩れた。一度火がついちまえば、燃え上がって爆発するのは一瞬だった。月では小規模な戦闘が繰り返し起こるようになり、それは次第に大規模な戦闘へと発展していった。これまでの戦争と全く同じだよ。どちらも相手が先に撃ったと主張し、その報復のためにより大きな攻撃を与える。歴史上何度となく行われてきた大義名分を得た戦争だ。ベトナム、アフガン、イラン、北朝鮮、いつだって俺たちはそうやって攻撃を行ってきたんだ。地上から上がってきた兵士の多くが、無意味に死んでいった。そもそもが役立たずだった。宇宙空間は普通の戦場とは違う。宇宙は俺たち宇宙飛行士の世界だ。重力に押しつぶされて地べたを這いずり回っていた軍人なんか、猫の手にだってなりはしない。結局、戦ったのは俺たち宇宙飛行士だ」

「僕たちが宇宙で戦った？」

僕は信じられないと声を上げてしまった。バーディは僕をじっと見て、僕の戸惑いを理解するように頷《うなず》いた。おそらく僕が、ＰＴＳＤか何かにかかっていると思っているのだろう。

「俺もお前も、多くの宇宙飛行士が戦った。もちろん俺たち宇宙飛行士は最後まで戦争に反対した。だけど俺たちの声が届くわけなんかなかった。月面は戦場で、毎日のように仲間の宇宙飛行士や労働者たちが殺されていったんだ。俺たちは仕方なく立ち上がった。宇宙で戦争をおっぱじめたんだよ。銃を持って戦ったんだ。相棒、お前は勇敢な宇宙飛行士だった。いくつもの作戦を指揮して、俺たちの月面居住区を守り続けた、そして『静かの海防衛戦』での負傷で、両足が動かなくなった」

バーディはいつの間にか涙ぐんでいた。過去の過酷な戦闘を、仲間たちの死を、悲惨な戦場を思い出しながら、大きな体を震わせていた。

「すまない、バーディ。嫌なことを思い出させた。そうだった。静かの海防衛戦だ」

「いいんだ。たまにはこうやって死んでいった仲間のことを思い出してやらないとな。あいつらは間違いなく偉大な英雄たちだ」

バーディはビールジョッキを持ち上げて乾杯のポーズをとった。僕たちはジョッキをカチンと合わせ、生ぬるいビールを胃袋に流し込んだ。僕は吐きそうになった。こんなにまずいビールを飲んだのは生まれてはじめてのような気がした。まるで猫のおしっこを飲んでいるみたいだった。

「これを見ろよ」

バーディは胸に着いたバッジを外して僕に見せた。銀色の月に、宇宙船といくつもの星があしらわれた勲章だった。僕の胸にも似たような勲章が着いていた。僕の勲章は、もっと派手だった。鼻につくくらい。

「こんなものが、あの戦争の報酬だぜ？　こんなちっぽけなものをもらうために、俺たちは必死になって戦ったんじゃねえよ。今じゃ、あの戦争で戦った宇宙飛行士は全員英雄扱いだ。『退役クラブ』のメンバーは、一生食うには困らない年金がもらえる。昼間っから宇宙飛行士専用のガンルームで酒は飲み放題ときた。こんなものが、こんなしみったれた生活が、俺たちが必死に月で戦ったことの報酬なのか？　冗談じゃねえ」

バーディは酔っていた。当たり前だ。酔わずにこんな話ができるわけない。思い出すには厳しすぎ、そして振り返るには悲しすぎる記憶だった。忘れてしまったほうが幸せなくらいに。

「今も、くだらない戦争は続いているんだ。終わるわけがない。月には人類の一生分の資源が眠っているんだ。国の一つや二つ滅んだって手に入れるだけの価値があるんだろうよ。これから先、俺たち人類は月をめぐって一生戦い続ける」

バーディは、もう我慢ができないと大粒の涙をこぼした。

「俺たち宇宙飛行士は、月なんていう地獄の門を開いちまったんだよ」

バーディは罪を告白するように言った。その表情は後悔にまみれ、悲しみに暮れていた。深い影がバーディを包み込んでいて、その影は永遠に消えそうもなかった。

『退役クラブ』に集まっている宇宙飛行士の全員が、バーディと同じ影を背負っていた。罪の影を。ここにいる全員が、宇宙飛行士になって月面を開発してしまったことを深く後悔していた。罪の意識に苛《さいな》まれていた。まるで罰を受けているみたいに。

こんな未来は間違っている。

僕は、声を大にして叫びたかった。

僕のいた未来は――本当の未来は、こんなひどい世界じゃなかった。少なくとも表向きは、人類は手を取り合って月面を開発していた。月面には大きな都市が建設され、人類の多くが月に上がった。そこで生活を営み、宇宙のみで人生を完結させるために。

月には多くのルナリアンが生まれて、月面はますます発展していった。人類圏で最も重要な場所になるくらいに。

僕たちのやったことは何一つ間違っていなかったんだと――バーディや『退役クラブ』に集まっている宇宙飛行士たちに伝えたかった。胸を張ってもいい偉業を成し遂げたんだと。

月は地獄の門なんかじゃないんだ。

僕たち人類の未来そのものなんだ。

だけど、僕は何も告げることができなかった。ただバーディの罪の告白を聞き続けることしかできなかった。それはこの未来での僕の告白でもあり、全ての宇宙飛行士の罪と懺悔《ざんげ》だった。

バーディが全てを話し終えるまで、僕はただ静かに耳をすまし続けた。遥《はる》か遠くの声に耳を傾けるみたいに。

そしてバーディの告白が終わると、僕は一番聞きたかったことをようやく尋ねた。

「バーディ、それで、ソーネチカは今どこにいるんだ？」

その答えを聞くのが怖くて先延ばしにし続けていたけれど、僕は決心してその質問を口にした。

「ソーネチカ？　誰だそれ？　お前の新しい女か？」

12　ディアナ教

僕は過去をやり直した。バーディを置き去りにして。

月面を開発した過去を、何度もやり直した。失敗した月面開発を何度も目撃し、体験し、そして挫折《ざせつ》を続けた。

何度やり直しをしても、月面の開発が成功している過去は存在しなかった。それどころか、過去をやり直すたびに月面はひどい有様になっていった。まるで暗い海の底に沈んでいくみたいに、月面開発という偉業は光を失っていった。

僕は意味がわからなかった。目の前で何が起こっているのか理解できなかった。「これはいったいなんなんだ？」と、何度も自問した。僕は混乱と戸惑いの渦にのみ込まれながら、何度も月面開発に立ち合い続け、目撃し続け、携わり続けて、その成功を見届けようとした。

ある過去では、人類は月面から撤退していた。

ある過去では、人類はそもそも月面を目指していなかった。

ある過去では、テロ組織によって軌道エレベーターが破壊された。

ある過去では、月面で起きたヘリウム３の大爆発によって、宇宙飛行士と労働者の多くに死傷者が出てそれ以上の開発が不可能になった。

そして月面の開発に失敗した過去では、その後に例外なく大きな戦争が起きていた。

第三次世界大戦と呼ぶにふさわしい多国間による大規模な全面戦争が。

失敗した過去を何度も目撃しているうちに、僕は重大なことに気がついた。

月面開発の成功こそが、人類にとって最も重大な転換点——ターニングポイントであり、未来に希望をつなぐ唯一の道だったんだと。

月面開発の成功は人類が必ずたどらなければならない通過点であり、その先に進むための扉だったんだ。

夜空に浮かぶ月は人類に残された最後の希望であり、最後の開拓地だった。それを失って行き詰まってしまった人類に残された手段は、他者から奪うことだけ。暴力によって全てを解決しようとする原始的な本能だけだった。

つまりは戦争。

人類は未来に進むどころか、過去の過ちを繰り返すしかなかった。

僕は人類の破滅的な行為を何度も目《ま》の当たりにし、そのたびに人類とその歴史に絶望した。それでも僕は、過去をやり直して月面の開発の成功を見届けようとした。月面の開発が成功している過去を、人類がかろうじてでも手を取り合っている世界を、どうにかして見つけたかった。僕の知っている未来が夢や幻なんかではなく、人類の正しい未来の形なんだと証明したかった。

ある過去では、月面の開発は表向きうまくいっているように見えた。資源採掘は軌道に乗りはじめ、労働者たちの受け入れも順調に進んでいた。月の人口は少しずつ増え始めて、僕自身も積極的に月面の開発に携わった。僕の培《つちか》ってきた経験や知識を全て注ぎこみ、この過去で月面開発を成功に導こうとした。

それでも、月面の開発は必ずどこかで綻《ほころ》んでしまう。

そこには、決定的に欠けているものがあった。

決定的な結び目が――人類をかたく繋《つな》ぎとめるための大きな結び目の存在しない過去では、月に上がった人類はとてももろく、とても曖昧《あいまい》で、とてもか弱かった。些細《ささい》なことでばらばらになり、足を止め、絶望してしまうほどに。

その過去では、月に上がった人々は次第に宇宙に新しい光を求めるようになった。人類の新しい寄る辺を求め、そこに集まりはじめるようになった。小さな蝋燭《ろうそく》の火をみんなで分け合うみたいに。はじめは本当に小さな灯だった。月面居住区の一画に設けられた小さな教会。その教会は、僕にとってはとても懐かしいものだった。こぢんまりとした石造りの建物で、いつも静寂に包まれていた。まるで上演の終わった劇場みたいに。

聖堂内には装飾の施されたたくさんの窓と、たくさんのステンドグラスがあった。宝石のように輝く色とりどりのステンドグラスには、絵画のような模様が描かれていた。まるで物語を語るように。天井に嵌《は》め込まれた一際大きなバラ窓のステンドグラスには、やはりたくさんの星と大きな月が描かれていた。星の街の教会のように。

月に上がった労働者たちは週に一度か二度、その教会を訪れて祈りを捧《ささ》げた。そんな些細な場所でしかなかった。だけどそれは次第に大きなうねりとなり、やがて月をのみ込むほどの大きな波に変わっていった。

寄る辺を見つけ、祈りを捧げる新しい光を見出《みいだ》した月の労働者たちは、次第に自分たちの全てを新しい光に捧げるようになり、労働よりも祈りを捧げることに重きを置くようになっていった。たとえその光が幻だったとしても、その光は信じることによって確実に存在感を強めていった。偶像と呼ばれるものが完成していく様を、僕はこの目でまざまざと見届けることになった。

月を開拓するために動かしていた両手は、いつしか神に祈るために組み合わされるようになり――月の大地を踏むための力強い両足は、いつしか神にひざまずくためのものになっていった。

人類は宇宙に上がってもなお、神や宗教と呼ばれる曖昧《あいまい》なものと決別することができずにいた。

それは、どうしてもできなかったんだ。

決別するどころか月に上がった人々は、宇宙や月といった人類が生存するには過酷すぎる環境を前にして、より強く、より深く、より敬虔《けいけん》に神や宗教を求め、祈り、崇《あが》めるようになっていった。

いつしか、その幻想だった光は――信じることで創りあげられた偶像は、名前を得て形を持つようになった。月で生まれたことを示す名前を獲得した。

『ディアナ教』と。

かつて、人類ではじめて宇宙に上がった宇宙飛行士――ユーリィ・アレクセーエヴィチ・ガガーリンは、宇宙から青い地球を見下ろしたときにこう言った。

「ここに神は見当たらない」

その言葉を、僕も――僕を宇宙に打ち上げてくれたユーリヤも信じていた。神さまなんてインチキに頼らないだけの強さが、僕たち人類にはあるんだと信じていた。心の底から。僕はユーリヤのその言葉を証明するために、今日まで宇宙飛行士を続けてきた。

それなのに、やり直した過去の月では――新しい神さまが誕生していた。神さまとは人が創りだし、人の弱さやもろさによってより強く、より大きくなっていくものなんだと思い知らされた。

もはやこの過去の月は月面開発を行えるような環境ではなく、閉ざされた宗教的な星へと変わっていた。まるで儀式を行う秘密の祭壇のように。人類の唯一の希望だった月そのものが教会へと生まれ変わり、地球から大勢の人々が救いを求めて上がってくるようにさえなってしまった。

迷える子羊や、罪びとたちが救いを求めて上がって来た。

まるで、巡礼の地のように。

もはや月は人類が行きつく終着駅になっていた。どこにもたどり着くことのない、ただ終わりを迎えるためだけの場所に。

人類の墓標に。

僕はこのどうしようもない月の状況に、どうやっても立て直すことのできない行き詰まりに、大きな失望を感じていた。裏切られたという気持ちにもなっていた。

だから僕は、この月を行き止まりの終着駅に――

人類の墓標に変えてしまった新しい神に会いに向かった。

13　カセドラル

「いったいどういうつもりなんだ？　お前は月面を開発するために地球から上がってきた宇宙飛行士だろう？　それなのに月面の労働者たちに教えを説いて、こんな何の役にも立たない施設で祈りを捧《ささ》げさせるなんて――」

僕の言葉が、異様なまでに静かな空間を震わせた。目の前の男性は神秘的な雰囲気と穏やかな笑みを崩すことなく、僕を見つめていた。灰色の瞳で。

「アレクセイ、どういうつもりなんだ？　答えろ」

僕が怒鳴り声をあげると、祭壇に立った宇宙飛行士は無邪気な少年のようににっこりと笑った。

あの星の街で出会った時と同じように。

ユーリヤと再会したあの星の街で出会った少年が、今僕の目の前にいるアレクセイだった。

あの時、ユーリヤはアレクセイに宇宙に行くための秘訣を教えてあげた。

『アリョーシャ。あなたならきっと、立派な宇宙飛行士になれると思うわ。でも、宇宙飛行士になるなら――どうして宇宙に行きたいのか、その理由がなきゃダメよ。その理由が、きっとあなたを宇宙まで引っ張って行ってくれる』

その言葉に打ち上げられたアレクセイは宇宙飛行士になり、そして僕のバックアップクルーになった。聖職者として叙階《じょかい》を授かった敬虔《けいけん》な信者であり、神という存在を心から信じて愛する宇宙飛行士に成長した。

僕のいた未来では、僕はアレクセイに何度も助けられた。彼が月に上がり僕たちが本当の意味で再会することができた時、僕はアレクセイと心が通じ合うのを感じた。それなのに、今の僕たちは向かい合って対立している。僕たちの間には、見えない壁がそびえ立っているみたいだった。国境線という壁が。

「あなたは何か大きな勘違いをしていますよ？　私は月の労働者たちに祈りを強要しているわけではありません。この大聖堂に閉じ込めているわけでもない。彼らは彼らの意思でこの場所に集まり、彼らの意思によって祈りを捧《ささ》げているだけなのです」

黒い修道服を身にまとったアレクセイは、やはり穏やかな微笑《ほほえ》みを浮かべたまま両手を広げてみせた。それが当然のことだというみたいに。この月で起きている全てのことが、ただ起こるべくして起きただけ――神の思し召しだとでもいうように。

彼の背には、巨大なステンドグラスと――月の女神を模した大きな像がそびえ立っている。その月の女神像は僕の大切な女性にとても似ていて、それが僕を心から不愉快にさせた。心底うんざりした気分にさせた。

僕の大切な女性は、こんな辛気《しんき》くさい場所で崇《あが》められたり、祭り上げられたり、ましてや祈りを捧げられるようなことを最も嫌う女の子だった。

神さまにも――星にも祈らない強さを持った女の子たちだったんだ。

小さな教会からはじまったその宗教施設は、そのうち巨大な大聖堂へと改修された。それは『ディアナ大聖堂』なんて名前で呼ばれるようになり、今では月の労働者の大半が祈りを捧げにやってくる月の巡礼地となった。月の労働者だけでなく地球からも信者たちが上がってくるような、長い巡礼の果てに訪れる約束の地へと。存在するはずもない神に祈りを捧げるインチキの権化《ごんげ》に成り下がったんだ。ばかばかしすぎて笑う気にもなれなかった。うんざりしすぎて、人類そのものの存在価値を疑いたくなった。

人類とは、こんなにも弱く情けない存在だったのかと。

それでも僕は人類の可能性を信じていたし、この月にはまだ希望があると信じたかった。

「アレクセイ――お前が月にこんな余計なものを持ち込まなければ、月面開発が失敗することはなかったんだぞ？　今では月に上がってきた労働者たちは働くことを放棄して、祈りばかり捧《ささ》げている。いいか？　この月では空気も水もタダじゃない。地球で得られるよりも何倍ものコストがかかるんだ。僕たちには月で自給自足を行い、地球に資源を送るという重大な任務があるはずだ。それを忘れたっていうのか？」

アレクセイは悲しそうに首を横に振った。まるで僕を哀れむみたいに。

「あなたは大きな勘違いをしています」

「勘違いだと？」

「はい。あなたは地球から上がってきた労働者たちを、奴隷か何かだと思っているのですか？」

「そんなこと思っているわけないだろう」

そんなことは考えたこともなかった。

「確かに、あなたはそんなことは思っていないでしょう。だけど、地球にいる強欲な者たちはそう考えていますよ。間違いなくね。彼らは自分たちの私腹を肥やすために、貧しい者たちを宇宙に打ち上げて月に送り込んだんです。これが月面開発の真実です。彼らは地球のために働く奴隷ではありません。その彼らが、働くことよりも祈ることを選んだ。今の彼らには安息日が必要なんです。それにあなたは、彼らが好きこのんで月に上がってきたとでも思っているのですか？」

「それは――」

僕はその問いに、うまく言葉を返せなかった。するとアレクセイは心の底から悲しそうな表情を浮かべて、美しく澄んだ灰色の瞳から涙を流した。

「彼らの多くは、不幸な理由で地球での居場所を失った人々です。世界的な孤児なんです。彼らは、こんな何もない暗く冷たいだけの星になんて来たくはなかったんですよ？　誰が好きこのんでただ岩を砕き、ただ穴を掘るだけの人生を送るというんですか？　月に上がってきた労働者の大半が、二度と地球に戻ることもできずに、こんな何もない星で死を迎えるんですよ？　そこにわずかな救いを求めたってしかたがないことじゃないですか？　あなたに彼らを責め、断罪する権利があるというのですか？」

僕はアレクセイに声を大にして伝えたかった。月には確かな希望があるんだと。

この月こそが――人類の未来なんだと。

だけど、アレクセイの言っていることの多くは真実だった。僕のいた未来でも、月に上がってくる労働者たちの多くは、地球で居場所を失った移民や難民だった。棄民《きみん》なんて呼ばれて揶揄《やゆ》される不幸な存在だった。彼の言う通り――世界的な孤児ということになるだろう。

労働者たちの多くは好きこのんで月に上がってきたわけではなかったし、二度と地球の大地に立つこともなかった。それでも月に上がってきた労働者や植民者たちは、希望と開拓心を胸に抱いて月の大地に降り立った。月で人生をやり直すんだという野心を持っていたし、新しく自分たちの人生を立て直し、新しい人生を一から作り上げようとしてきた。

僕たち宇宙飛行士は、そんな人たちと支え合い、励まし合い、寄り添い合って月を発展させてきたじゃないか？　共に岩を砕いて、共に穴を掘って苦労を分かち合ってきたじゃないか？

僕もアレクセイも、いつだってそうしてきたはずだった。

そうだったじゃないか？

僕はアレクセイにそう伝えたかった。

僕たちは共にこの月を開拓したんだって。

このやり直した過去でだって――この先では、この月が人類圏で最も重要な場所になる未来が待っているはずだった。棄民《きみん》と呼ばれ蔑《さげす》まれた月の労働者や植民者たちの多くが報われる日が来るんだと、その日は必ず訪れるんだと知らせたかった。僕たちが力を合わせてそれを成し遂げたんだと。

だけど、もはや何を言っても無駄だった。

アレクセイは、もう僕と同じ未来を描けなくなっていた。そして彼だけでなく多くの宇宙飛行士が、月面の開発を諦めていた。月に上がった労働者たちは、誰も未来を見てはいなかった。目の前にある温かな優しい光だけを見ていた。幻を。

僕たちを一つにする大きな結び目が、バラバラになってしまう僕たちを繋《つな》ぎ止めておく本物の光と引力が――この月には欠けていた。やり直す過去の月は、いつだって満ちることのない欠けた月だった。

「かつて、私はあなたに言いました。そしてユーリヤに。私は、神さまを見つけに宇宙に上がるんだと。私の祖国の宇宙飛行士――人類ではじめて宇宙に上がったユーリィ・アレクセーエヴィチ・ガガーリンは、地球を見て『ここに神は見当たらない』と言った。私は、その言葉を否定するために宇宙に上がるんだと。ロシア人の間違いはロシア人が正さなくてはなりません」

確かにアレクセイは――アリョーシャはそう言った。

『僕は、神さまを見つけに行くんだ』

ユーリヤに『あなたならきっと見つけられると思うわ』と言われると、アリョーシャは宇宙に行くための理由をはっきりと口にした。

『うん。僕もそう思う。それで僕は、宇宙にも神さまはいたから、みんなも安心して宇宙に上がっておいでよって教えてあげるんだ。そうしたら、きっとたくさんの人が宇宙に上がると思うんだ』

アリョーシャは幼い頃からまるで変わっていなかった。僕たちが変わらなかったように。自分が宇宙に上がった意味を、最後まで見失うことなくその胸に抱き続けていた。

アレクセイは幼い頃の思いに取《と》り憑《つ》かれながら続ける。

「月に上がった人々は、この月で神を見出《みいだ》した。私と同じように。神に救いを求め、神に祈ることで――神に至ろうとした。神は、ここにいて全てのものを愛しています。ならば救いを求める迷える神の羊に――この私が手を差し伸べなくてどうするというのですか？」

アレクセイは力強く言う。その見開かれた瞳の奥には嵐のような何かが渦巻き、少年のようだった美しい顔立ちは途端に年老いて見えた。穏やかだった笑みには、強い怨念《おんねん》が浮かんでいるようにすら感じられた。まるで悪霊に取り憑かれてしまったみたいに。

アレクセイの口から語られる言葉は、まさに迫真だった。天啓や予言のようなものを授かったかのように高らかに宣誓してみせた。自分が全ての迷える人たちに手を差し伸べるのだと。

僕は、アレクセイの瞳の奥の嵐が広がっていくのを感じた。この大聖堂を包み込み、そしてこの月全体をのみ込むだろうという確信があった。アレクセイはこの月に上がってきた全ての人を導こうとしている。かつて神話の世界のみに存在していた預言者にでもなろうとしているかのように。

「スプートニク、あなたは地球に降りてください」

アレクセイは、僕のことをスプートニクと呼んだ。このやり直した過去ではじめて、僕のことをスプートニクと呼んだ。僕たちは、ようやく本当の意味での再会をしたのかもしれない。心を通わせることなく。

それはとても悲しい再会だった。

「スプートニク、あなたはとても偉大な宇宙飛行士だ。この月面の発展は、あなたの功績といっても過言ではありません。できることなら、あなたには私と一緒に月の人々を導いてほしかった。だけど、あなたは神を必要としない強い人だ。祈りを捧《ささ》げずとも真っ直ぐに自分の人生を歩んでいける強い人。たとえ孤独だとしても。そんな強い人は、この月には必要ないんです。さぁ――その扉を開いてお帰りください」

アレクセイは大聖堂の入り口を指し、悲しそうに言った。その姿は、まるで親に見捨てられた子供のように見えた。ステンドグラスから差し込む色とりどりの光を浴びた女神像は、僕とアレクセイを哀れむように見下ろしていた。人間の弱さや愚かさを嘆くみたいに。

僕はこのやり直した過去が完全に失敗したことを、またしても理解した。

僕にとってとても大切な宇宙飛行士を、僕自身が宇宙に打ち上げた弟のような存在を、この閉鎖された星に置き去りにしなればいけないことを心から悔やんだ。

「スプートニク、あなたは私にとって——友であり、兄であり、師でした。そして、私が愛した大切な宇宙飛行士です。知っていましたか、スプートニク？　私が月に上がったのは、あなたのそばにいたかったからなんですよ」

はじめて聞かされた言葉に——アレクセイの真意に、僕は深く傷ついた。

僕のために月に上がってきてくれた大切な宇宙飛行士と道を違《たが》えてしまったことを、僕は心から悔やんだ。僕たちの軌道がもう二度と重ならないことを、僕はとても悲しんだ。僕たちは共に歩めるはずだった。

「これまでありがとうございました。あなたのご活躍をこの月から祈っています」

かつて、僕はこれとよく似た言葉をかけてもらった。アレクセイからもらったその言葉は、僕にとって最高の勲章だった。僕たちが心を通わせ合った証《あかし》であり、僕たちの友情の絆《きずな》だった。

それなのに、今はこんなにも悲しく、悔しく、そして虚《むな》しいだけ。

空っぽの言葉に成り果てていた。

僕は大聖堂の扉を閉めて——そして、この過去の扉も閉めた。

14　月面帝国

僕は過去に戻るのをやめてしまおうかと思った。自分の書斎に戻って『スタークロスト・ラヴァーズ』を聴くたびに、この終わりのないやり直しの出口に手を伸ばしかけた。足を止めてしまおうかと考えた。もう全てを諦めてしまおうとかと。

そのたびに、僕はユーリヤのことを思い出した。

ユーリヤの言葉を。


「スプートニク――あなたは、必ず私にたどり着く」


その言葉を思い出すたびに、僕は必死に自分を奮い立たせた。空っぽになりかけの自分の中に残っているありったけのものを燃やした。思い出も、情熱も、過去も、後悔も、希望も、絶望も――全てをエネルギーに変えて燃やし尽くした。過去へと沈んでいくために。

けれど、過去を何度やり直してもユーリヤのもとにはたどり着けず――ソーネチカと再会することもできない。どれだけ過去をやり直しても、ユーリヤを救い出すことはできず――どの過去を選択しても月にソーネチカは存在しない。

僕はソーネチカが誕生している過去を必死に探したけれど、やり直したどの過去にも彼女は存在しなかった。ソーネチカが誕生することはなかったんだ。まるで歴史の教科書から、ソーネチカの存在だけがそっと消されてしまったみたいに、
やり直した過去での月面開発はやり直しを繰り返すたびにおかしくなり、間違ったことになっていった。事態はどんどん悪化していき、取り返しがつかないことになっていった。

最終的には、人類をとことんまでばらばらにして――人類を滅亡の危機にさらすことになった。

その最悪の過去では、ソーネチカの代わりに男の子のルナリアンが誕生する。

男の子のルナリアンは、宇宙飛行士の母親によって――ルドルフと名付けられた。

ルドルフは生まれながらに特別な運命を義務付けられ、特別であることを強いられた。

ルドルフは不幸の星のもとに生まれてきた男の子だった。そのルナリアンの男の子は、あらゆる面で非凡な才能を持っており、何をやらせても人並み以上の結果を出した。それだけでなく生まれながらに宇宙に適応した人類で、宇宙空間というものを完璧に把握していた。そして生まれながらに人を引き付けて離さないある種の特別な重力を――カリスマ性を備えていた。

癖のある金色の髪の毛を獅子《しし》の鬣《たてがみ》のように伸ばし、翡翠《ひすい》のように美しい瞳は見る者全てを虜《とりこ》にした。生まれながらに備わっている美貌とカリスマ性も相まって、まるで神話の世界の半神半人のような卓越した男の子だった。多くの宇宙飛行士がルドルフのことを奇跡の子と呼んだ。

「僕が大人になったら、この月を世界で一番の――宇宙で一番の都市にするよ。地球にあるどの都市よりも優れた立派な場所にする。月にやってくる人たちを、月のために働いてくれる多くの人たちを裕福にして幸せにするんだ」

ルドルフは天使のような微笑《ほほえ》みを浮かべてそう語った。

僕はその非凡な少年が、いつの日かこの月をより良い星にしてくれると信じていた。この月を統《す》べる類いまれな為政者になるだろうと確信していた。いずれ、月と地球とをつなぐ懸け橋になってくれるだろうと。

「ルドルフ、君なら必ずこの月を素晴らしい星にできるだろう。その日が来るのを楽しみにしているよ」

「ありがとうございます。偉大なる宇宙飛行士にそう言っていただけるなんてとても光栄です」

僕の言葉に、ルドルフは敬意を示すように胸に手を当てて返した。

「あなたには、もっと多くの仕事がある。とても重要な仕事が。月面都市のことは僕に任せてください。月はいつだって地球の頭上で輝いている。いずれ、地球の全てをあまねく照らしつくすことでしょう。僕の手によって」

僕が地球に降りる際、ルドルフは僕の手を強く握ってそう約束してくれた。

自分こそが月を発展させていくと。地球の全てを照らしつくすと。

この時、ルドルフの美しすぎる翡翠《ひすい》の瞳の奥に危険な灯が宿っていたことに――敬意を示すために手を当てた胸の奥に大きすぎる野心を抱いていたことに、僕は最後まで気づくことができなかった。

いや、僕は心のどこかでルドルフの危うさに気がついていたのかもしれない。彼が地球を見下ろす時に浮かべる冷たい眼差《まなざ》しに気がついていながら、僕は目を逸《そ》らし続けていたのかも。ただルドルフを信じたかったという理由だけで。

僕の知っているルナリアンの女の子と同様に、このルナリアンの男の子も月と地球の懸け橋になってくれると信じたかったのかもしれない。ソーネチカと同様に、心から月と地球の未来を考えてくれると――僕はそんな勝手な幻想を抱いて、その思いを押しつけていただけだった。

そして、その時は訪れた。

ルドルフが二十歳の誕生日を迎えた時、その非凡でカリスマ性に溢《あふ》れたルナリアンは、突如として地球に宣戦布告を行った。

『全ての地球人に告げる。我々月の民は、これより地球から独立をする。今後地球からの一切の干渉を受けることなく、我々月の民のみで自治を行っていくことを宣言する』

ルドルフは黒に金細工の施された軍服を身にまとい、見る者全てを魅了する精悍《せいかん》な表情と、聴く者全てを鼓舞する覇気《はき》のある声でそう宣誓し宣言した。

その宣言は、月と地球——そして全宇宙に響き渡った。

『我々月の民は、地球人のために働く奴隷などではない。政治的にも経済的にも、不当な扱いを受ける謂《いわ》れは一切ない。地球人諸君、我々月の民は、諸君らに豊富な資源を提供するために昼夜を問わず働かされている。地球の平均的な賃金の十分の一にも満たないはした金でだ。我々には自由に貿易をする権利も、新たな産業を興《おこ》す権利すら与えられていない。それどころか、地球人諸君が後生大事にしている国際法すら適応されず、我々には自らの手で法律を書くことすら許されていない。月に設立された形ばかりの行政府は、全て地球から上がってきた政治家や官僚によって支配されている。地球人諸君、もう一度告げよう——我々月の民は、地球人のために働く奴隷などではない。そしてこの月は、地球人の植民地ではないのだ』

ルドルフは高らかに片手を上げて見せた。

『故に、私は今ここで宣言をする——「月面帝国」の建国を』

その宣誓は、ルドルフによって発せられた建国宣言だった。そして彼によって振り落とされた刃《やいば》であり、放たれた銃弾であり——宣戦布告。

『月面帝国』。

それは西暦2000年以降に誕生したはじめての帝国であり、人類が過去に葬り去った悪《あ》しき歴史の産物だった。帝国主義、ファシズム、選民思想、植民地、その全てが人類が生み出した過去の遺物であり、歴史の中に止《とど》めておかなければならない狂気だった。

ルドルフは『月面帝国』の初代皇帝になることを宣言した。

『地球人諸君、心して聞かれよ。これより、月面帝国の主権を脅《おびや》かし、月の民の生命や財産を侵そうとする全ての行為を――それがどのように些細《ささい》なものであれ――私は即座に侵略行為とみなす。月の主権が脅かされ、侵されれば「月面帝国」は速やかに地球に対して苛烈《かれつ》な打撃を与えるだろう。これは、地球に対しての忠告である。しかし勘違いはしないでほしい。我々「月面帝国」は地球と、そして地球人諸君と、無益な争いがしたいのではない。我々は対等で公平な関係を望んでいるだけなのだ。自由な貿易、公平な富の分配、平等な法と裁判、我々による自治権の確立。月の民の人権の保障。それだけなのだ。しかし、それが得られないというのならば、我々「月面帝国」は多くの血を流してでも、それを手に入れるだろう。我々には、その覚悟がある。その実力がある。その備えがある。そして、この私がいる。月の武人は、地球という穴蔵に閉じこもって惰眠《だみん》を貪っている諸君らほど――甘くはないぞ？』

ルドルフは覇気《はき》のこもった刃《やいば》のような視線で全ての地球人を見つめた。その瞬間、全ての人類の首元に刃を当ててみせた。その勇ましい表情は、血を流すことをまるでいとわない武人そのものだった。奇跡の子と呼ばれた少年は、月を統《す》べる皇帝へと成長していた。この宇宙の覇権すらも、その手中に収めてしまいそうな絶対君主に。

『地球人諸君、どうか私の、我々月の民の覚悟を忘れることがないように願う。そして我が月は、地球の頭上に輝く無慈悲な女王であると、ゆめゆめ忘れるな。月は――常に地球を見下ろしているのだ』

皇帝ルドルフの言葉に応えるように、そして新しく誕生した皇帝を称《たた》えるように、月の民たちの怒号が続いた。

『ハイル・マイン・カイザー』

『ハイル・マイン・カイザー』

『ハイル・マイン・カイザー』

「我らが皇帝万歳」と、月の民たちの掛け声と敬礼が月全体を覆いつくす波のように響きわたる。その波はいずれ大きなうねりとなって地球全体をのみ込むだろうと、誰もが思った。月と地球とをのみ込んで燃やし尽くす炎になるだろうと。

ルドルフによる『月面帝国』建国樹立の宣言後——月と地球は即座に戦争状態に突入した。当初、地球の誰しもが戦争はすぐに終わるだろうと信じていた。地球側の圧倒的な勝利で。次のクリスマスには何事もなかったかのように全てが終わっているだろうと。

その予想は、瞬《またた》く間に外れることになる。

『月面帝国』のとった戦法は、月面から地球に向けて岩を発射するという驚くべきもの。それはとても古典的な方法であり、驚くほど単純な戦法だった。だけど、その効果は絶大にして苛烈だった。投石機の要領で放たれた小型の隕石《いんせき》爆弾が、雨のように地球に降り続ける。その被害は甚大《じんだい》で、どのような対処も不可能だった。

月は隕石爆弾を無限に放つことができた。当たり前だ。月は岩と砂に覆われた星なのだから。反対に地球側は月に向かうために最低でも三日の時間を必要とし、月面を攻撃するためには大規模な準備をしなければならなかった。『月面帝国』の最初の攻撃で軌道エレベーターを破壊された地球側は宇宙に上がることも一苦労で、まさしく為《な》す術《すべ》もなかった。

はじめから勝負にすらなっていなかった。コールドゲームとも呼べない無残な敗北だった。

隕石《いんせき》爆弾の無差別攻撃により、罪のない多くの人々が犠牲になった。その結果、人類の人口は三分の一にまで減ってしまった。多くの国と地域が人の住めない不毛の地となった。地球の気候は変わり、青かった空は黒い雲に覆われた。まるで暗い檻《おり》の中に閉じ込められてしまったみたいに。

それでも『月面帝国』の攻撃はやまなかった。苛烈《かれつ》な打撃を与えると言ったその言葉通り、ルドルフは地球に隕石の雨を降らせ続けた。まるで人類を滅亡させるかのように。ルドルフは地球人が二度と月を見上げることがないように、二度と歯向かうなどと考えさせぬように、徹底的に攻撃を加え続けた。無慈悲な女王と言ったその言葉の通りに。

地球にはもはや月と戦争を続ける余裕はなく、無条件で降伏するしか手は残されていなかった。そこまで追い詰められてようやく、地球はルドルフの言葉を聞く気になった。

その瞬間、月は地球の新しい支配者になり――名実ともに無慈悲な女王となった。

「これはいったい――何が起こっているっていうんだ？　僕はいったい何をやっているんだ？　こんな世界を、僕たちは目指してきたっていうのか？」

月はおろか星すら見えなくなった黒い雲に覆われた空を眺めて、僕はそうこぼした。

閉ざされた地球で。

僕は、何をしているんだ？

僕は、何を見ているんだ？

僕はいったい、何を見せられているんだ？

僕は、何のためにここにいるんだ？

何のためにに過去をやり直して――いったいどこにたどり着けばいいんだろう？　僕はわけが分からなくなっていた。古いSF小説の世界に迷い込んでしまったのではと本気で考えるようになった。安っぽいB級映画の登場人物なのではと。僕という存在ははじめから物語の登場人物でしかなく、今まで僕が経験し体験した全てが――このやり直した過去の全てが、物語の一部なのではないかとさえ考えるようになっていた。あるいは、全ては僕の妄想なんじゃないかと。

現実の僕は今も未来の月にいて、病院のベッドの中にいるんじゃないかとさえ思った。僕はいよいよ完全にボケてしまい、頭がおかしくなって妄想の世界に閉じこもってしまったのではないだろうかと。そうであってほしいと思った。早くこの悪夢から目覚めたいと、僕は何度も願った。

僕は月の見えない空を見上げながら、完全に自分を見失っていた。

未来と過去の狭間《はざま》で迷子になっていた。

僕は海のど真ん中で遭難した一隻《せき》の小舟と同じ。大きすぎる海を前にして地図と羅針盤《らしんばん》を失い、今では目的地すら忘れてしまっていた。

僕はもう、自分が何をすればいいのか分からなくなっていた。どこに行けばいいのかも、何をすればいいのかも、何を目標にすればいいのかも、何もかもが分からない――どこにも行き着くことのできない難破船。

それでも僕は、寄せては返す波に揺られるように未来と過去を行き来した。わけも分からないままに。ただ夜の海の真ん中で波に揺られ続けた。

夜空は分厚い雲に覆われていて、月明かりどころか――星の一つさえ見えない。

15　日の名残り

それから先も――僕は意味もなく過去をやり直し続けた。未来と過去の狭間《はざま》で迷子になり続けた。僕の気持ちはとっくに折れていて、もう完全に諦めていた。ただただ時間の流れに身を任せて、時の波間を揺蕩《たゆた》い続けるだけ。過去をさまよい続けるだけ。

ユーリヤにたどり着けるとはもう思ってもいなかった。その自信は僕の中から消失し、僕はすでに考えることをやめていた。それは、ただ出口に手を伸ばさなかったというだけのこと。何度も出口に手を伸ばしかけた。けれど、結局出口を開くことはできずに、また過去に沈む。そして沈んだ先の過去で、再び自分自身と世界に絶望する。そんな無意味な繰り返しを続けた。

僕は時間の海で溺れていた。

「ユーリヤ、もういいだろう？　僕はもう十分やったじゃないか？　もうユーリヤにたどり着ける自信がないんだ。もう終わりにしたっていいだろう？」

僕はありとあらゆる弱音を吐いて、言い訳を言いつくし、あらゆることから目を背けて――ソユーズからの任務を放棄した。それでも失敗をするたびに過去の海に沈んで、目の前の新しいユーリヤと再会した。

真っ白なワンピースを着たユーリヤが現れる。

「――よろしくね、スプートニク」

ユーリヤの笑顔を見るたびに、その言葉を聞くたびに、僕はまだ諦めるなと、また試していない可能性があるはずだと自分に言い聞かせた。それが無意味なやり直しだとして理解していてなお。

僕はとっくに気がついていたんだ。

「よろしくね、スプートニク」

僕の人生で最も特別だったその言葉は——僕の人生の出発点であるはずのその言葉は、ただ僕を過去に縛りつけるだけの呪いになっていたことに。

「よろしくね、スプートニク」

いったい、どれだけの時間が過ぎたんだろう？

百年、二百年なんて遥《はる》か以前に過ぎ去っていた。千年、二千以上の時間は優に超えていた。もしかしたら百万年以上の時間を、僕は過去のやり直しに費やしたかもしれない。もしかしたら、それ以上の時間を。永遠とも思える時間を。

僕が今も過去をやり直し続けている理由は、ただ一つ。

僕自身の意思で、この旅を終わらせることができないから。ただそれだけのことだった。僕自らの手で全てを終わらせてしまったという事実だけは、どうしても受け入れることができなかった。

それだけは、どうしてもできなかったんだ。

本当に、ただそれだけのこと。

だから無意味に過去のやり直しを続けて失敗をし続ければ、いつか誰かがこの過去への旅を終わらせてくれるんじゃないか、そんなことを考えていた。誰かがソユーズからの任務を取り上げてくれるんじゃないかと期待した。そんなことを願いながら、僕はただ時間の波に揺蕩《たゆた》い続けた。

だけど、誰もこの無意味なやり直しを終わらせてくれはしなかった。何度過去をやり直し、何度過去を繰り返しても、百万回を超える失敗をしても、僕の目の前に広がる光景が変わることはなかった。

秘密の図書館。

ボストーク1号。

真っ白なワンピース。

ユーリヤ。

「よろしくね、スプートニク」

いい加減にしてくれ。

これ以上、僕にどうしろっていうんだ?

これ以上、僕は何をすればいいっていうんだ?

僕は、ボストーク1号を秘密の図書館の床に叩《たた》きつけて粉々にした。

そこで、僕を繋《つな》ぎとめていた最後の糸も切れてしまった。

この過去は、これでだめになった。別にかまわない。僕は何度だって過去をやり直せるんだ。こんなめちゃくちゃな過去が一度くらいあったっていいじゃないか?

やり直した過去の一つには、月と地球が戦争をしている過去だってある。人類は滅亡の危機に瀕《ひん》している。それに比べたら、こんなことは些細《ささい》なことなんだ。またやり直せばいいだけだ。

僕は自暴自棄になり、やけっぱちになり、箍《たが》が外れた。おかしくなってしまった。全てがどうでもよくなってしまった。

だから僕は、新しくやり直した過去で――ユーリヤを連れて家出をした。

全てのことから目を背けて逃げ出した。

逃避行。

それは、そんな綺麗《きれい》な言葉では片づけられない行為だった、ただ情けなく、ただ下らない、ただの八つ当たりのような逃亡だった。どうしようもない状況に対する、意味のない反抗のようなもの。

僕自身も自分が何をしたいのか、何をやっているのかよく分かっていなかった。ただユーリヤをつれて家を出て、電車に乗って遠くに行きたかった。どこか遠くに逃げたかった。

ユーリヤと二人で何もない場所に行きたかった。

ただそれだけ。

未来も過去も忘れてしまい、ソユーズからの任務も放棄して――全てを忘れ去ってただユーリヤと一緒にいたいだけ。

だから僕は小学六年生の最後の運動会の少し前、僕たちがばらばらになってしまう前にユーリヤをつれて逃げ出した。ユーリヤは何も言わずについて来てくれた。不安そうな表情を浮かべて時折心細そうに体を震わせたけれど、彼女は僕の様子がおかしいことに気がついても何も聞かずに僕についで来てくれた。

「わかったわ。スプートニクと一緒に行く。あなたの好きな場所に行きましょう」

ユーリヤは、こんな時でもおしゃれをしてやってきた。お出かけ用の青いコートに白のニット。黒いプリーツスカート。バレエシューズに似た可愛らしい白い靴。髪の毛は丁寧に結われていて、それを月の形のバレッタでまとめている。きれいな形のおでこが、とてもチャーミングだった。

僕たちは電車に乗って二人並んで座席に座り、向かいの窓の外を静かに眺めていた。電車に揺られている間、ユーリヤはずっと僕の手を握ってくれていた。ユーリヤの手だって震えていたけれど、その震えを隠すように強く、とても強く僕の手を握ってくれていたんだ。

それだけで、僕は今にも泣いてしまいそうだった。

「ねぇスプートニク、大丈夫？　どうしてそんな顔をしているの？　何が怖いの？」

ユーリヤは僕を気遣って、ときおり優しく声をかけてくれた。自分から「帰ろう」とは言いださなかった。知らない駅を一つ通り過ぎるたびに、僕のほうを見て不安そうに笑った。当たり前だ。小学六年生の子供が両親に内緒で電車に乗って、知らない場所に向かっている。不安にならないわけがない。

ユーリヤじゃなかったら、今頃泣き出して「帰ろう」と叫んでいるはずだ。ユーリヤは必死に不安や心細さを押し殺して、おかしくなってしまった僕のことを見守り続けてくれた。

そんなユーリヤが、僕は大好きだったんだ。いつだって僕の前でお姉さんぶるユーリヤのことが、僕は大好きだった。

僕は弱々しくユーリヤの手を握り続けた。すがりつくように。

車窓から見える景色は、とっくに賑《にぎ》やかな街並みを過ぎ去っていた。さびれた田園風景が続き、いつの間にか日は暮れて長い夜になろうとしていた。遠くのほうにわずかな日の名残りが見えたけれど、それも次第に夜の帳《とばり》に包まれた。

そして、僕たちを乗せた列車は終点に到着しようとしていた。

僕の旅の終着駅へ。

この長い旅の航海の――オデッセイの終わりへ。

16　二人なら

星一つ見えない夜空の下。僕とユーリヤは真っ暗な海を前にして立ち尽くしていた。浜辺には寄せては返す波の音だけが響き渡っている。

夜空と、海と、浜辺の境目すら見えない。

そんな夜の海は、全てをのみ込んでしまう黒い渦のように見えた。僕をこの終わりのない旅へと誘った――あのブラックホールのような真っ黒な画面のように映った。

海には、多くの思い出が詰まっていた。種子島の海岸で、僕はユーリヤの父親と約束をした。ユーリヤを月につれて行こうと。インドネシアの海で、僕とユーリヤは再会した。二人で人類を宇宙に上げるんだと約束した。ユーリヤはいつだって「いってらっしゃい」と「おかえりなさい」を言ってあげると、僕の背中を押してくれた。

ソーネチカが恋焦がれたのも海だった。地球に降りて一緒に海を泳いだ時にソーネチカが見せたあの笑顔を、あの興奮を、あの涙を、あの情熱を、僕は一生忘れないだろうと思った。その思い出を一生胸に抱いて生きていくんだと。

いつしか、月に海をつくることが僕の人生の目標になっていた。それは僕が生きている間には叶《かな》えることができない途方もない目標であり、小さな願いのようなものだった。だからこそ、それを未来に託すことができればと思って僕は残りの人生を費やしてきた。最後の情熱を注いできたんだ。

月に宇宙望遠鏡『エウレカ』を設置したのも、その『エウレカ』が発見したブラックホール――ソーネチカによって『エンディミオン』と名付けられた人類の新しい希望に探査船『ユリシーズ』を向かわせるのも、全ては月に海をつくるためだった。そこで得られた新しい発見が、僕たち人類を次の段階に進めてくれるかもしれないという希望を見出《みいだ》したから。電波バーストを通じて人類にコンタクトを取ろうとした『未知の知的生命体』が、人類に新しい知識を授けてくれるのではないかと期待したからだった。

だけど、そんなことの全てが今は遥《はる》か彼方《かなた》の話。

遠い遠い過去の話。

もう二度と戻ることができない懐かしい思い出だった。

夜空も、海も、浜辺もないただ真っ黒な渦を前にした僕は、そんな過去から――それでいて未来から目を背けて、世界の終わりのような光景を見つめ続けた。寂しすぎる波の音を聴いていた。それは演奏が終わった後のレコードのノイズに似ていた。ジジジジと終わりを告げる音が聴こえる。

僕は、どうして海に来たんだろう？

海に来て何をしようとしたんだろう？

そんなことは分かっていた。

僕は、夜の海に沈みたかったんだ。

ユーリヤと二人で、この暗い海の底に沈んで全てを終わらせたかったんだ。

この世界の終わりのような景色を。

僕の旅の終着点にしたかった。

たどり着いた終着駅に。

そのためだけに、僕はユーリヤをつれて夜の海に来たんだ。

ユーリヤに、僕と一緒に海に沈んでほしかった。もう二度と、やり直したり繰り返したりしなくてすむように。

ここが僕の旅の終わりで――オデッセイの終わり。

だけど――

「そんなこと、できるわけないじゃないか？」

そんなことができるわけなかった。どうしてそんなことができるんだ？

ユーリヤは僕の人生の全てだった。ユーリヤがいたから、僕の人生は前に進むことができた。ユーリヤが僕を打ち上げてくれた。

月に。

未来に。

僕に人生をくれたのは、ユーリヤだった。たとえ今、僕の隣で手を強く握ってくれているユーリヤが、僕の知っているユーリヤじゃなかったとしても――僕を月に打ち上げてくれたユーリヤじゃなかったとしても、それでも僕の隣にいるのはユーリヤなんだ。

ユーリヤなんだ。

そんなユーリヤと、どうして一緒に海に沈もうなんて思ったのか？

僕は、何を考えていたんだろう？

僕は、いったい何がしたいんだろう？

夜の海にユーリヤをつれてくるなんて。

誰か、僕に教えてくれ。

僕は、これからどうすればいいんだ？

僕は自分が本当におかしくなって、全てのことが分からなくなってしまったことをようやく理解した。その事実をまざまざと突き付けられて、本当の意味で絶望した。

これまでは、暗くて冷たい宇宙空間に放り出されたんだと思っていた。だけど今の僕は夜の海に溶け出して、自分と海との境目すら分からなくなっていた。過去をやり直しすぎて、ソユーズからの任務を失敗しすぎて、僕は完全に自分というものを損なってしまっていた。

僕という存在は、完全に消失してしまったんだ。

最後に残った空っぽの器――かろうじて僕という形を保っていた輪郭《りんかく》さえ、夜の海に溶けて消えてしまいそうだった。

気がつくと僕は泣いていた。大声で叫ぶように泣いていた。これまで押さえつけていた感情の全てがこぼれ出て行くみたいに。僕の中にまだ残っていた失望や絶望、そして最後の最後に残ったわずかな希望さえを、僕は吐き出すように泣き叫んだ。

何も見えない夜空を見上げて――生まれたばかりの赤子のように泣いた。

「スプートニク、どうしたの？」

そんな僕を見て、ユーリヤは驚いたように尋ねる。その表情はとても不安そうで、ユーリヤ自身も泣き出してしまいそうに震えていたけれど、それでもとびっきりお姉さんぶって僕を真っ直ぐに見つめてくれた。僕からこぼれ出す全てを受け止めようとしてくれるみたいに。

「ねぇスプートニク、どうして泣いてるの？　どこか痛いの？　それともさびしいの？　怖いの？　悲しいことがあったの？」

ユーリヤは僕の頬にそっと触れて、自分のぬくもりを分け与えるように僕を温めてくれた。その温《ぬく》もりが、僕をなおさらに傷つけた。

「スプートニク、何かあったならちゃんと話して」

僕をのぞき込むユーリヤの灰色の瞳は、こんな暗すぎる夜でも満月のように眩《まばゆ》い光を灯《とも》していて、その澄んだ月明かりが僕をとことんまで打ちのめした。

「頼むから。もうやめてくれ。お願いだから、僕をもうスプートニクなんて呼ばないでくれ。もう、やめてくれよ――」

僕は声を荒らげた。ユーリヤの表情が一瞬で凍りつき、線の細い体が大きく震える。怯《おび》えたように表情を曇らせるユーリヤに向けて、僕は声を荒らげたまま続ける。

「僕は、もう十分やったんだ。だからこれ以上、僕を苦しめたりしないでくれ。僕は失敗したんだ。何度も何度も何度も何度も。何度も失敗したんだよ。何度やり直しても、何度繰り返してもダメだったんだ。僕はソユーズからの任務を達成できなかった。僕はもうスプートニクなんかじゃないんだ。僕はスプートニク失格なんだ。だから、お願いだから――もう僕を、スプートニクなんて呼ばないでくれ」

僕の中に残った最後の搾りかすのような言葉を全て吐き出してしまった後、僕はうなだれた。頬を伝った涙が砂浜にこぼれていく。

これで、この過去のユーリヤとの関係も完全に決裂してしまった。僕たちはまたしてもばらばらになってしまう。何もかもがダメになってしまった。だけど、もう過去をやり直すことはできないと思った。この先、本当にどうしたらいいのか分からない。

誰でもいいから、それを教えてくれ。お願いだから。頼むから。

僕をもう、この無意味な繰り返しから解放してくれ。

「スプートニクっ」

そんな情けなく弱々しい僕を——完全に諦めて足を止めてしまった僕を、ユーリヤはもう一度スプートニクと呼んだ。とても力強い声で。その声には、遠くのものを引きつける強い力があった。

僕はその引力に吸い寄せられるみたいに、顔を上げてユーリヤを見た。

「スプートニク」

ユーリヤは再び僕の頬に触れた。今度は両手で僕の頬を叩《たた》くように力強く。彼女は僕の顔をぐいと自分の顔に引き寄せる。そして自慢のおでこを、僕のおでこにぴたりと当てた。

「ねぇスプートニク、しっかりと私のことを見て？」

ユーリヤの満月みたいな瞳が、涙で濡れた僕の瞳をのぞき込む。

その瞬間、僕は夜空に浮かぶ月に照らされたみたいに安心することができた。ここにいたんだねと、迷子の僕を迎えに来てくれたみたいに。

僕はユーリヤの瞳を見つめながら、もう一度泣いた。今度は静かに。そしてさめざめと。ユーリヤは静かに涙をこぼし続ける僕を、そっと小さな胸に抱きよせてくれた。まるでボストーク1号を僕から取り返した時みたいに。

「スプートニク、あなたはとってもがんばっていたのね。それにとってても苦しんでた。ひとりきりで。きっと何度も何度もつらい目に遭っていたのね。ごめんね。気がついてあげられなくて」

ユーリヤはとても優しく言う。がんばったねと。失敗した僕に「がんばったね」と言ってくれたんだ。

「でも、もう大丈夫よ。私にぜんぶ話して。だって、あなたは私のスプートニクなのよ？　いつだって私の言うことを聞いて、いつだって私の後ろをついて歩かなくちゃいけないんだから。私に何の相談もせずに、一人で任務に就くなんていけないことだわ。それじゃあ、任務を達成できるわけがないでしょう？」

ユーリヤは、とびきりお姉さんぶって言ってくれた。それが当然だというように。

「私たち二人で、あなたの言うソユーズからの任務を達成する方法を考えましょう。大丈夫。二人ならきっとなんだって叶《かな》えられるし——どこにだって行けるんだから」

ユーリヤの言葉には、特別な引力があった。その引力に引かれて、僕はもう一度月を見上げようとした。

僕は、もう一度月を目指せるだろうか？

そんなことを思った。

その答えは分からない。少なくとも今は。それでも、ユーリヤの言葉は僕にとってようやく見つけた月明かりだった。

それは真っ暗な海を照らすわずかな道しるべ。

「私たち二人なら、月にだって行けるんだから」

僕を月に打ち上げてくれた女の子が——にっこりと笑ってくれた。

17　クドリャフカ

僕とユーリヤは海辺の小屋に移動した。それは浜辺の隅に建てられた掘立小屋で、中には海の家で使う遊具や機材などが無造作に置かれていた。夏の忘れ物のような小屋だった。

僕たちは小屋の前に置かれたベンチに腰掛けて、ぼんやりと浜辺を眺めていた。しばらくするとユーリヤはキャラメル色のショルダーバッグから水筒を取り出し、蓋をコップにして中身を注いだ。あたたかい紅茶の香りがした。

「ほら、これを飲んで少し落ち着きなさいよ。本当に情けない顔をして。私、心臓が止まるくらいびっくりしちゃったんだからね？　サンドイッチもあるから少しお腹《なか》に入れて元気になってよね」

僕は言われるままに紅茶を飲み、サンドイッチを胃袋に流し込んだ。久しぶりに食事をした気分だった。甘い紅茶と、ハムとレタスが挟まったサンドイッチ。なんてことのない食事が、こんなにもおいしいなんて思わなかった。

「もう、また泣いてるわよ？　何だか急に泣き虫になって、赤ちゃんに戻っちゃったみたいよ？」

ユーリヤは困ったように言いながら、指先で僕の涙を優しく拭《ぬぐ》ってくれた。

「全く困ったスプートニクだわ。月に行く前に故障しちゃうなんて。それに――」

そこまで言うと、ユーリヤは突然言葉を止めた。

「あら？　おいで。あなたもおいで。ちっち」

ユーリヤは突然そんなことを口にして「ちっち」と舌を鳴らしはじめた。そしてサンドイッチを小さくちぎって手のひらに乗せる。

「ほら、おいしいサンドイッチがあるわよ？　にゃあにゃあ」

「にゃー」

鳴き声とともに暗闇から現れたのは、小さな黒猫だった。金色の瞳をした黒猫で、とてもブサイクだった。

「まぁ、ブサイクちゃん。あなたにもサンドイッチをあげるわよ。おいで。にゃあにゃあ」

ユーリヤは楽しそうに言い、ブサイクちゃんと呼ばれた黒猫はさっとユーリヤに寄り添って手のひらのサンドイッチをぺろりと平らげた。そのあとでユーリヤの指先をぺろぺろと舐《な》めた。

「にゃー」

黒猫は甘い鳴き声を上げながらユーリヤの膝の上に飛び乗った。

「このブサイクちゃんは、なかなかふてぶてしいわね。私の膝の上に乗るなんて。とっても特別なことなのよ？　でも、いいわ。あなたも私たちの一員にしてあげる。一緒にソユーズからの任務を達成しましょう。特別よ？　私たちは——月を目指しているの」

ユーリヤは黒猫に優しく話しかけながら、その喉をごろごろしてあげた。

「にゃー」

黒猫はまんざらでもないといった表情でブサイクな鳴き声を上げる。

「でも、ブサイクちゃんじゃかわいそうね？　あなたにも名前をあげなくちゃね？　そうねえ。うーん？」

ユーリヤは首を捻《ひね》った後、すぐに瞳を輝かせた。

「そうだ。あなたの名前はクドリャフカよ。とっても素敵な名前でしょう？　ねぇ、クド」

「みゃー」

「クドリャフカ？」

　僕はたった今命名されたばかりのクドリャフカを、信じられないと見つめた。

　それは、僕が月で飼っていた猫の名前だった。人類のエゴによって月に打ち上げられた不幸な捨て猫に、ソーネチカがつけてあげた名前だった。クドリャフカは僕たちの家族の一員で、僕とソーネチカが愛情をもって丸々と太らせてしまったデブ猫。

　僕はこの時、ようやくソーネチカのことを思い出した。僕は今の今まで、ソーネチカのことを忘れていた。数百年、数千年、もしかしたらそれ以上会っていないせいで、僕はとても大切なことを忘れてしまっていた。

　ソーネチカは、僕に新しい人生をくれた女の子だった。ユーリヤが僕を月に打ち上げてくれた後、僕は残りの人生の半分をソーネチカにあげた。僕たちは月で一緒に暮らしていた。クドリャフカというデブ猫を家族の一員にして。

　そんな女の子がいたことを――ソーネチカがいたことを、僕は今の今まで思い出せずにいた。やり直し、繰り返しすぎた過去のせいで。それはうまく思い出せないとても遠い過去の話で、だけど確かにあった未来での僕の人生だった。僕の人生で最も穏やかな時間を、僕はソーネチカとともに過ごしてきた。

　ソーネチカが月の捨て猫にクドリャフカと名付けた時の言葉を、僕は不意に思い出した。

『あなたもいつか、私がこの子にクドリャフカって名付けたことを理解する日が来るのよ。とっても正しい名前だってね』

僕は今、その意味をようやく理解しようとしていた。月明かりが、少しだけ強くなったような気がした。

クドリャフカと名付けたのは、ユーリヤが先だった。靴底みたいな形の島の片隅で暮らす野良猫に、ユーリヤはクドリャフカと名付けた。彼女はプライドの高いその猫を飼おうとはせず、猫に名前なんて必要ないと言いながらも、そのふてぶてしい猫をクドリャフカと——クドと呼んでいた。

たった今、僕の目の前で黒猫にクドリャフカと名付けたみたいに。

クドリャフカは人類史上はじめて宇宙に打ち上げられた動物——ライカ犬の名前だ。

クドリャフカは不幸な星のもとに生まれてきた犬だった

ユーリヤとソーネチカは、いったいどんな意味をこめてクドリャフカと名付けたのだろうか？ 人類のエゴによって打ち上げられてしまった不幸なライカ犬と、自分自身とを重ねたのだろうか？

その意味を、僕は今ようやく理解しようとしていた。全てはこの瞬間のためにあったんじゃないかと、僕はそんなことを思いはじめていた。

月明かりは、さらに明るくなった気がした。夜の海が少しだけ凪《な》いだような気が。

「クド、今から私たちはスプートニクがソユーズから与えられた任務の作戦会議を行うのよ？ あなたも特別にその会議に参加させてあげるんだから、しっかりと聞いて素晴らしいアイディアを出すのよ？」

「にゃー」

ブサイクな鳴き声が夜の闇に響き渡る。

それは、新しい扉を叩《たた》く音に聞こえた。

「さぁ、スプートニク――あなたの話を聞かせて?」

18 これまでの僕の人生の全てを

僕は、ユーリヤに全てを話した。

これまでの僕の人生の全てを。

僕が宇宙飛行士になったこと。ユーリヤが僕を月に打ち上げてくれたこと。僕はユーリヤをひとりぼっちにしないために月に上がり、そして月で踊ったこと。ユーリヤがつくった軌道エレベーターのこと。ユーリヤの父親との約束。星の街での紙の結婚式。その他多くのこと。

僕とユーリヤの全てを話した。

その後で、僕はソーネチカのことを話した。

一つずつ。丁寧に。

ソーネチカの誕生に立ち合ったこと。ソーネチカの成長を見守ったこと。ソーネチカが次第に地球に恋焦がれるようになったこと。ソーネチカが月を空っぽの終着駅だと思いはじめてしまったこと。その後、地球に降りる努力をしはじめたこと。それがうまくいかず、諦め、投げ出し、絶望してしまいそうになったこと。少しずつ月で生まれたことを呪いはじめてしまったこと。月と地球との間に国境線を引きそうになってしまったこと。僕とソーネチカが離れ離れになってしまったこと。

「うん。うん。それで？」

ユーリヤは、とても穏やかな表情で僕の話に耳を傾けた。時折小さな相槌《あいづち》をうちながら、僕の話に耳を傾け続ける。まるで海の音に耳をすませるみたいに。

「それで、スプートニクとソーネチカはどうなったの？」

僕とソーネチカは、地球が一番美しく見える特等席で――ユーリヤだけの特等席で、再会したことを話して聞かせた。ソーネチカが、その場所で僕を待っていたこと。その後で、僕たちはもう一度巡りあい、心を通わせることができたこと。その後、地球にはじめて降りるソーネチカを迎えるために二十億を超える人が集まり、ソーネチカの地球への帰還を祝ったこと。そして、ソーネチカの誕生日を祝って『星に願いを』を歌ってくれたことを話して聞かせた。

「とっても素敵ね。それでその先はどうなるの？　私たちの未来は？」

僕は、それから先のことも話した。

月で起きた様々な困難。月の急激な発展。月の人々の生活や苦しみ。宇宙時代の人類について。そして僕が人生の最後の仕事に選んだ月の望遠鏡についても話した。その宇宙望遠鏡『エウレカ』が新しいブラックホールを見つけたこと。そのブラックホールからは有意な電波が送られていたこと。電波にはメッセージが乗せられていたこと。人類に向けてメッセージを送ったのは『未知の知的生命体』であること。そのメッセージには僕とユーリヤしか知らない秘密の暗号が――「ユー・

コピー？」の合言葉が書かれていたことを話した。

最後にそれがソユーズからの任務で、そこから僕のオデッセイがはじまったことを伝えた。

そして過去のやり直しがはじまり、この海にたどり着くまでの長い航海の物語を話して聞かせた。

この夜の海が、この世界の終わりのような光景が――僕のオデッセイの終わりなんだと話を結んだ。

「何度も何度もやり直したんだ。だけど、何度やってもダメだった。何度やっても失敗したんだ。何一つうまくいかなかった。ユーリヤにたどり着くことはできなかった。ユーリヤと一緒に月にはたどり着けなかった。ユーリヤを救ってあげられなかった。もう、僕にできることはないんだ。僕はもう、どこにもたどり着けない」

僕はまたしても涙を流しながら、罪を告白するようにそう言った。情けなく、みっともない言葉をこぼし続けた。

ユーリヤにそんな話を聞かせながら、僕は自分を許せなくてどうにかなってしまいそうだった。彼女にとってこんなにもつらく悲しい話を、救いのない物語を、僕はただ自分が全てを吐き出してしまいたいという理由だけで話している。

僕は、最低のくそ野郎だ。

こんな話をユーリヤに聞かせてどうするっていうんだ？

僕はユーリヤにとてつもなくひどい話をしている。ユーリヤは宇宙飛行士になれず、月にもたどり着けないという話をしているんだ。それを聞いたユーリヤはいったいどう思うだろうか？

それなのに、僕は全てを話して聞かせた。ただユーリヤを傷つけるだけの話を。残酷な物語を。

途中からユーリヤの顔を見ることができなかった。話し終わった後、僕は俯《うつむ》けた顔を上げることができなかった。全てを話してしまったことへの後悔で押しつぶされてしまいそうだった。自分が許せなくてしかたなかった。

　俯けた顔を上げるのが怖い。

　ユーリヤの顔を見るのが怖くてしかたない。

　いっそ全てを嘘《うそ》だと言ってしまいたかった。僕のつくり話だと。だけど、ユーリヤは僕の言葉を全く疑っていないような気がした。全てを受け止めてくれたような気がしていた。

　だからこそ、ユーリヤの顔に浮かんだ表情を見るのが怖かった。

　もしも、その顔と表情が悲しみと絶望に塗《まみ》れていたら?

　僕は、いつまでも俯けた顔を上げられずにいた。

19　がんばったね

「スプートニク」
　ユーリヤが僕を呼ぶ。とても温かく、とても優しい声で、
　スプートニクと。
　僕はその声の引力に引かれるように、そっと顔を上げた。そこには、涙を流しながらにっこりと笑うユーリヤがいた。

「スプートニク、私のためにがんばってくれたのね？　何度も何度もつらい思いをして、何度も悲しい思いをして、それでもあきらめずにがんばってくれたのね？　私との約束を守ろうとしてくれた。ううん。スプートニクは私との約束を守ってくれた。ありがとう。ごめんね。ほんとうに今までごめんね」

一瞬、僕は何を言われているのか分からなかった。僕はユーリヤのその言葉をうまく受け止めることができなかった。波にさらわれてしまった遠くの声をうまく聞き取ることができないみたいに。

「こんなにひどい顔になって、ボロボロになって疲れ果てちゃうくらい、私のためにがんばってくれたのね？　こんなにうれしいことってないわ。私が未来の私に会えたら、私は未来の私をおもいっきり引《ひ》っ叩《ぱた》いてやるんだから。私のスプートニクをこんなひどい目に遭わせるなんて、絶対に許せない。でも、私のためにがんばってくれてありがとう」

「ユーリヤ――僕の話を信じてくれるの？　こんな僕にがんばったって言ってくれるの？」

「当たり前じゃない。スプートニクが私に嘘《うそ》をついたことなんて一度もないんだから」

ユーリヤは自信満々にそう言った。

「私は、いつだってスプートニクを全面的に信頼しているんだから。いつだってそう。だって、あなたは私のスプートニク。それに知らなかった？　私、あなたを疑ったことなんて一度もないのよ。そのスプートニクが、未来から過去をやり直すためにやってきたって言うんだから――信じるに決まっているじゃない？　あなたは未来からやってきたスプートニク。私との約束を守って宇宙飛行士になってくれた――月にたどり着いたスプートニクなんだわ。でしょう？」

ユーリヤは優しく言うと、僕の頭をとても優しく撫《な》でてくれた。僕はもう、子供のように泣くしかなかった。

泣くしかないじゃないか？

ユーリヤが僕に「がんばったね」と言ってくれたんだ。僕の話をすべて信じてくれて、その上で僕のことを疑ったことはないと、いつだって全面的に信頼していると言ってくれたんだ――そんなことを言われたら、もう泣くしかなかった。

だって、僕はずっとユーリヤにそう言ってもらいたかったんだ。そのためだけに、僕の人生の多くはあったんだから。

歳をとり、老いて人生の最後を迎えようとして――そしてまさかやり直した過去で、ユーリヤに「がんばったね」と言ってもらえるなんて思ってもみなかった。だから、僕はもう何も言葉にできなくなって泣くことしかできなかった。

「ありがとうスプートニク。あなたはもう十分がんばったわ。誰もあなたに文句を言ったりなんてしないわ。そんなことをいう奴がいたら、私がコテンパンにしてやるんだから。たとえそれが未来の私だって容赦しないんだから。だから、もうがんばらなくていいのよ」

ユーリヤは、再び僕を小さな胸に抱きよせてくれた。今度はユーリヤもさめざめと泣いていた。僕のためを思って、そして未来の自分に傷つきながら。僕たちは静かに涙を流した。ユーリヤの膝の上でおはぎのように丸くなっていたクドリャフカも、不平を漏らすようにブサイクに鳴いた。

「みぎゃー」

僕とユーリヤは泣きながら笑った。

20　君と、月と海を見ていた

「ねぇスプートニク？　あなたの話を疑う気なんてまるでないんだけど、落ち着いて私の話を聞いてほしいの」

静かな通り雨のような涙をひとしきり流してしまうと、ユーリヤは慎重に言葉を選んでそう言った。その頃には僕もずいぶんと落ち着いていて、ユーリヤの言葉を冷静に受け止めることができるくらいには立ち直っていた。

「あなたに任務を与えたソユーズのことなんだけど。最初のやり直しであなたが出会った私って――偽物じゃないかしら？」

「偽物？」

僕は、そのあまりにも大胆な推理というか指摘に驚いた。僕を最初に過去に導いたユーリヤが偽物だなんて考えは、僕の中にはまるでなかった。

ユーリヤは『未知の知的生命体』が自分に成りすましていると言いたいのだろうか？

「ええ。やっぱり私には何度考えてみても、スプートニクが出会った私が、私だなんて思えないの。だって私が――なんだか、私、私、私ってややこしいわね？　つまり、最初にスプートニクを過去に引きずり込んだ私が、未来の私だなんて思えないのよ。だって、まるで別人なんだもの」

ユーリヤは一生懸命に頭を働かせながら説明した。

「どうしてそう思うの？」

僕はユーリヤに尋ねた。だけど、僕には僕を過去に導いた——ユーリヤが言う過去に引きずり込んだユーリヤが、本物のユーリヤであることに確信のようなものを持っていた。今目の前にいるユーリヤが本物のユーリヤであることと同じくらい。どれだけ過去をやり直しても、やはりユーリヤはユーリヤだった。

僕が見間違えるわけがない——僕にとって特別な女の子。

だけど、ユーリヤの考えはとても重要な気がした。僕は自分の考えを根本から変えなければならないような気がしていたんだ。僕は何かを見つけようとしている。月明かりの中で。

「だって、私がスプートニクにそんなお願いをするなんて思えないんだもの」

そして、ユーリヤははっきりとそう口にした。核心に迫る言葉を。

「ユーリヤは、そんなお願いをしない？」

「ええ。私だったら絶対にそんなお願いはしない」

ユーリヤは絶対的な自信をもってそう断言する。

「スプートニクは私との約束を守って、私を月につれて行ってくれたじゃない？　たとえそれが私にとって悲しい過去だったとしても、不幸な未来だったとしても——私は絶対に過去を変えてほしいなんて思わない。あなたが私を月につれて行ってくれた素敵な過去を変えたりなんてしないわ。スプートニクにそんなお願いを絶対にしない。だって、あなたは未来に生きているんだもの」

「僕が、未来に生きている？」

僕はユーリヤの言葉に強く耳を傾けた。ユーリヤの言葉をぜったいに聞き逃してはいけないと、耳をすまし続けた。大切なことの全てがユーリヤの言葉に詰まっているような気がした。

「自分一人のために過去を変えるなんて——それはいけないことだわ。そんなのただのエゴよ。そんなの宇宙飛行士の考えかたじゃない」

ユーリヤは涙ぐみながら言った。その美しく聡明な顔には、すでに自分の悲しみや不幸を受け入れるだけの強さが備わっていた。そしてユーリヤのその言葉は、長い年月をかけて——何万光年も離れた場所からようやく僕のもとに届いたような声と言葉だった。

僕に何かを思い起こさせるような——もう一度、僕に無重力を感じさせるような特別な言葉たち。

「宇宙飛行士なら、未来を変えるために行動するべきだわ。過去を変えるんじゃなくて、より遠くにたどり着くために行動するべきなのよ。人類の希望になる場所を目指すべきなんだから。だって、私たちは——そのために月を目指したんじゃない？」

ユーリヤは確信に満ちた口調ではっきりとそう言い、そして夜空を見上げた。僕たちがたどり着くべき月を探すみたいに。

その瞬間、クドリャフカがユーリヤの膝をぴょんと離れて砂浜のほうに歩き出した。

「にゃー」

「こらっ、クド。どこに行くの？」

ユーリヤも立ち上がって砂浜に歩いていく。

僕はユーリヤの背中を見つめながら、ユーリヤから受け取った言葉を——ようやく受けとることができた言葉たちの意味を考えていた。そして僕は自分の考えが間違っていたことに、ようやく気がつくことができた。

ユーリヤの言う通りだった。そうだ。その通りだ。そんなことは当たり前のことじゃないか？

ユーリヤが過去を変えるために――自分を救うために、自分を月につれて行くために、過去をやり直そうなんて思うわけがなかったんだ。

そんな、人の持つエゴを、弱さを、人類の傲慢《ごうまん》さを一番嫌っていたのがユーリヤだった。そんな彼女が、どうして自分のために過去を変えさせようなんてするだろうか？　それを僕に頼んだり、託したりなんてするだろうか？

そんなことは、絶対にあり得ないことだったんだ。

僕をはじめて過去に導いたユーリヤは、僕に自分のもとにたどり着くように言っても――自分のことを助けてほしいと、救ってほしいと、月につれて行ってほしいとは一度も言わなかった。はじめから、全ての答えは提示されていたんだ。

僕は砂浜に向かって行ったユーリヤの背中を視線で追って、振り返ってこちらを見つめているユーリヤと目を合わせた。

「ユーリヤ」

「スプートニク」

いつの間にか、満月が僕たちを照らしていた。

境界線のなかった真っ黒な渦が――世界の終わりのようだった光景が、今ははっきりと月明かりに照らされている。

夜空には満月とともに無数の星が瞬《またた》いていて、星の光を反射させた銀色の海は静かに寄せては返すを繰り返して砂浜をさらっている。白い砂浜が月明かりを受けて光を灯《とも》している。目に見える世界の全てが輝いて見えた。

浜辺に立つユーリヤは大きすぎる満月を背負っていて、青白い月の光をその身にまとっていた。月からこぼれる銀色の雫《しずく》に縁どられたユーリヤは、妖精のように羽を広げて、そのまま月に飛んで行ってしまいそうに見えた。

つまらない争いごとや、意味も分からずに引かれすぎてしまった国境線だらけのこの星を置いて行ってしまうみたいに。

僕は、そんなユーリヤに手を伸ばそうとした。

ユーリヤも、僕に手を伸ばそうとしてくれた。

彼女の腕の中にはクドリャフカがいて、その黒猫は僕を見てブサイクな鳴き声を上げる。大切な何かを思い出させるように。

「にゃー」

その鳴き声を聞いた瞬間、僕は未来の月のことを思い出した。月の書斎にはソーネチカがいて、クドリャフカがいて——そして『スタークロスト・ラヴァーズ』が流れている。そんな光景を、僕はようやく鮮明に思い浮かべることができた。

「そうか。そういうことだったのか？　全ては、はじめから僕のすぐそばにあったんだ。これまでの全てが繋《つな》がっていたんだ。答えは——はじめから僕の目の前にあった。ずっと」

その瞬間、全てが繋がっていたことに気がついた。

これまでの全てに意味があった。やり直し、繰り返し、失敗し続けたことの全てに、無意味だと思っていたやり直しの一つ一つに——未来へと繋がる地図の断片が隠されていたんだってことに、僕はようやく気がつくことができた。

それはきっと、星空のようなもの。

ただ見上げていただけでは、何も描かれていない星空と同じ。一つ一つの星を正しく繋げることで、ようやく正しい形が見えてくる星座のようなものだったんだ。星と星を繋げ、点と点を繋げて線にするように。星と星を繋げることで一枚の絵を描いていく。

その指先がなぞる星の線は――何かを分かつための線ではなく、未来へと繋がる星の地図だった。

僕はようやく、この長すぎる旅の――長すぎる航海の意味に気がついた。

このオデッセイの行きつく先――たどり着くべき星をようやく見つけることができた。

「スプートニク、なんだか答えが見つかったって顔をしているわよ？」

ユーリヤが微笑《ほほえ》みながら尋ねる。

「うん。見つかったよ。答えは得られた。僕のたどり着くべき星が、ようやく見つかったんだ」

僕はユーリヤの背負った満月を見つめた。

その遥《はる》か先にある星を――未来を見据えて。

「そっか。じゃあ、もう行くのね？」

「うん。そろそろ行かなくちゃいけない」

僕が頷《うなず》くと、ユーリヤははにかみながら笑った。その笑顔は胸を打つ笑顔で、おそらく一生忘れられない類の笑顔だなって思った。

「ねえ、スプートニク？」

ユーリヤは親しみをこめて僕を見つめた。

「私ね、ずっと、私はソユーズなんだって思ってたの。結局、月に行くことができない――ひとりぼっちのソユーズなんじゃないかって。そんな不安を消し去りたくて必死だった。必死に大人ぶって、一生懸命意地を張って、自分は特別なんだって言い聞かせていた。でも、ほとんど失敗ばかり。だけど、そんなポンコツみたいな私にも、あなたが――スプートニクがいてくれた」

僕はかつて聞いたその大切すぎる言葉を――もう一度ユーリヤと心を通わせながら聞くことができた。

こんなに幸せなことがこの世界に、この宇宙にあるだろうか？

僕は心からそう思うことができた。

「私は、ひとりぼっちじゃなかった。私には――私だけのスプートニクがいるんだって、そう思えるだけで私は嬉《うれ》しかったし、それだけで、私は前に進むことができた。私はずっと迷子だったけれど、少なくともひとりぼっちではなかった。それは、私にとってとても素敵なことだったの」

ユーリヤはそこまで言うと、顔を真っ赤にした。

「もしかして、ほかの私に聞かされてた？」

僕はにっこりと笑って首を横に振った。

「はじめて聞いたよ。聞けてよかった。ほんとうに」

その言葉に嘘《うそ》はなかった。

僕は今、ユーリヤからはじめてこの言葉を聞いたのだ。

この宇宙で一番大切な言葉を。

「ねぇスプートニク、地球って本当に青かった？」

「うん。とても青かったよ」

「月って本当に丸かった？」

「うん。本当に丸いんだ」

「神さまって、本当にいないのかな？」

ユーリヤは願うように尋ねた。

ここで僕がなんと答えたかは、やっぱり無粋だし、やっぱりまるで面白みのないものだから割愛して——記憶の奥底に留《とど》めておこうと思う。

僕とユーリヤは、満月の浮かんだ海を眺めながら手を握った。もう二度と離さないというように、とても強く。

「スプートニク、あなたはきっと未来の私にたどり着くわ。北方四島を賭けたっていいんだから」

いつだって、僕を打ち上げてくれるのはユーリヤだった。

月がとても近く見えた。

手が届いてしまいそうなくらいに。

この時、僕は確信したんだ。

僕はユーリヤのもとにたどり着くって。

ここまではユーリヤが打ち上げてくれた。

だからここから先は、僕自身の推力で——僕を待つユーリヤのところに向かうんだ。

「ありがとう、スプートニク。未来の私によろしくね」

僕は、ユーリヤと月と海を見ていた。世界の終わりのように見えていたはずのこの景色が、今はまるで別のものに見えていた。

ここは世界の終わりなんかじゃなかった。
ここは全てのはじまりの場所。
全ての生き物が生まれ、僕たち人類が誕生した海。
僕たちが生まれて――

そして、いずれ還る海。

—— Track9

Star Crossed Lovers

1　スプートニク財団

閉じていた目を開く。

そこは澄み渡る青空でもなく、寄せては返す海でもなく、真っ暗な宇宙空間が広がっていた。星の海は静まり返り、そこには吹きつける風も、押し寄せる波もない。

宇宙はただ静かに息をひそめていた。

その瞬間が訪れるのを待ちわびているように。

希望という名の星を輝かせながら。

もしくは、未来という名の星を。

僕の視線の先には大勢のスタッフたちの姿。大勢の人が、これから行われる人類史上最大の偉業を目前に控えて忙《せわ》しなく走り回っている。

宇宙飛行士、管制官、通信士、分析官、その他各分野の超一流の専門家で構成された、この宇宙で一番のチーム。その全員が青のユニフォームを着用して、その胸には英語でこう記されている。

『Sputnik Foundation』――『スプートニク財団』。

ここは『スプートニク財団』が所有する月面の宇宙基地――『スプートニク月面宇宙センター』の管制室。ミッションコントロールルームと呼ばれる場所だった。

月の砂であるレゴリスを加熱してつくられたクリスタルガラスで覆われた吹き抜けの天井、同じくレゴリスを材料にして建てられた施設。ミッションコントロールルームには無数のモニターがずらりと並び、正面には大型のスクリーンが設置されている。総勢百名を越すスタッフが仕事をする机と椅子が整然と並び、無数のコンピューターやナビゲーション用の装置が置かれている。まるで子供の頃に思い描いた秘密基地のような光景だった。

そして今、管制官の全員が席に着きヘッドセットをつけて待機している。分析官や専門家たちはそれぞれの持ち場で、この人類最大のプロジェクトの最終チェックを行っている。

そのプロジェクトの名は――

『オデッセイ計画』。

僕が過去をやり直す前の未来で――僕がいるべき本当の未来で行っていた計画の名前を、このやり直した過去でもそのまま受け継いだ。

月に設置した大型の宇宙望遠鏡『エウレカ』が発見したブラックホール――その宇宙の穴から人類に向けて送られた有意なメッセージ。それを受け取り解析した人類が、『未知の知的生命体』とのファーストコンタクトを行うための計画。ブラックホールに向けて探査船を飛ばすという壮大な計画。

それが『オデッセイ計画』だった。

一大叙事詩《じょじし》ともいうべき人類史上最大のプロジェクト。

このやり直した過去での――最後の過去での『オデッセイ計画』も、僕がいるべき本当の未来での『オデッセイ計画』の内容をそのまま引き継いでいたけれど、計画には一つだけ大きな変更を加えている。それこそがこの最後の過去で『オデッセイ計画』を行う、たった一つの理由だった。

「いよいよね？」

僕が衛星画像や各種レーダー解析の結果が映し出されているスクリーンを見つめていると、僕の隣に立った女性が言う。

僕に向けられたその青い瞳は、少しだけ不安で揺れている。金色の髪の毛をバレッタで一つにまとめ、ストライプのスーツを着こなした女性はエリー。エリナー・レインズだった。

僕がいた本当の過去と未来で僕たちは出会い、共に月面で勤務した。彼女は医療スタッフとして月に上がってきた。短い間だったけれど、僕たちは公私ともにパートナーであり、恋人と呼ばれる時間を過ごした。

この最後の過去では、僕の秘書として『オデッセイ計画』に参加してくれている。

「いよいよ、長い旅がはじまるのね？　あなたが『エンディミオン』と名付けたブラックホールへのオデッセイが」

エリーは緊張した様子でそう言う。

僕は心の中で首を横に振った。

『エンディミオン』と名付けたのは、僕じゃなくてソーネチカなんだよ。僕とエリーが必死に面倒を見て一緒に育てた女の子が、そのブラックホールに『エンディミオン』と名付けたんだ。

心の中でエリーに話しかける。

僕たちはほんのひと時、ソーネチカにとってとても大切な両輪だった。ソーネチカの成長には欠かせない存在。僕とエリーの教育方針はまるで違っていたけれど、僕たちはいつだってソーネチカのために意見を出し合い、それを慎重に検討し合った。時には意見をぶつけ合い戦わせたりもした。小さな子供に新しいおもちゃを与えるみたいに、僕たちは二人でいろいろなものをソーネチカに与えていったんだ。

僕がいるべき本当の未来ではソーネチカは立派すぎるほどに成長して、美しすぎるほどに美しくなって、月の代表を務めているんだよ。それも何期にもわたって。そんなソーネチカが、このブラックホールに『エンディミオン』と名付けたんだ。

それをエリーに伝えたかった。

ソーネチカのネーミングセンスは世界一――いや、宇宙一なんだぜ。

そんなふうに自慢したかった。

「相棒、いよいよだな？　これから人類史上最大のミッションがはじまるんだな」

続いて、ＮＡＳＡのオレンジ色のジャンプスーツを着た宇宙飛行士が興奮気味に語る。

人懐っこい笑みを浮かべた男性が、僕を見て信じられないと両手を広げる。その顔は少年のようにわくわくしていた。当たり前だ。宇宙に出てわくわくしない人間なんていないんだ。宇宙には、いつだって人類を魅了してやまない特別な引力があるのだから。

「ああ、いよいよだ。それよりもバーディ、宇宙船の最終チェックは済んでいるんだろうな？」

「当たり前だぜ、相棒。あいつは今すぐにだって目的地に向かって飛んでいける。仕上がりは完璧だ。人類史上最高の宇宙船だぜ」

僕がいた本当の過去と未来で長い間相棒だった宇宙飛行士は、この最後の過去でもやはり僕の相棒だった。最高に腕の良い宇宙飛行士は、何度過去をやり直しても最高の宇宙飛行士であり続けてくれた。そのことが、僕を何度も励ました。

僕の最も尊敬する宇宙飛行士は、一度としてぶれることなく宇宙飛行士であり続けてくれた。常に理想の宇宙飛行士として、僕の前を走り続けてくれた。まるで宇宙飛行士という概念を象徴しているかのように。

「探査船が飛び立てば、月に設置した約百基の大出力レーザー装置が探査船の張った帆に向けて推力となるエネルギー光線を送る。それを受けた探査船は加速を続け、ブラックホールまでひとっ飛びだぜ」

バーディは僕に向けて拳を突き出し、僕も拳を突き出してお互いの拳を重ねた。この拳と何度も拳を重ねてきたことを思い出した。本物の宇宙飛行士の拳と。

なぁバーディ、数えきれないくらいの拳を、僕たちは今日まで重ねてきたんだな。

これが最後の拳だと思うと、とても寂しかった。

「あなたは、何を言ってるんですか?」

僕たちが感傷に浸っていると、バーディの後ろから不健康そうな男性が静かに現れて言う。彼は病的なまでに青白い顔と充血して血走った目でバーディを恨めしそうに睨《にら》み、ブロッコリーによく似た頭を掻《か》きむしった。

「あなたが自慢げに語った大出力レーザー装置の最終チェックはまだでしょうが?　あなたは本当に宇宙船のことしか頭にないんだ。宇宙飛行士はこれだから困る」

「おいおいスプラウト、こんな時くらい説教はなしだぜ?　そっちのチェックはお前がいれば事足りるだろう。お前の専門だし、何より俺よりも優秀なんだからよ」

「そういう問題ではないでしょう？　現場の最高責任者はあなたなんですから。私のほうが優秀かどうかは関係ありません。もちろん、私のほうが優秀であることは間違いありませんけどね。あなたにはこれから全てのデータに目を通して直々《じきじき》に最終確認をしてもらいますよ。それに博士だってまだラボにこもってシステムの点検をしているんですから。そっちのチェックもやってもらいますからね？　あなたの頭からスプラウトが生えるくらい脳を使ってもらいますよ」

「オーマイゴッド」

バーディは短く刈り上げた頭を両手で抱えて嘆いた。僕もエリーも、そんなおなじみの光景を見て声を上げて笑った。

「セーガン、ほどほどにしてやってくれよ。バーディはお前を全面的に信用しているから現場を任せているんだしさ」

僕が二人の間に入ると、セーガンは面白くなさそうにブロッコリーを震わせた。

「代表、あなたがいつも彼を甘やかすからですよ。それに、いつまでもあなたのことを相棒と呼んでいるのだって、他のスタッフに示しがつかないんです。あなたは、現在の宇宙開発をたった一人でここまで進めた第一人者なんですから。もう少し自覚を持っていただかないと」

僕とバーディは目を合わせてにやりと笑った。

僕のいた本当の未来でのセーガンよりも一回り若いセーガンは、この最後の過去でも気難しい理屈屋のままだった。もちろん宇宙物理学と天文学の権威であり、完璧主義の実務屋のまま。何一つ変わっていないうえに、若さも相まって余計に気難しくて刺々《とげとげ》しかった。痛々しいほどに。

彼には若さゆえの傲慢《ごうまん》さや痛々しさが顕著に表れていたけれど、『オデッセイ計画』の実質的な頭脳は最後の過去でもその才能と実力を大いに発揮してくれた。僕の右腕として。

「やれやれ。あなたたちが揃《そろ》うと本当に賑《にぎ》やかになりますね。子供たちのほうがよっぽど静かにしていられますよ。だけど、今日はその賑やかさがとても心地よい」

最後に、穏やかで神秘的な宇宙飛行士が僕の前に現れて、微笑《ほほえ》みを浮かべながら言った。

僕を見て、無垢《むく》な少年のように笑ったんだ。

星の街で出会ったあの日と同じように。

2　キャプコム

「ミッションコントロールルームの最終調整とチェックは完了しました。地球のヒューストン、種子島はもちろん、通信衛星、各種レーダーとのリンクにも問題はありません。私たちは万全の状態で探査船を送り出せます」

アレクセイはヘッドセットを優しく叩《たた》きながら言う。それは、とても懐かしい光景だった。僕の胸を強く締めつけるほどに。

僕が月面の任務に就いている時、僕のキャプコムとして地上から僕をサポートしてくれたのはアレクセイだった。

キャプコムとは宇宙飛行士と交信をする担当官のことをいう。

地上にあるNASAのミッションコントロールセンターから宇宙飛行士を支援するのがキャプコムの役目。それは宇宙や月でミッションに就く宇宙飛行士にとって絶対に欠かせない存在であり命綱。月と地球では通信に二秒ほどのタイムラグが生じるため、宇宙飛行士とキャプコムの交信には相当の訓練と技術を必要とする。意思疎通や息の合った連携がとても重要で、ここでつまずいてしまう宇宙飛行士も少なくない。

だけどアレクセイは、どの宇宙飛行士よりも完璧にキャプコムをこなした。彼は僕の声を聞くだけで僕が何を言いたいのかを理解し、僕の顔色を見るだけで僕が何を求めているのかを読み取ってくれた。僕の声に指示をかぶせるようなミスをおかしたりせず、タイムラグを感じさせない的確な受け答えを常に行ってくれた。僕たちの交信は、いつだってランチの後の会話のように穏やかだった。

この最後の過去でも、アレクセイはとても穏やかで献身的に僕のサポートをしてくれた。

「ありがとう。よくやってくれた」

「お礼を述べるのは、むしろ私のほうです。あなたと一緒に働けることこそが、私の喜びなんです。あなたのおかげで、そしてユーリヤのおかげで、私は宇宙飛行士になることができた。私の宇宙への第一歩は、あの日――あなたたちに出会ったことではじまったのですから」

その言葉に、僕の胸は激しく揺さぶられた。

僕とユーリヤが打ち上げた宇宙飛行士が目の前にいる。そのことが、僕はとても嬉《うれ》しかった。アレクセイをキャプコムに指名して心からよかったと思った。

「それにしても、あなたはいったい何者で、どこから来て、どこに行こうというんでしょうね？」

アレクセイは僕を真っ直ぐに見つめて、その疑問を口にした。

この最後の過去で、人類最大の疑問とされていることを。

「現在の宇宙開発、そして月面開発は――全てあなた一人の手によるものと言っても過言じゃありません。ユーリヤと一緒に開発した軌道エレベーターはもちろん、その後のヘリウム3の核融合炉、月面都市建設の計画、宇宙空間でのクリーンな医療設備、月面の宇宙望遠鏡、そしてこの『オデッセイ計画』も――宇宙開発における革新技術の全ては、とても信じられないことですが、あなた一人によってもたらされた。その革新技術の特許は、あなた個人が独占していると言ってもいいでしょう。あなた一人の存在だけで、この『スプートニク財団』は世界一の財団となった。今では、地球の全ての企業を合わせたよりも価値のある存在です。あなたは、常に人類の百年先を歩んでいる。こんなことが、果たしてあり得るというのでしょうか？　個人が国家や企業を超越するなんてことが？　多くの人が、あなたのことを現在に生まれ変わったレオナルド・ダ・ヴィンチだなんて言っています。だけど私からすれば、あなたは――未来からやってきたとしか考えられません」

「なるほどな。僕はネット掲示板に現れた時間旅行者の再来ってところか？」

僕がにやりと笑って冗談を言うと、アレクセイは困ったように笑って首を横に振る。この問答では僕から答えを引き出せないことを、彼は十分に理解しつくしていたからだ。

僕たちは、このような討論を何百回と繰り返していた。もちろん神さまについての議論も何百回と交わした。僕たちの主張はいつまでたっても平行線をたどり続けたけれど、それでも僕たちは対立することなくこの場に立っている。国境線によって分かたれることなく、こうして手を取り合っている。それが何よりも重要なことだった。

「結局あなたは何も語らないまま、何も教えてくれないまま、人類に叡智《えいち》だけを授けて行ってしまうのですね？」

アレクセイは寂しそうに言って右手をさする。そこにはやはり美しいロザリオが巻かれていて、それがとても嬉《うれ》しかった。この最後の過去でも、アレクセイは神に祈る敬虔《けいけん》な信者のままだった。

僕はそんなアレクセイに言う。

「伝えるべきことは、全て伝えたよ。教えるべきことも全て教えた。これから先の未来は、人類の手によって正しく前に進めるんだ。自分たちの手と足で、時計の針をしっかりと前に進めていくんだ。それができると確信したからこそ——僕も先に進むことができるんだよ」

僕は、仲間たち一人一人に目を向けた。

「この人類史上最大の偉業が——人類の新しい未来への第一歩になる。これは小さな一歩なんかじゃない。とても大きな一歩だ。みんな、今日までありがとう。みんなのおかげで、ようやく僕も新しい一歩を踏み出すことができる」

エリーに、バーディに、セーガンに、アレクセイに——そして『スプートニク月面宇宙センター』で働く全てのスタッフに向けて、僕は「ありがとう」と告げた。

心からの感謝を。

ありがとうの言葉を。

ここに集まった全てのスタッフが立ち上がり拍手をしてくれた。これから起こる人類史上最大の偉業を讃《たた》えるように、そして人類の未来を祝福するように。鳴りやまない拍手が響き渡り続ける。流星群のようにきらめく拍手が。

今拍手を送ってくれている全ての人が、僕がいた本当の過去と未来で——そしてやり直し、繰り返し、失敗し続けた過去の中で、僕と関わってくれた人たちだった。僕に力を貸し、僕に知恵を与え、僕を支え、僕を指導し、僕の背中を押して前に進ませてくれた大切な人たち。やり直し、繰り返し、失敗し続けた過去が本当は失敗なんかじゃなかったと、その全てがこの瞬間にたどり着くために必要だったんだと、確信させてくれる人たちで溢《あふ》れかえっていた。

走り続けた僕の背中に、こんなにも大勢の人たちが続いてくれていた。

僕はゆっくりと目を閉じて、これまでのことを思い浮かべた。

走り続けた果てしない距離を、その道のりを振り返った。

38万4400㎞を遥《はる》かに超える過去と未来の距離を。

そしてこの日を迎えるまでに起こった様々な出来事や困難を、この瞬間を迎えるために乗り越えてきた苦労や苦難を思い出す。それ以上に、ようやくこの日を迎えることができた喜びと達成感を噛《か》みしめる。

ねぇ、ユーリヤ――

今日この日を迎えるまでいろいろなことがあったんだよ。

本当に、いろいろなことが。

ユーリヤにたどり着くために。

3　星と星とを繋《つな》げて結び描く

僕が過去をやり直すのをやめ、オデッセイを終えようとしたあの海で——僕はこの長い旅の行きつく先を知った。ユーリヤに全てを話し、そしてユーリヤに答えをもらったあの夜の海で、僕はこの航海を終えるための地図を手に入れた。

ユーリヤの言葉を聞いて夜空を見上げた瞬間に、僕はこのオデッセイの終わりがどこであるのかを理解することができた。もしもユーリヤが僕を待つなら、その場所は人類にとって最も希望のある場所でしかありえなかった。

当たり前じゃないか？

ユーリヤはいつだって人類の未来のことを考えていた。人類の希望がどこにあるのかを探し求めていたんだ。そして宇宙が静かであるためにどうすればいいのかを願い、祈るように悩み続けていた。自分では絶対に両手を組み合わせたりせず、神さまに祈ったりなんかせずに。

そんなユーリヤが僕を待つなら、それは過去ではなく未来でしかあり得ない。僕のいた未来とは別の未来で、ユーリヤが月よりも遥か先にたどり着こうとしたなら——その場所はたった一つしかない。

はじめから全ては明かされていた。

目的地ははじめから示されていた。

だって、僕たちははじめからその場所を目指していたんだから。

ヒントだって十分に与えられていた。

ソユーズから送られてきた任務が十一月三日だったのは、スプートニクが打ち上げられた日だったからだ。それもスプートニク1号じゃなくスプートニク2号が打ち上げられた日。スプートニク2号にはクドリャフカが乗っていた。不幸なライカ犬が人類のエゴによって生物としてはじめて宇宙空間に進出した日であり、そのライカ犬が地球に帰ってこられないことを運命づけられた日でもあった。

はじめから全ては明らかにされ、示されていた。

それでも——きっと僕は何度も過去をやり直して、何度も任務を失敗しなければいけなかったんだと思う。全てはその場所に至るために必要なことで、やり直し繰り返し続けることでしか、答えを得ることができなかったんだと思う。真っ白な地図を埋めるための欠片《かけら》を少しずつ手に入れるために。

それはあの夜の海で気づいたように、無数に瞬《またた》く星々を繋《つな》げて大きな星座を描くようなことに似ていた。星と星とを繋げて結び描くことでしか完成しない星の地図だった。そしてそれは、あの夜の海から見上げなければ絶対に完成することはない星座だった。

僕の無重力は——ゼロ・グラビティはユーリヤだった。

いつだって僕を打ち上げてくれるのはユーリヤだった。

あの夜の海でも、やっぱりユーリヤが僕を打ち上げてくれた。

未来に向かって。

だけどあの夜の海でユーリヤに答えをもらい、星の地図を完成させた後も、僕は何度も過去をやり直して、何度も失敗をし続けて——ユーリヤの待つ場所へたどり着くための方法を模索しなければならなかった。これまでのやり直しで得た知識と技術を使い、未来を正確に予測し、僕の人生の全てをかけてそこに至るための軌道を見出《みいだ》さなくてはならなかった。

それが、アレクセイの言った宇宙開発に関する特許技術を独占することだった。

そうして立ち上げたのが『スプートニク財団』。

僕は宇宙開発の特許技術を独占することで、宇宙開発そのものをコントロールすることを考えた。軌道エレベーターも、ヘリウム3の核融合炉も、月面都市の建設も――その他、宇宙開発、月面開発に関するあらゆる特許技術は、『スプートニク財団』によって取得され管理されることとなった。そうして『スプートニク財団』は独占した特許技術を使い、各国の宇宙開発を支援し後押しを続けた。

だけど、ここでも僕は何度も失敗することになる。

個人の財団に宇宙開発をコントロールされることに、多くの国家は反対した。国際的な反発も強く、何度となく妨害を受けることになった。法的に財団をつぶされたり、複数の国家がライバル企業を後押しした結果競争で負けたり、国際的な圧力によって宇宙開発から締め出されたり、莫大な制裁を科されたり、新たな法律によって財団そのものが潰されたりもした。

そのようなことから財団を守ろうとした過去では、各国の軍隊や連合軍によって財団は破壊され、僕自身は国際的なテロリストとして暗殺の対象となった。僕は対抗策として保安部なる自衛のための武装組織を設立したけれど、それは最悪の結果に終わった。

そのように何度も失敗を繰り返しながら、僕は少しずつ財団を守る術《すべ》を見つけていった。そして宇宙開発を進める方法を。

やりすぎず、性急すぎず、過度な要求をせず、粘り強く交渉と譲歩を繰り返すことで、ようやく人類は『スプートニク財団』の特許技術で宇宙開発を行い、月面の開発にも着手していった。一度波に乗ってしまえば、月面はどんどん開発されていった。

人類が宇宙に進出して月の大地を踏む時代が訪れても、やはり人類は争うことをやめなかった。

地球だけでなく月でも争いは起こり、その地図を何度も書き換えていった。人類を一つに結び付ける決定的な結び目の存在していない月では、やはり人類は一つにまとまることはできなかった。

だから、僕は全ての争いから目を背けることにした。知らん顔を決め込んで、ただ月面の開発のみに力を注いだ。

『スプートニク財団』はその特許技術をあらゆる国と企業に売り渡した。そうして世界中の国と企業と癒着《ゆちゃく》し、独自の利権関係を築き上げることで、財団をより影響力のある巨大な組織へと成長させていった。その結果、この最後の過去では月は三つに分割統治され、各国が常に月の覇権《はけん》を狙っている危険な火薬庫となってしまった。

地球では、月を統治するための代理戦争が何度も繰り返されている。皮肉なことに地球での争いが激化し、月の覇権争いが加速するほどに、『スプートニク財団』はより強大になっていった。争いが長引けば長引くほど、戦いが激しくなれば激しくなるほど、各国や各企業は『スプートニク財団』の技術を必要とした。

そうして『スプートニク財団』は多国籍な軍産複合体のコングロマリットへと変貌し、地球と月の争いを裏から支えるフィクサーへと成り下がっていった。無慈悲なまでに利益のみを追求する月の財閥へと。

本当にやれやれって話だけど、全てはたった一つの目的のため――『オデッセイ計画』を成功させるための選択だった。

それは激しい苦痛をともなう選択で、僕は何度も眠れない夜を過ごした。悪夢にうなされ、胃の中のものを全て吐き出し、鬱病《うつびょう》や精神的な障害に苦しんだ。自分が人間じゃない何かに変貌している恐怖に何度もとらわれ、その度に足を止めそうになった。

それでも、僕は計画を前に進め続けた。

全てはユーリヤにたどり着くために。

このオデッセイの終わりを迎えて、『未知の知的生命体』とコンタクトを取るために。全ての答えを得るために、僕は長い道のりを走り続けた。38万4400㎞を遥《はる》かに超える、何百何千光年先のゴールにたどり着くために。

そうしてようやく、僕はこの日を迎えることができた。『オデッセイ計画』は全ての問題を乗り越え、全ての最終確認を終えて、今出発の時を迎えようとしている。『未知の知的生命体』が人類に向かってメッセージを送った出発点――『エンディミオン』に向けて探査船を打ち上げることができる。

花弁のような帆を開いた宇宙船は、月に設置された大出力のレーザー装置から発射されるレーザー光線を推力に変えて、限りなく光速に近い速度で『エンディミオン』に進んで行く。

それが、僕のいた本当の未来で計画された本来の『オデッセイ計画』。

だけどこの最後の過去では、計画に一つだけ大きな変更点を加えてある。本来の『オデッセイ計画』で使用される探査船『ユリシーズ』は、切手サイズの大きさしかないナノクラフトと呼ばれる軽量化された宇宙船――探査船だった。だけど、最後の過去で行われる『オデッセイ計画』の宇宙船は基本設計こそ『ユリシーズ』と同じものだけれど――全長十メートル、幅五メートルに及ぶ巨大な宇宙船に再設計されている。要するに、人一人が乗り込める大きさの宇宙船だ。

そんな巨大な宇宙船では、レーザー装置をどれだけ増やしたところで光速の半分以下の速度しか出せず、『エンディミオン』に到着するまでに果てしない時間を費やしてしまう。

だけど、それでよかった。

そもそも、人体は光速に耐えられるようにはできていないのだから。

最後の過去で行われる『オデッセイ計画』の変更点はただ一つ。

無人だった宇宙船を有人にすること。

つまり、僕自身が宇宙船に乗り込んで『エンディミオン』にたどり着くことだ。それこそが、このオデッセイを終えるためのたった一つの方法で――たったひとつの冴《さ》えたやりかた。

僕自身が不幸なライカ犬に――片道切符しか持たないクドリャフカになって『エンディミオン』にたどり着くこと。

それこそが、この長すぎる航海の行きつく先だった。


『でも、できることならあなたが直接ブラックホールに行きたいって顔をしているわよ』


星の地図を完成させ、このオデッセイの終わりを――そこに至るための計画を思いついた時、僕はソーネチカの言葉を思い出した。ソーネチカのたわいない冗談が実現するなんて、あの時は思いもしなかった。

けれど、全ては必然だったんだと思う。

ソーネチカの言葉は、いつだって的中するのだから。

そしてこの計画を思いついた時、僕は本当の意味でやり直した過去に、失敗をし続けた過去に意味があったんだと確信することができた。

僕を乗せて『エンディミオン』に向かう宇宙船は、目的地にたどり着くまでに数百年の時間を要する。光速で移動したとしても百年はかかる。光速以下の速度では、状況によっては千年以上の時間を必要とするかもしれない。人間の肉体は光速に耐えられるようにはできていないので、光速で移動できないことは問題ない。そうなると問題になるのは、人間の体は数百年の時を耐えることができないということだ。

『エンディミオン』にたどり着くまでにかかる数百年の時間を短縮する技術は、今の人類には存在しない。ワープや亜空間航法のような技術は完成しなかったし、月面をくまなく発掘しても宇宙人が残したゲートは見つからなかった。もちろん、どこにでも行ける便利なドアも存在しない。

僕にとって都合の良いガジェットは一つとしてなかったけれど、その問題を解決するための方法を僕はすでに手に入れていた。ユーリヤにたどり着くためのその欠片《かけら》を、僕はやり直し失敗し続けた過去ですでに見つけていたんだ。

最後の地図の断片は、僕のポケットの中に入っていた。

本当に全てのことに意味があったんだ。

4　セレーネー

宇宙船の座席に座り、その時が訪れるのを待った。

僕はものすごく高揚し興奮していたけれど、それと同じくらいものすごく緊張していた。宇宙飛行士なら誰だって打ち上げ前にこの気分を味わう。この瞬間だけは、唯一宇宙飛行士としての実力や、これまでの厳しい訓練の成果が何一つ通用しないから。多くの宇宙飛行士は、この瞬間に手を組み合わせて神さまにお願いをする。

だけど、僕が神さまに祈ることは絶対にないんだ。

宇宙船とは、多くの宇宙飛行士やスタッフ、整備士、技術者、設計士、その他大勢の人の願いや祈りで打ち上げられると思っている。この瞬間、大勢の人々が無事に宇宙船が打ち上がることを願い祈ってくれている。

その願いと祈りが、宇宙船を打ち上げるんだ。

神さまなんかに願い祈らなくても、僕たちは遠くまで行くことができる。

それこそ、宇宙の果てまでだって。

『ハロー、「クドリャフカ」。調子はいかがですか?』

アレクセイの声が無線を通じて船内に響く。

僕の乗り込んだ宇宙船を『クドリャフカ』と呼んで。

最後の過去の『オデッセイ計画』で使用される宇宙船の名前を不幸なライカ犬である『クドリャフカ』にしようと提案したのは、もちろん僕だ。多くのスタッフが「縁起が悪い」「計画が失敗しそうだ」「やめてくれ」と反対したけれど、僕は最後までこの意見を曲げたりはしなかった。

この宇宙船は『クドリャフカ』じゃなくちゃいけなかった。それ以外に正しい名前は存在しない。

スプートニクである僕が、宇宙船『クドリャフカ』に乗ってソユーズの待つブラックホールに――

ソーネチカが名付けた『エンディミオン』にたどり着く。これが何度も過去をやり直し、失敗をし続けた先に得た答えだった。

これこそが、答えなんだ。

全てが繋《つな》がっていることが一目でわかる完璧な公式であり――完璧な解答。Q.E.D.

「こちらクドリャフカ。調子は上々だよ、さっそくふかふかのベッドが恋しいけどね」

『今こちらに戻ってくれれば、できたてのモーニングと泥のように濃いブラックコーヒーが待っていますよ?』

「それは最高だな。宇宙の果てから帰ってきたら、最高のモーニングで出迎えてくれ。コーヒーはマキシムで頼む」

『問題はないみたいですね』

アレクセイはくすりと笑った。宇宙飛行士の儀式ともいえるくだらない冗談を交わし合うと、僕を乗せた宇宙船クドリャフカは発射シークエンスに移った。

『気をつけて行ってきて。無事を祈ってる。毎晩、星に願うわ』

無線からエリーの声が響いた。その声はとても震えていた。

「ありがとう。今日まで僕を支えてくれて。エリーには多くの意味で感謝をしている。本当にありがとう」

僕は静かに言った。短い言葉に多くの意味を込めて。

『相棒、無事に帰って来いよ。そしたらまたビールを飲もう。もちろん俺のおごりだ。月のクレーターが満杯になるくらいのビールを飲もうぜ』

バーディが賑《にぎ》やかに言う。だけど、その声はエリーよりも震えていた。

「ああ、月にあるビールを全部買い占めておいてくれ。バーディを破産させてやるからな。それより、持ち場を離れるなよ」

『全員ここにいる。全員がここで見守っているんだ。セーガンなんて泣き崩れて声も出せないってよ』

僕はその言葉を聞いてたまらなくなり、組み合わせた手におもいきり力を込めた。歯を食いしばってそうしなければ、溢《あふ》れ出る思いの波にのみ込まれて飛び立てなくなってしまいそうだったから。

ここはとても温かい重力に満ちていた。

『なぁ相棒、必ず帰って来いよ？　宇宙の果てに何があったのか、宇宙人は俺たちに何を伝えようとしていたのか、お前が見て、聞いて、理解したことを、ちゃんと人類に伝えろよな。頼むぜ、人類で最も遠くまで行った宇宙飛行士――ファーストマン』

「分かってるよ、相棒。偉大な宇宙飛行士が僕を送り出してくれるんだ。僕は必ず任務を全うする。そして人類の大きな一歩を刻んでくる」

この時、僕を含めた全ての人が理解していた。これは片道切符しかない旅で――帰ることのできない最終列車だということを。

この最後の過去で行われる『オデッセイ計画』は、数百年の時間をかけて『エンディミオン』にたどり着いた後のことは何一つ計画されていない。全てが白紙。先のことは一切考えられていない無謀すぎる計画で、ある意味では自殺行為といってもよかった。およそ計画とは呼べない計画。

だから僕たちは今、最後のやり取りを交わしていた。僕たちは、もう二度と会うことができないことを理解していた。

宇宙船『クドリャフカ』が打ち上げられ『エンディミオン』への軌道に入ったら、そこから先は完全な孤独が待ち受けている。暗黒に閉ざされた宇宙空間を進む宇宙船の中で、僕はたった一人で過ごさなければならない。膨大な時間と圧倒的な孤独が僕に寄り添い、いずれ僕を襲うだろう。その数百年の時間と孤独を埋めることこそが『オデッセイ計画』を成功させるうえで何よりも重大だった。それこそが最後の欠片《かけら》であり、星の地図を完成させる最後の断片。

その答えを、僕はすでに得ていた。あの夜の海でユーリヤから答えを得た時には、僕は全ての欠片を手にしていたんだ。

その答えは、ある女性が持っていた。

『別れの挨拶《あいさつ》は済みましたか？　そろそろ、私の仕事をさせてください。最終確認は済んでいますので、細かい数値やステータスなどはそちらでご確認をお願いします。計画通りに宇宙船の発射シークエンス終了後、システムを起動――ロングスリープへのスタンバイに入ります。システムのコントロールはそちらに移譲されます。ユー・ハブ・コントロール。発射後の操作は手順に従ってお願いします』

インドラニが落ち着いた口調で丁寧に説明をする。この『オデッセイ計画』に必要不可欠な最後の欠片――未来への扉を開くための鍵を持っていたのは彼女だった。

彼女が僕にコンタクトを取ってきた過去で、「地球の裏側からでも駆けつける」と言ってくれた言葉通り、固い握手とともに交わしたあの約束を、彼女はこの最後の過去で果たしてくれた。地球の裏側から月まで駆けつけてくれた。

インドラニが『オデッセイ計画』に必要だと気がついた時、僕はこれまでの全てに意味があったことを――やり直し、失敗し続けた過去の全てが必要だったんだと、心から実感することができた。

ユーリヤの体を治そうと思わなければ、ユーリヤを救おうとしなければ、僕はインドラニと出会うことはなかっただろう。彼女の持つ技術に目を向け、その技術が持っている可能性に気がつくことはなかったと思う。

『コールドスリープ・システム「セレーネー」の起動に問題はありません。「クドリャフカ」が打ち上げられ「エンディミオン」への軌道に入ったら、あなたは「セレーネー」のカプセルに入って冷凍睡眠状態になる。それでこの計画は完了します』

僕は船内に設置したカプセルに視線を向け、それが正常に作動していることを確認する。カプセルと呼ばれた通り、『セレーネー』は薬のカプセル剤と全く同じ形をしていた。上半身の部分が半透明のガラスケースになって透けているところも含めて。

『あなたは冷凍睡眠状態で眠ったまま数百年の時を過ごして、目的地である「エンディミオン」にたどり着いたら目を覚まします。冷凍睡眠状態の間、全ての動作はシステムがやってくれます。煩わしいことは一切ありません。月の女神の子守歌を聴くように、全てを「セレーネー」に委《ゆだ》ねればいい。きっとあなたにはこの旅が、一瞬の出来事のように感じるでしょう』

インドラニは確信に満ちた口調で言う。それが医療従事者特有の患者を安心させるための演技であることに、僕は気づいていた。

『セレーネー』は理論上や計算上では、問題なく超長期間の冷凍睡眠を実現させている。全ての実験データや計算結果が、それが可能であると示している。数値の上では。だけど、それらは全て理論上であり計算の上での話だった。被験者を使用しての冷凍睡眠実験でも、その最長期間は十年。

数百年とはそもそも桁違いだ。

インドラニも『セレーネー』のシステムと自身の理論に間違いはないという自負を持ってはいたけれど、それでも完全に不安をぬぐうことはできなかっただろう。

それに冷凍睡眠に問題がなかったとしても、他にも不安や不確定な要素はいくらでもあった。システムの故障で冷凍睡眠のまま目覚めない可能性だってあったし、途中でシステムに不具合が出て『エンディミオン』にたどり着く前に目覚めてしまう可能性だってあった。そうなれば後は、宇宙空間で年老いて死んでいくのを待つだけ。宇宙船が小惑星と衝突する可能性だってあったし、他の星の引力の影響で軌道を外れてしまう可能性だってあった。無事に目的地にまでたどり着けない可能性のほうが高いかもしれない。

それでも、インドラニの『セレーネー』が僕を無事に『エンディミオン』につれて行ってくれることを僕は確信していた。『オデッセイ計画』が成功することを、僕は理解していたんだ。これが正しい答えだと、僕にはわかっている。

コールドスリープ・システムに『セレーネー』と名付けたのは僕とソーネチカだった。

きっとソーネチカがブラックホールに『エンディミオン』と名付けた時から、全てはこうなるように決められていたんだと思う。

僕は、ソーネチカが話してくれたギリシャ神話を思い出した。

『「エンディミオン」は、月の女神セレーネーが恋に落ちた相手の名前よ。だけど、女神であるセレーネーと違って普通の人間であるエンディミオンは、日に日に年老いてしまう。そのことに耐えられなくなったセレーネーは、全能の神ゼウスに――エンディミオンを不老不死にするようお願いするの。ゼウスはその願いを聞き入れ、エンディミオンを永遠の眠りにつかせる。それ以降、セレーネーは毎夜地上に降りてエンディミオンに寄り添うのよ』

あの時、僕はこの神話を悲しい物語だと思ったけれど、今は不思議とそうは思わなかった。ソーネチカが言ったように、二人は永遠を手に入れたんだと思えるようになっていた。

僕はこれから長い眠りにつき、月の女神に会いに行く。

ある意味で、僕たちは神話を再現しようとしているのかもしれない。

いや、きっと人類は新しい神話を紡ぎ始めたんだ。

これから先の百年後――

千年後にまで語られる新しい神話を。

『それでは、これよりカウントダウンに入ります。問題はありませんね？』

アレクセイが静かに尋ねる。最後の確認をするように。

「ああ。行ってくるよ。今日までありがとう。本当に。ありがとう」

僕は心からそう言った。

ここにいる全ての人に、ありがとう。

僕に力を貸し、支えてくれた全ての人たちに、ありがとう。

僕に出会ってくれた全ての人に、ありがとう。

そして何百年、何千年と繰り返し続けた過去と未来の全てに――

ありがとう。
僕は、心からそう告げた。

10・9・8・7・6――

カウントダウンがはじまる。
僕の人生で最後のカウントダウンが。
これが、僕の宇宙飛行士としての最後の任務。

5・4・3・2――

僕は目を閉じて両手を強く組み合わせる。
もちろん神さまに祈ったりはせずに。
ユーリヤ、僕は今からユーリヤのもとに向かうよ。

ユーリヤが待っている場所にたどり着くんだ。ずいぶんと時間をかけて、長い間待たせてしまっ

たけれど、僕は絶対にユーリヤをひとりぼっちにはしない。
だって、僕はユーリヤのスプートニクだから。
だから、もう少しだけ待っていてほしい。

1——

ソーネチカ、僕はこれから宇宙の果てに向かうんだよ。ソーネチカが名付けた『エンディミオン』に。

だけど安心してほしい。

必ずソーネチカのもとに帰るから。

僕が帰りつく星は、ソーネチカだから。

だから、もう少しだけ待っていてほしい。

ソーネチカのもとに帰るから。


0。

僕は宇宙の果てへ——
『エンディミオン』に向けて出発した。

5 インターステラー

宇宙はとても静かで、そして圧倒的な孤独をはらんでいた。

生命の一切が存在しない過酷な環境。生きることを許さない暗黒の海。そんな寂しくもの悲しい空間でありながら、宇宙は数々の星を生み出し――そして生命を、僕たち人類を誕生させた。それはとても温かな出来事だった。宇宙の冷たさとは正反対の温かで優しい奇跡。

宇宙服を身にまとわなければ数分と生きていられない圧倒的な死の世界を目の前にしても、不思議と恐怖や孤独を感じることはなかった。宇宙船『クドリャフカ』から宇宙を見渡してみれば、そこには幾千万の星と幾億の光があったから。

僕はその光景にただただ圧倒され感動していた。宇宙のすばらしさに目を奪われていた。目覚めると、僕は人類初となる恒星間の移動を成功させていた。人類史上初であり、人類史上最長であり、人類史上最高の恒星間移動を、僕は達成していた。無事に目的地にたどり着いていた。月の女神に抱かれながら。インドラニが開発したコールドスリープ・システム『セレーネー』は完璧に機能して、僕をこの場所に送り届けてくれた。

この長い旅の終わり――長すぎる航海の終わりに。

僕は数百年、数千年に及ぶ過去のやり直しの果てにたどり着いた終わりを目にしていた。

僕は今、終着点を見つめている。

このオデッセイの終着駅――『エンディミオン』。

宇宙にぽっかりと開いたその穴は、青白い光に縁どられた円盤のように見えた。それは巨大なレコードのよう。その宇宙の音盤が、周りの星々と銀河を巻き込みながら大きく回転している。まるで壮大なオーケストラを演奏しているみたいに。重力レンズ――いわゆるアインシュタインリングをまとったブラックホールは、屈折させた光を土星の輪のように携えている。そのリングの周りに集まった銀河ハローと呼ばれる星の群れが、大きな口を開けているホールの中心にのみ込まれていくように見えた。星の群れは星虹効果と呼ばれる現象によって様々に色を変え、虹を描きながらホールに向けて無数の橋を描いていく。

その光景が、僕には星の指輪に見えた。

星でできた宝石をあしらった宇宙の指輪に。

僕はあの星の街で、ユーリヤの左手の薬指にはめたダイヤモンドの指輪を思い出した。

ソーネチカと二人で見た地球と太陽が重なった星の指輪を思い出した。

そして今、僕の目の前には三つ目となる宇宙の指輪が存在している。

そんな壮大な指輪をつけ、幾千万幾億の虹のかかった宇宙の音盤は、この宇宙の全てを司《つかさど》り、統《す》べるように——この宇宙の全てを記録しているかのように存在している。

そんなあまりにも壮大で圧倒的すぎる光景を前に、僕は言葉を失ってただただ驚きと興奮で胸を震わせていた。人類はいつの日か、この圧倒的すぎる現象の全てを解明し、この現象そのものを支配することができるだろうか？

いつか、そんな日が訪れるだろうか？

僕は純粋な疑問と好奇心を抱いてそう思った。人類はこの宇宙の全てを理解し、それを正しく使うことができるだろうかと。

その願いを込めて、僕は月と地球に向けて宇宙船を送る。祈るように。ナノクラフトと呼ばれる最軽量化された切手サイズの宇宙船『ユリシーズ』。この『クドリャフカ』が恒星間を移動する間に得たデータと、『エンディミオン』にたどり着いて僕が観測したデータの全てを乗せて、その手紙は人類のもとに飛び立つ。

この時、月と地球ではすでに千年に近い時間が過ぎている。

僕の知っている人たちの全てが、自分たちの人生を終えて次の世代に——そしてさらに次の、そのまた次の世代にバトンを渡し終えていた。おそらくその間にも月と地球の地図は何度も書き換わり、僕たちの生活や価値観、文明や文化、芸術や娯楽といったものも大きく変わっているだろう。

それでも、僕は人類が本質的には大きく変わっていないことを確信していた。

人類は今も人類のままで、誰かの愛によって生まれて——そして次の世代に思いや希望を託し続けているだろう。

人類は今も、夜空を見上げてはそこに浮かぶ星に願いをかけているだろう。奇《く》しくも今日は地球の暦で言えば七月七日の七夕《たなばた》で、宇宙船を飛ばすには——そして願いをかけるには、これ以上ないってくらいにうってつけの日だった。

「ソーネチカ、誕生日おめでとう」

僕は、遠い月に向けて言った。やり直し続けた過去では一度も出会えなかったソーネチカに向けて、僕は心からの花束を送る。必ず帰ると約束を添えて。

見上げた夜空から僕の送った手紙が届いた時、人類はどのような反応をするだろうか？

長い時間をかけて『ユリシーズ』が月と地球にたどり着いた時、未来の人類は僕の手紙をどのように受け取るだろうか？

手紙の内容を正しく理解してくれるだろうか？

人類の進歩に役立ててくれるだろうか？

宇宙開発はさらに加速するだろうか？

恒星間の移動を成功させ、コロニーを開発し、月に次ぐ人類の居住地を獲得し、テラフォーミングを成功させて火星や金星に移り住み、時間と空間をも支配するようになるだろうか？

月に——海は生まれているだろうか？

もしかしたら、人類は僕の手紙なんか必要としないかもしれない。ずいぶんと時代遅れで間抜けな手紙が届いたと、僕のことを大笑いするかもしれない。

そうなっていたらどんなに嬉《うれ》しいことだろう。

千年後の未来はどうなっているのかな？


ハロー、人類。

そっちの様子はどんなだろう？

月と地球は仲良くしているかな？

そうであってほしいと心から願う。


僕はこれから最後の任務に取り掛かるところだよ。

6　プランク・ダイヴ

『スタークロスト・ラヴァーズ』。

僕は『クドリャフカ』の船内でその気だるいバラードを聴きながら、静かにコーヒーを飲んでいた。もちろん、インスタントのマキシムを。カップヌードルだってある。宇宙で食べるカップヌードルは最高なのだ。

ムードのある音楽を演奏しているのは、一枚のレコード。

宇宙船『クドリャフカ』には、一枚のレコードが積まれている。それは『ゴールデンレコード』と呼ばれるレコードで、過去に太陽系の外に飛び出した宇宙探査機ボイジャーやパイオニアに積まれていた伝統のレコードと同一のもの。

僕は『ゴールデンレコード』の話をソーネチカにした時のことを、とても懐かしく思った。

レコードは金メッキの銅版製で——The sounds of Earth。

『地球の音』というタイトルがつけられている。

その人類の手紙には『地球の音』の名前の通り、地球の様々な音や音楽が収録されている。五十五の言語による挨拶《あいさつ》——我らが日本語からは「こんにちは」が収録されている。ベートーヴェンやモーツァルトの曲も収録されているし、クジラの泣き声による歌だって収録されている。尺八の『鶴《つる》の巣籠《すごもり》』という曲も。他にも地球を写した無数の写真や映像、アメリカ大統領と国連事務総長のメッセージ文も入っている。

『これは小さな、遠い世界からのプレゼントで、われわれの音・科学・画像・音楽・考え・感じ方を表したものです。私たちの死後も、本記録だけは生き延び、皆さんの元に届くことで、皆さんの想像の中に再び私たちがよみがえることができれば幸いです』

これがレコードに収録されたアメリカ大統領のメッセージ文。

僕たち人類は、これまで何度も『未知の知的生命体』に向けてメッセージを送ってきた。宇宙のどこかにいるであろう友人に向けて手紙を送ってきたんだ。宇宙に憧れと畏怖を抱きながら。いつか夜空にきらめく遥《はる》か彼方《かなた》の星々にたどり着けると信じて。

これまで人類が描いてきた、綴《つづ》ってきた、書き記してきた多くの物語に――そして多くの神話に、宇宙という無限の空が描かれている。僕たち人類は遥か昔から、太古の時代から、この宇宙に憧れと畏怖を抱き続けてきたんだ。

僕が今いるこの場所に。

僕たちは、その憧れと畏怖を今日まで絶やすことなく受け継いできた。

次の世代――そのまた次の世代へとバトンを渡し続けながら、灯《ともしび》を絶やすことなく受け継ぎ走り続けてきた。人類がそうして連綿と描き続け、語り続け、託し続けてきた祈りや願いにも似た思いが、灯が――この『ゴールデンレコード』には詰まっている。

そして今、その灯を受け継いでいるのは僕だった。

受け渡されたバトンは僕の手の中にあり、人類の記録である『ゴールデンレコード』は『クドリャフカ』に積まれている。

この『ゴールデンレコード』には、僕のわがままで『スタークロスト・ラヴァーズ』を収録してある。今流れているこの音楽を、僕はどうしても『エンディミオン』に届けたかった。最後に一つぐらいわがままを言っても構わないだろう。

『フライ・ミー・トゥー・ザ・ムーン』でも『ウェン・ユー・ウィッシュ・アポン・ア・スター』でもなく、僕はこの『スタークロスト・ラヴァーズ』を選んだ。その意味は、もう何となく理解できていた。

「さて、そろそろ最後の任務にとりかかろう」

コーヒーを飲み終えた僕は、宇宙船の向かう先、目の前に広がる『エンディミオン』を真っ直ぐに見つめた。その圧倒的すぎる宇宙の穴を目の前にして、僕の心と魂は恐れを抱いていた、『エンディミオン』にたどり着けば――宇宙の果てを尋ねれば、自動的に『未知の知的生命体』が僕を迎えに来てくれて、人類と『未知の知的生命体』とのコンタクトが完了するなんていう淡い考えは全く抱いていなかった。『エンディミオン』に向かわなければならないと理解した時点で、この場所に至った時に僕が何をしなければいけないかなんてことは、十分すぎるほどに理解していた。

その答えは、僕がソーネチカにしたブラックホールの話の中にあった。

『人類は、いまだに宇宙の多くを理解できずにいる。どんなに小さな手掛かりだって、今の僕たちにとっては前進するための燃料なんだ。ブラックホールのことを調べることができれば、僕たちは新たな方程式や物理法則を見つけることができるだろう。その結果、人類の宇宙での生活は格段に向上するだろう。人工天体を完成させたり、数千人を乗せられる宇宙船の開発だってできるかもしれない。ワープやタイムトラベルだってできるようになるかも。なんていったって、ブラックホールの中は時間と空間の概念すらなく、あらゆる法則や方程式が通用しない場所だからね』

『時間と空間の概念がなくて、ありとあらゆる法則や方程式が通用しないって、いまいちよく分からないんだけれど?』

この会話の中に、全ての正解があった。僕は、はじめから答えを知っていたんだ。正解というものは、いつだって一番身近なところにある。僕たちの胸の中にあるものなんだ。

ブラックホールの中は、ありとあらゆる方程式が通用しない場所。

時間と空間の概念すら存在しない特異点。

つまり、現在も過去も未来もなく――その全てが存在する空間。

もしも、この宇宙で別の世界の誰かと出会わなければならないのなら、それはブラックホール以外にはあり得なかった。特異点という場所をのぞいては考えられなかった。

だから僕は今から、ブラックホールの中に飛び込むんだ。

『クドリャフカ』はすでに『エンディミオン』の中心に向けて進路を取っている。その軌道に――事象の地平線を抜けてシュワルツシルト半径と呼ばれるブラックホールの円の内側に、二度と戻っては来られない領域に突入している。

一般的に事象の地平線の内側は、僕たちの世界のあらゆる法則と別れを告げることであり、現実世界の一切の因果関係からの脱出を意味する。意味が分からないと思うけれど、もちろん僕もわからない。人類でこの場所に到達したのは僕だけなのだから。

つまり現在、宇宙船はブラックホールが発生させるものすごい重力に引かれて、すでに脱出が不可能な領域まで進んでいるということだ。

船外の様子を窺《うかが》うと、周りの星々は伸びたり縮んだりしている。僕はもう自分が立っているのか、座っているのか、浮かんでいるのかも分からなかった。僕の体も次第に歪《ゆが》んで見え、僕自身を虫眼鏡で観察をしているみたいにグニャグニャと形を変えはじめた。宇宙船のあちこちで緊急事態を知らせるアラートが鳴り、船内には赤いランプが灯《とも》る。けれど僕の耳にその警告音は届かない。音というものが消え去り、遥《はる》か遠くのほうで何かが響いているような感覚だけが伝わった。

まるで細長い穴の中に落ちていくみたいに船体が完全にブラックホールの中心に沈んでいくと、目に見える全てが静止するみたいに全ての動きが遅くなっていった。映像をスローで眺めるみたいに。僕の動きも、ランプの点滅も、星のきらめきも、全てが――その動きを止めようとしていた。

そんな中で、僕の意識もだんだんとスローになっていった。まるで海の底に沈みながら、少しずつ光を失っていくみたいに。全てのものが暗闇に閉ざされて、無に帰ろうとしているみたいだった。

それでも、僕に恐れはなかった。『エンディミオン』を目の前にした時には確かに抱いていた恐れを、僕はもう抱いていなかった。

ブラックホールの中に入った時から、僕はどうしてかとても安心していた。不安や戸惑いの一切を脱ぎ捨てて、とても穏やかな気持ちになっていた。まるで母親の子宮の中に還ったような懐かしさを感じていたんだ。

その理由は、すぐに分かった。僕は今から、はじまりに還ろうとしているんだ。だってこの場所は、宇宙がはじまった場所。全てが生まれたはじまりの特異点。

それに、この先にはユーリヤが待っている。

僕の始まりは、いつだってユーリヤだった。

だから、僕が恐れる理由は一つもない。

僕はただその場所に還ればいい。

たどり着けばいいだけなんだ。

ユーリヤ――
いま、会いに行くよ。

僕は完全に静止した。

『スタークロスト・ラヴァーズ』のメロディだけが聴こえていた。

7 特別じゃない――小さくて弱い星

「ハロー、スプートニク」


とても清潔そうな、たった今洗濯が終わったって感じの白いワンピースを着た女の子がいた。その女の子は少し離れたところに――だけどとても遠いところに立っていた。

そして僕を見つけると、にっこりと笑った。

僕のことを親しみをこめてスプートニクと呼んで。

その瞬間、永遠と一瞬が同時に僕の中を通り抜けた。それは僕の中に留《とど》まると同時に、とても遠くに行ってしまった。

僕たちは暗黒の中に立っていた。だけどその暗闇は僕たちを塗りつぶし、かき消すことはなかった。僕たちはお互いを正しく認識できる不思議な空間にいる。僕は自分が地面のような場所に足をつけているのか、空中に浮かんでいるのかも分からない。

だけど、そんなことはまるで気にならなかった。

僕はただ目の前の女の子を見つめていた。

その丁寧に結われた黒髪も、灰色がかった大きな瞳も、僕なんかよりもずっと大人っぽくて二つか三つくらいお姉さんに見える雰囲気も——その全てが懐かしくて、それでいてはじめて出会ったみたいに新鮮だった。

僕は宇宙の果てで、ブラックホールの中で——この『エンディミオン』で、ようやくその女の子と再会できたことを実感していた。優しく手に取って、その重みを肌で感じ取ることができたみたいに。ようやく、僕はここにたどり着くことができたんだ。

長い旅の——航海の終わりに。

オデッセイの終着駅に。

「ハロー、ソユーズ——」

僕は溢《あふ》れ出る感情を押さえつけながら、にっこりと笑ってその女の子の名前を呼んだ。

「ユーリヤ」

その瞬間、僕はソユーズからの任務を終えたことを理解した。どうしてか、そのことを強く実感することができたんだ。

「ねぇスプートニク、ようこそって言っていいのか、おかえりなさいって言えばいいのか――久しぶりねって返事をすればいいのか、迷っちゃうわね？」

ユーリヤは困ったように首を振った後――もう一度、僕を真っ直ぐに見つめ直した。僕を強く認識して、その大きな瞳に焼きつけようとするみたいに。消えてしまわないことを確認して、夢でも幻でもないことを注意深く観察するみたいに。僕も全く同じようにユーリヤを見つめた。

「あなたにもう一度会えてとっても嬉《うれ》しいわ。私にたどり着いてくれてありがとう」

「僕もだよ。僕も、もう一度ユーリヤに会えて本当に嬉しい。だけど、ずいぶんと待たせちゃったみたいだ」

「大丈夫よ。ぜんぜん待ってなんかいないんだから。あなたは必ず私にたどり着くって――必ず約束を守ってくれるって信じていたから。それに、待ちくたびれたりもしてないのよ？　だってここでは、時間と空間の概念がないんだもの。全てが一瞬の出来事で、それでいて永遠の出来事なの」

ユーリヤは大きく両手を広げて見せる。ここには永遠と一瞬があるんだと示すように。

「だけど、僕は何度も失敗したんだ――」

僕は、白状するように言う。

「何度もユーリヤを置き去りにして、別の過去に行かなくちゃいけなかった。ユーリヤを見捨てて、新しいユーリヤと出会い直したんだ。そのたびに、僕は自分に失望して、絶望したんだ。何度もこの旅を諦めようとした。ソユーズからの任務を放棄しようとしてしまったんだ。ここにたどり着けたのだって、僕の力じゃない。ユーリヤのおかげだ」

僕は後悔と苦悩を口にした。うまくできなかったこと、正しくできなかったこと、間違ってしまったことを告白した。この場所に至るために——ユーリヤにたどり着くために、多くの失敗や挫折《ざせつ》が必要だったことは理解していたけれど、それでも僕は正直に全てを話したかった。

ユーリヤに謝りたかった。

幾千万幾億のユーリヤに向けて。

「ごめん。うまくできなかったんだ」

「全て必要なことだったのよ。謝る必要なんてない」

ユーリヤは、とても切なそうな表情を浮かべてそう言う。

「でも、たくさんのユーリヤが——たくさんの過去が無意味に消えていったんだ。僕の手の中から全てこぼれ落ちていってしまった。簡単に消していいようなものじゃなかったのに。やり直していい過去なんて、一つもなかったはずなのに。なのに、一度もユーリヤを月につれて行ってあげられなかった」

「たしかに、そうかもしれない。でも——」

ユーリヤは全てを理解したような、それでいてとても心苦しそうな表情で頷《うなず》くと、両手を器のようにして僕に向けた。そこには眩《まばゆ》い光が灯《とも》っていた。

まるでユーリヤが星を一つ創りだしたみたいに。

その光の中に、星の中に、僕がやり直した過去の全てが——繰り返した時間の全てが詰まっている、そのことが僕には理解できた。

それは一枚の円盤のように見えた。

「スプートニク、あなたはやり直した過去をその目で見て、体験しなければいけなかったの。起こり得たかもしれない過去の全てを——全ての可能性を観測する必要があった」

「僕の目で見て体験しなければいけなかった？　起こり得たかもしれない過去の全てを？　全ての可能性を観測する？　そもそも、どうしてそんなことをする必要があったんだろう。それに、どうしてそれが僕なんだろう。どうして僕たちだったんだろう？」

僕の問いに、ユーリヤは誇らしげに笑う。

「私たちじゃなければいけなかったのよ。私たちじゃなかったら、人類はこの場所にたどり着けなかったの」

「僕たちじゃなければ、たどり着けない？　そんなことがあるのかな？」

「ええ。それは私たちが弱い星だったからよ。私たちは、特別じゃない——小さくて弱い星だから」

「特別じゃない——小さくて弱い星？」

ユーリヤからその言葉を受け取った瞬間——その言葉は、僕の胸の奥にずっと空いていた疑問という空白を隙間なく埋めてくれた。

特別じゃない——小さくて弱い星。

僕とユーリヤを表現するうえで、こんなにも適切な言葉はないように思えたから。

「私たちは、どちらか一人では目的地にたどり着けない不完全な宇宙船だった。互いの引力に引かれ合うことでしか遠くに行くことができない弱い星だった。私たちは、どちらかを失うことでしか——月にたどり着けなかったの」

「どちらかを失うことでしか——月にたどり着けなかった？」

ユーリヤの言葉の意味に気がついて、僕はすぐに表情を変えた。その言葉が僕の胸を強く打ちつけた。魂を震わせたんだ。

「じゃあ、もしかしてユーリヤは月に？」

ユーリヤも僕と同じように表情を変えた。僕の言葉が彼女の胸を強く打ちつけたように。

「そう。私のいた宇宙では、私はスプートニクを——あなたを失うことで月にたどり着いた。あなたが、私を月に打ち上げてくれた。あなたがいてくれたから、私は今この場所にいられるのよ」

「僕を失うことで月にたどり着いた？　じゃあ、ユーリヤは月に行ったのか？　月にたどり着けたんだね？」

「ええ、そうよ。あなたと月で踊ったわ」

「そうか。そうだったのか。そういうことなのか。よかった。本当によかった」

その瞬間、僕は全てが報われたような気がした。

僕の人生の全てが。

ユーリヤが月にたどり着いた未来がある。

別の宇宙では、僕の代わりにユーリヤが宇宙飛行士になっていて——そして月にたどり着いていたんだ。それだけで、僕の願いの全てが叶《かな》ったような気がした。

僕たちは、どちらか一人では目的地にたどり着けない不完全な宇宙船。お互いの引力に引かれることでしか遠くに行けない弱い星。どちらかを失うことでしか月にたどり着けない未完成な宇宙飛行士。

それでも、僕もユーリヤも月にたどり着いた。

それだけで僕は十分だった。

ユーリヤは、僕の思いを分かったように頷《うなず》いて口を開く。

「私たちは、特別じゃない小さくて弱い星だったからこそ、この任務に選ばれたの。私たち二人なら、失った片方の星にたどり着くためにありとあらゆる可能性を試すだろうと、何度過去をやり直し、何度失敗をしたとしても、絶対に諦めずに手を伸ばし続けるだろうと――彼らはそう判断したみたいね」

「彼ら？」

僕は、その単語に敏感に反応した。

僕たちの会話が核心へと近づきつつあることを実感した。ようやく、多くの疑問に星の光が当たるような気が。僕たちという星を輝かせるだろうという予感があった。

「それは、人類にメッセージを送ってきた『未知の知的生命体』のこと？」

「いいえ。厳密には、人類に向けてメッセージを送ったのは彼らじゃない。でも、私たちをこの任務にキャスティングしたのは、オデッセイへと送り出したのは、そうね――私たちが言うところの『未知の知的生命体』で間違いはないわ」

「彼らとは、いったい何なんだ？　人類にコンタクトを取って何を伝えようとしているんだ？　僕たちを再会させるなんていう回りくどい方法まで使って。その目的は、いったい何なんだ？」

「彼らは、かつてこの宇宙にいた存在。星を渡り、次の次元へと――次のステージへと進んだ存在よ。ある意味で完成した生命体。そして、かつて人類だったもの」

「かつて人類だったもの？」

「彼らは、ただ知ろうとしただけ。彼らが去った後に誕生した人類が、いったいどんな存在なのかと。この宇宙を去った自分たちにいつかたどり着く可能性があるのかを、彼らはただ純粋に知りたがった。そのために、限りなく人類に干渉をしない形でのコンタクトを模索した」

「それが、僕とユーリヤ？」

「ええ。彼らは人類をメッセンジャーにすることで、人類に干渉することなく人類を知ろうとした。そのために必ずこの場所にたどり着くだろう私とスプートニクをキャスティングした」

つまり僕とユーリヤは『未知の知的生命体』に、郵便配達を担わされたということなのだろう。宇宙を超える郵便配達人に任命された。

「そして彼らは、人類に直接干渉をしない代わりに、私とあなたに起こり得た多くの過去を見せた。無限とも思える可能性の世界を体験させることで、人類に警告をしようとしたの。間接的なメッセージを送ろうとした」

「人類に警告？　間接的なメッセージ？」

「そう。私たち人類の歩みはとても危ういもので、ほんの少しでも道を踏み外してしまえば――結び目がほころんでしまえば、途端に道を失ってしまうのだと。繋《つな》がっていたものが解けていってしまうのだと。可能性を閉ざしてしまうと――彼らは人類に伝えようとした」

僕は無限とも思えるほどにやり直した過去を、失敗し続けた過去の残骸を思い出した。人類が行き詰まり、閉塞的になり、迷子になり、未来への扉を閉ざしてしまった過去の形を。

「あなたが目にして体験した過去の全ては、起こり得た可能性の過去じゃなくて、実際に起こった人類の過去の記憶なの。この宇宙には無限と呼んで差し支えないほどの宇宙が存在していて、私たち人類がこの場所にたどり着けた未来は限りなく少ない」

僕はここまでたどり着くことができなかった──『エンディミオン』に至ることができなかった人類の宇宙のことを考えた。行き詰まり、閉塞的になり、迷子になり、未来への扉を閉ざしてしまった人類の宇宙。それはとても悲しくて冷たい宇宙だった。

宇宙に出ることなく、月を開発することなく、地球に閉じこもったままの人類。待ち受けているのは──人類の終わりだった。

「人類が未来に進むためには、二つのターニングポイントが必要だった。その扉を開くために大きな結び目が必要だった。一つが──人類が月にたどり着いて月面の開発を軌道に乗せること。もう一つが──ルナリアンの誕生。この二つが存在しなければ、人類はその先の未来の希望を繋《つな》げない」

「月面の開発とルナリアンの誕生？　まさかソーネチカが？」

僕が言うと、ユーリヤは小さく頷《うなず》いた。少しだけ寂しそうな表情を浮かべて、唇をつんと尖《とが》らせながら。それはユーリヤが不機嫌になった時にする仕草で、ユーリヤの機嫌が悪くなったことを示すサインだった。

僕はユーリヤがつんとそっぽを向いてしまったり、背中を向けてしばらく口をきいてくれなくなるんじゃないかって身構えた。

だけど、ユーリヤは苦笑いを浮かべて顔を赤らめただけだった。

「ユーリヤの宇宙でも、ソーネチカが生まれていたんだね？」

僕は嬉《うれ》しくなってそう言った。僕がやり直し続けた過去では一度も出会えなかったソーネチカが、ユーリヤの宇宙では誕生していた。

その事実に、僕は救われた。

「ええ。立派な月の女王に成長したわよ。それはそれは美しい女性になってね？」

ユーリヤは僕を責めるように目を細め、意地悪く言った。今度は僕のほうが苦笑いを浮かべるしかなかった。

「人類には、ソーネチカの誕生がどうしても必要だったの。月に上がってきた植民者たちの光となり、なにもない月と宇宙で暮らす人々の拠《よ》り所《どころ》となる大きな結び目がね。ソーネチカが誕生しない全ての過去では、月面の開発は失敗に終わる。人類はその先の宇宙に進出することなく、地球のみで種の終わりを迎える」

僕は、月面の開発が失敗に終わった数々の過去を思い浮かべた。そのどれもが取り返しのつかない最悪の過去ばかりだった。最終的に、地球は人の住めない星になろうとしていた過去さえあった。

「彼らは、どうしても人類に伝えたかったのね。おそらく多くの宇宙を観測していく中で、いくつもの種が未来を閉ざしていくのを見続けてきたんだと思う。もしかしたら、そのことに心を痛めたのかもしれない。不干渉という彼らのルールを破り、私たちをメッセンジャーにしてまでそれを伝えようとしたんだから」

「彼らは宇宙を観測しているのか？」

「おそらくね」

正直なところ、僕にはユーリヤが彼らと呼ぶ『未知の知的生命体』の考えがまるで分からなかった。こんな回りくどい手段を取り、膨大な時間をかけ、わざわざブラックホールからメッセージを送る必要性もまるで感じなかった。あたかも大げさで複雑な手順を踏むことで、この一連の出来事の壮大性や重要さを強調しているようにしか思えなかった。まるで映画監督が凝った演出に囚《とら》われて芸術性を高めようとするみたいに。　小説家がレトリックにこだわりすぎて回りくどい文章を書いてしまうみたいに。

それでも、僕は彼らに心から感謝した。

僕とユーリヤを人類のメッセンジャーに選んでくれたことに。

僕たちを選んでくれたおかげで、僕とユーリヤは再会することができた。

別の宇宙のユーリヤと。

今僕の目の前にいるユーリヤは、僕を月に打ち上げてくれたユーリヤとは別のユーリヤだったけれど、それでも間違いなくユーリヤだった。

月を目指した女の子。絶対に神さまに祈ったりせず、宇宙が静かであることを願い続けた——僕のはじまり。

僕は、そんな僕の人生のはじまりを——僕の人生の全てだった女の子を見つめた。

「それで、僕たち人類は『未知の知的生命体』の警告をしっかり受け取ることができたけれど、彼らのほうは僕たち人類のことを知ることができたのかな？　僕たちはメッセンジャーとしての役目を果たすことができたのかな？」

「どうかしらね？　でも、受け取るものは受け取ったみたいよ」

ユーリヤがそう言うと、ユーリヤの両手の中の光が二つに割れて、両手に一つずつの光が灯《とも》った。

彼女の右手の光は、金色の円盤に変わった。左手の光は、光の円盤のまま。右手の金色の円盤は

——『ゴールデンレコード』だった。

金メッキの施された人類からの手紙。

僕が宇宙船『クドリャフカ』に積んだレコードを、ユーリヤが手にしていた。どこからともなく、音楽が聴こえてきたような気がした。

僕のよく知る音楽が。

8　オデュッセイアの恋人

「あなたがやり直し繰り返した過去の時間が記録されたレコードと、人類が彼らに向けて送った『ゴールデンレコード』。この二枚のレコードを受け取ることが、彼らの目的だったの。この二枚のレコードを揃《そろ》えることが、私とスプートニクに与えられたメッセンジャーとしての役目」

ユーリヤは右手に僕のレコードを、左手に人類のレコードを乗せて——それを再び一つに合わせた。手と手を合わせることで二枚のレコードは再び一枚のレコードになり、それは一つの星になった。

人類の歴史という名の星に。

その合わされた両手は神さまに祈っているように見えたけれど、僕はユーリヤが神さまに祈ることは絶対にないと知っている。だって僕たちは神さまのいない場所を目指して、宇宙飛行士になったのだから。

ユーリヤが生み出した光り輝く人類のレコードが、ゆっくりと回転をしはじめる。それはまるで、ターンテーブルに乗せて針を落としたみたいに見えた。レコードが回り始めると、僕とユーリヤの立っている空間を少しずつ照らしはじめた。ミラーボールが反射しているみたいに。この宇宙の全

て に光を灯《とも》すみたいに。

『スタークロスト・ラヴァーズ』のメロディがとても遠くのほうから聴こえてくる。それは僕の胸の奥で大きく響き渡る。その演奏とともに辺り一面にレコードの光が届くと、僕とユーリヤの立っている空間は、もうただ真っ暗なだけの空間じゃなかった。

そこは幾千万幾億もの星が瞬《またた》く、星の海だった。

寄せては返す宇宙の波があり、星でできた白い砂浜があった。

僕とユーリヤは宇宙の果ての海に立ち尽くしていた。

ふたりぼっちで。

ふたりきりで。

「ここは？」

尋ねると、僕の隣にそっと寄り添ったユーリヤがにっこりと笑う。

「宇宙のはじまりと終わりの海よ。星も宇宙も、時間も空間も、過去も未来も――ここには全てがあるの。寄せては返す波のように、はじまりと終わりを繰り返している海」

僕は、この壮大すぎる光景に圧倒された。『エンディミオン』にたどり着いてその宇宙にぽっかりと開いた穴を見た時――宇宙の指輪を目に焼き付けた時、これ以上に壮大な光景はないだろうと思ったばかりなのに、僕はさらに壮大な光景を目の前にしていた。

ユーリヤと一緒に見る最後の海は、とても壮大で美しかった。

思わず涙を流してしまいそうなくらいに。

「ユーリヤ、会いたかったよ」

「ええ。私も会いたかった」

僕たちはそっと手を握った。

「ユーリヤ、もっといろいろ話したいことがあるんだ」

「私だって話したいことが山ほどあるんだから」

「ユーリヤに聞いてほしいことが——聞かせてほしいことがたくさんあるんだ」

「私のほうがスプートニクに聞いてほしい話がたくさんあるし——聞かせたい話だってたくさんあるわよ」

「ユーリヤ、とってもきれいだ。宇宙で一番きれいだよ」

「ほんと、会うたびにお世辞が上手になるんだから。でも、素直にありがとうと受け取っておくわ。どんな言葉よりも嬉《うれ》しいから。あなたもとっても素敵な男の子になったわ。ほんと見とれちゃうくらい」

ユーリヤはそう言って僕の肩に頭をそっと預けた。まるで人生の全てを預けてくれたみたいに。僕はその重みをとても大切に思った。こんなにも愛《いと》おしい重さがこの宇宙にあるのかと思ってしまうほどに。

僕たちはいつの間にか青年の姿に、そして大人の姿になっていた。僕たちが一番たくましく、一番精悍《せいかん》で、一番美しかったころの姿に。それでいて僕たちは幼年期であり、青年期であり、壮年期だった。まるで万華鏡《まんげきょう》のようにころころと形を変えてみせた。

それは僕たちの人生の全てが重なったような姿——僕たちがともに並び立つことができなかった瞬間の姿でもあった。

「ねぇスプートニク、私たちは少しだけ不幸な星だった。お互いを失うことでしか目的地にたどり着けない弱い星だった。あなたの引力に引かれることでしか――私は月にたどり着けなかった」

ユーリヤは小さな後悔を口にした。心残りを告白するように。

「僕も同じだよ。僕もユーリヤが打ち上げてくれなかったら月にたどり着けなかった。ユーリヤに出会わなかったら、僕は宇宙飛行士にも――なにものにもなれなかったと思う。ユーリヤがいてくれたから、僕はこの場所にたどり着けたんだ」

「私たちって――星巡りの悪い恋人だったのね。あなたとずっと一緒にいられたらよかったのにって心から思う」

星巡りの悪い恋人。

その言葉の意味を、僕はもう十分すぎるほどに理解していた。どうして人生の終わりに『スタークロスト・ラヴァーズ』を聴きはじめたのか、僕はずっと不思議に感じていた。

けれどユーリヤの言葉で、ようやくその意味を理解した。

僕はきっと、この瞬間を予感していたんだと思う。この瞬間が訪れる準備を、僕は静かにはじめていたんだと思う。

『スタークロスト・ラヴァーズ』に――

『星巡りの悪い恋人』に再会する準備を。

「僕も、ずっとユーリヤと一緒にいたいよ。この砂浜に永遠にいたい。寄せては返す波を、はじまりと終わりを――ずっと一緒に眺めていたい。ふたりきりで」

「嘘《うそ》つき」

ユーリヤは子供っぽく言って唇をつんと尖《とが》らせる。

「スプートニクは、あなたの還るべき場所に還りたいって顔に書いてあるんだから。あなたは、あなたを待っている人の場所に還らなきゃダメよ」

ユーリヤの言ったことは真実だったけれど、ユーリヤと一緒にこの海を眺め続けたいというのも僕の真実だった。いくつもの真実が僕の中で寄せては返す波のように押し寄せていて、僕はその波にのみ込まれてしまいそうだった。苦しくて溺れてしまいそうだった。

それでも、僕の還るべき場所は決まっていた。

そのことが嬉《うれ》しくもあり、悲しくもあった。

「それに、スプートニクにはまだやることがあるのよ？　この海でね」

「この海で、僕のやるべきこと？」

どうやら僕の任務はまだ終わっていないみたいだった。

「ええ。スプートニクは私から人類のバトンを——灯《ともしび》を託された。あなたはそれを次の相手に渡さなければいけないの」

「次の相手にバトンを渡す？　いったい誰に？」

「私によ」

「ユーリヤに？」

「そう。あなたは別の宇宙の私に——未来へのバトンを渡すの。そして人類の灯を託してこの海を後にする」

その瞬間、僕はユーリヤの言葉の意味を全て理解した。今度こそ、この壮大な計画の全てを完璧に理解することができた。

ユーリヤが答えなかったメッセージの送り主は、僕だったのだ。

『いいえ。厳密には、人類に向けてメッセージを送ったのは彼らじゃない』


そうか。そういうことだったのか。

全ては繋《つな》がっていたんだ。繋がり、繰り返し――そして大きな輪になっていたんだ。

僕たちは大きな輪の中に、壮大な繰り返しの中にいて、僕たちのこの再会も――その輪のほんの一部にすぎなかったんだ。全てが繋がり合う鎖の輪のように連綿と続いていて、僕たちのこの再会は大きな輪を結びつける小さな輪でしかない。

僕はようやく全ての答えにたどり着き、終わりに至った。

オデッセイの終わりにたどり着いたけれど、それは新しいはじまりでしかなかった。

「そうよ、スプートニク。私にメッセージを送ったのは――あなたなの」

ユーリヤは別の宇宙で僕からのメッセージを受け取り、オデッセイに出てこの場所にたどり着いた。そして僕と再会して、別の宇宙の僕にメッセージを送った。

僕は別の宇宙のユーリヤからのメッセージを受け取り、オデッセイに出てこの場所にたどり着いた。そしてこれから、別の宇宙のユーリヤにメッセージを送る。

僕たちは、別の宇宙の僕たちに向けてメッセージを送り続ける。

なんて壮大な計画なんだろう？

それは終わりのない物語だった。

巨大な輪の中を永遠に巡り続ける終わりなき旅だった。

僕たちはこの宇宙の果ての海で、永遠に再会と別れを繰り返し続けるというのだろうか？

いつかこの終わりなき再会に終わりは来るのだろうか？

「大丈夫、終わりは来るわ。いつか人類がこの場所にたどり着いた時にね。私たち以外の人類が──人類の知恵と技術でこの宇宙の果てにたどり着いた時に、私たちのオデッセイは終わりを迎える。その時、私たちは人類を迎え入れるの。二人でね」

人類が、自分たちの力でこの宇宙の果てにたどり着く。

それは、いったいどれだけ先のことだろう？

何百年では足りず、何千年もかかるかもしれない。もっと長い時間をかけるかもしれない。その時、僕とユーリヤはこの場所で人類の到達を──完成を見届ける。

人類は次のステージに進めるだろうか？　かつて人類だった彼らのように。

人類が次のステージへと進み、そして完成へと至る時、人類は抱え込みすぎているいくつもの問題を解決しているだろうか？

僕たちが勝手に引いてしまった国境線の多くを乗り越え、夜空の星に無責任に願った数々の願いを叶《かな》えているだろうか？

人類は完成に至る資格を得ているだろうか？

それは誰にも分からない。

「僕たち人類は、ここにたどり着けるのかな？」

「ええ、きっとたどり着けるわ。人類は多くの困難な問題を乗り越えて必ずこの場所に——私たちのもとにたどり着く。北方四島を——」

ユーリヤはにっこりと笑ってみせる。

「ううん。この宇宙の全てを賭けたっていいんだから」

かつて僕たち二人の間だけで交わされていた小さな賭けは、今や人類を巻き込んだ壮大な賭けに変わっていた。今回の賭けも、きっと僕が負けたままになるのだろう。僕はそうなることを心から願った。

僕たちは、たしかに星巡りの悪い恋人だった。

だけどこの場所で出会い別れ続ける——永遠と一瞬の恋人だった。

「スプートニク、私はそろそろ行くわね？」

ユーリヤは、そう言いながら僕の手を強く握った。もう二度と離さないというように。僕もユーリヤの手を強く握り返した。絶対に離さないというように。

ユーリヤの左手の薬指にはダイヤモンドの指輪が光っていた。

それは、僕がはめてあげた指輪だった。僕が思い描いた通りの大きなダイヤモンドの指輪。僕たちが挙げた紙の結婚式の指輪。

その指輪は、宇宙で一番輝いて見えた。

どんな星よりも。どんな銀河よりも。

「ねぇスプートニク。私は幸せな星だったわ。ひとりぼっちなんかじゃない、とても幸せなソユーズだった。あなたがいてくれたから、私は迷子にならずにここまで来られた。ああ、とっても素敵な人生だった。私は宇宙で一番の果報者よ」

満月のように大きな灰色の瞳は揺れていた。僕はとても強い衝撃に耐えるように、歯を食いしばって頷《うなず》いた。僕の中を通り過ぎて行こうとする大きな何かを必死に乗り越えようとした。

それは宇宙船の打ち上げの時の感覚によく似ていた。

僕は今、大きな宇宙船が飛び立つ瞬間を体験しようとしているんだ。

「スプートニクは、私との約束をぜんぶ守ってくれた。私の願いをぜんぶ叶《かな》えてくれた。そばにいてくれた。遠く離れていても、私を思ってくれた。私の背中を追ってきてくれた。宇宙飛行士になってくれた。私を月につれて行ってくれた。月で暮らしてくれた。結婚してくれた。猫を飼ってくれた。そしてこの瞬間――私と一緒にこの海にいてくれる。永遠にね。あなたは宇宙で一番素敵な男の子だわ」

僕たちは手を強く握り合いながら、小さなステップを踏んでいた。とてもへたくそなステップを。それはとてもダンスなんて呼べないへたくそな踊りだったけれど、僕たちはようやく二人で踊ることができた。

それだけで幸せだった。

僕たちがたどり着いた僕たちだけの月。ここが二人の月。

僕たちは宇宙で一番幸せだった。そして永遠の幸せを手に入れた。

一瞬の幸せを。

「地球、青かったね」

僕は頷《うなず》く。

「月は丸かったね」

僕は頷《うなず》く。

「神さまは――」

その願うように呟《つぶや》かれた言葉をかき消すように――僕はユーリヤを強く抱きしめた。もう二度と離れない、もう二度と離れ離れにならない、もうどこにも行かせないと声を大にして言うように、僕は強くユーリヤを抱きしめたんだ。

「スプートニク、ありがとう。大好きだよ」

その瞬間、とても温かで穏やかなものが僕の中を通り抜けていった。それは僕の頬を伝わり、そして震える胸にそっと落ちた。

もう僕の腕の中にユーリヤはいなかった。

永遠だけど一瞬の別れが訪れて、ユーリヤは星の砂となって風に吹かれるように消えていってしまった。僕の中を通り抜けて、そして足元の砂浜の一部になってしまった。

僕はこの腕の中にたしかにいたユーリヤの感触を忘れないように、胸の奥のレコードに深く刻んだ。永遠に忘れることができないこの一瞬を、僕の中に留《とど》めておくために。

この一瞬が永遠に色あせたりしないように。

僕はひとりぼっちになってしまった砂浜を歩いた。

海に向かって。

僕は波にさらわれながら宇宙をのぞき込む。そして無限とも思える星々の中から、お互いの引力に引かれあう二つの星を見つけた。双子のように仲の良い星を。

僕は、その二つの星に手紙を添えた。

引かれ合った二つの星は、いずれ衝突して膨大なエネルギーを生み出すだろう。

ブラックホールをつくりだすほどに大きなエネルギーが発せられ、その放たれた電波バーストは真っ直ぐに宇宙の彼方《かなた》にある青い星に――地球に向かって発射される。地球の頭上で輝く月に向かって。

その電波バーストに添えられた手紙を受け取るのは、僕を失うことで月にたどり着いた別の宇宙のユーリヤ。

メッセンジャーとしての任務を受けた彼女は、そしてオデッセイへと出発する。何千回、何万回という過去をやり直して――何千年、何万年という時間を乗り越えて、僕の待つこの宇宙の果ての海にたどり着く。

メッセージの内容はもちろん決まっている。

したためた手紙の中身は――


ハロー、ソユーズ。

宇宙は、今日も静かで平和だよ。

神さまも今のところ見当たらない。

you copy?

9　夏への扉

もう『スタークロスト・ラヴァーズ』のメロディは聴こえなかった。

目の前のパソコンの画面は真っ白で「Not Found」と――そのページがもうどこにもないことを、この宇宙のどこにも存在しないことを告げていた。スピードマスターに視線を落とすと、十一月三日の深夜零時《れいじ》1分を過ぎていた。

僕はソユーズからの任務を終えて帰ってきたことを理解した。

全てが完璧に終わってしまったことを実感していた。

僕は月の書斎にいて、ただ海のことを考えていた。地球の海と、月の海と――そして宇宙の果ての海のことを。ジジジジジと――ただ回り続けるレコード針のノイズだけが響いている。素晴らしかった演奏の余韻を引きずるように、とても心地よく。

もう二度と『スタークロスト・ラヴァーズ』を聴くことはないだろうと思った。その音楽は僕の中で決定的な役目を終えて、ジャケットの中にしまわれてしまった。その音楽は僕の胸の奥で演奏され続ければいい。目をつぶって耳をすませば、いつだってあの宇宙の果ての海で聴いた『スタークロスト・ラヴァーズ』を聴くことができるのだから。

星巡りの悪い恋人と――ユーリヤと一緒に聴いた『スタークロスト・ラヴァーズ』を。

今この瞬間も、あの海で僕とユーリヤは再会と別れを繰り返している。終わりのない大きな輪の一部となって、次のユーリヤと僕にバトンと灯《ともしび》を――希望と未来を託し続けている。

それは、とても壮大で果てしないことだった。

遥か彼方《かなた》にある見果てぬ星の瞬《またた》きだった。

言葉にできない何か。

「 」という名の空白。

その空白を何と呼べばいいのか、それは僕には分からない。おそらくそれこそが、いつかあの宇宙の果ての海にたどり着いた人類の役目であり任務なのだろう。その括弧《かっこ》の中に何を刻むのか――その空白を何で満たすのか、それはその時の人類の役目。

そこにどんなタイトルをつけるかは、その場所にたどり着いた誰かが決めればいい。

未来。

希望。

進化。

完成。

可能性は無限にあった。

この宇宙が無限にあるみたいに。

僕とユーリヤにできることは、あの場所で――あの海で、待ち続けることだけ。

僕は海のことを考えた。寄せては返す波にさらわれるように。

遠くのほうから、波の音ではなく「にゃー」という鳴き声が聞こえる。おはぎのように黒くて丸いデブ猫が――僕たちの愛猫であるクドリャフカが、勢いよく僕の膝の上に飛び乗ってきた。

クドリャフカは頬を僕のお腹《なか》にこすりつけ、肉球をバシバシと叩《たた》きつける。何度も「にゃあにゃあ」と甘えた声を上げながら僕の膝の上をごろごろと転がり、めったに見せることのないたるんだお腹を見せてくれた。それはクドリャフカが最高に喜んでいることを表明するポーズであり、彼なりの信頼と友情の証《あかし》だった。クドリャフカは絶対に自分を安売りしたりはしないのだ。

「クドリャフカ、ただいま。ただいま。本当にただいま」

僕は絞り出すように言った。

クドリャフカのたるんだお腹を撫《な》でてやると、デブ猫は僕の手にじゃれつき、僕のしわくちゃな指先を甘噛《あまが》みしてぺろぺろと舐《な》めた。慰め、励まし、背中を押してくれるみたいに。「よくやったな」と、褒めてくれているみたいに。きっと猫は、何だって知っているのだ。

「クドったら、急にどうしたのよ?」

書斎の入り口に、ソーネチカが立っていた。

白いワンピースに似たネグリジェを着たソーネチカが、僕を見て何かを察したみたいに表情を変えた。そして僕に駆け寄る。その美しく軽やかな足取りを目にした瞬間、僕はようやくこの数百年間の、もしくは数千年間の——あるいはそれ以上の空白を埋めることができた。

ようやく僕は、僕の還るべき星に還り着いた。

僕は還ってきたんだ。

「ねぇ、あなたどうしたの? ひどい顔をしているわよ。それに、とても悲しそう」

僕はクドリャフカを抱えて立ち上がった。僕の体はひどくくたびれていて、それ以上にとても年老いていた。全てが重かった。立ち上がるだけで、その重さに耐えなければならなかった。それはとても実感のある重みで、人生の終わりを予感させる重みだった。僕という星が遠い山並みの向こうに沈んでいく、そんな確かな重み。

クドリャフカは僕の腕の中から飛び出して華麗に着地してみせた。これから僕がすることを理解していたみたいに、そして、それの邪魔をしないように。猫はいつだって賢いのだ。

「ソーネチカ」

僕はソーネチカを強く抱きしめた。きれいな白金《プラチナ》色の髪の毛をそっと撫でた。僕は全身でソーネチカを感じようと、彼女をとても強く抱き寄せて目をつぶった。ソーネチカは少し驚いたみたいだったけれど、僕を受け止めて震える僕を優しく撫でてくれた。彼女の柔らかな感触が僕をそっと包み込み、僕を満たしてくれた。僕はソーネチカの胸の中でとても安心していた。捨てられた子猫になったみたいに。

「ソーネチカ、会いたかった。ずっとずっと会いたいと願っていたんだ」

「急にどうしたの？　さっき顔を合わせたばかりじゃない？」

ソーネチカが僕の書斎に来てクドリャフカを引き取ったのは、ソーネチカが言う通りつい先程のことだった。ブラックホールに『エンディミオン』と名付け、ギリシャ神話のセレーネーとの話を聞かせてくれてから、まだ一時間も経《た》っていない。公式な時間の流れの中では。

だけどソーネチカ――

「僕たちは長い間、離れ離れだったんだ。僕は長い時間を超えて、ようやくソーネチカと再会することができたんだよ」

僕たちは何百年何千年と離れていたんだ。無限とも思える宇宙をまたいで時間と空間を乗り越えてようやく、僕はソーネチカのもとに還ってくることができたんだよ。

「あなた、もしかして泣いているの?」

「泣いてなんかいないさ。ソーネチカに会えてうれしいだけだよ。僕の還るべき星に還ってこられて本当に嬉《うれ》しいんだ」

「変なあなた。急に赤ちゃんみたいになっちゃって。まるで子供の頃の私みたいよ?」

「かもしれない。でも、仕方ないんだ。僕は長い旅に出ていたんだから。長すぎる航海に——オデッセイにね」

「じゃあ、そのお話を聞かせてくれる? 何だか今夜はあなたの話を聞かなくちゃいけない気がするの。とっても大切な話があるような気がするんだから」

「ぜんぶ話すよ。でも、とても長い話なんだ。夜が明けたって話しきれないような、そんなとても壮大な話で、それでいてとても個人的な話なんだ」

「かまわないわよ。ゆっくりとあなたのお話を聞かせて。私と会えなかった間のあなたの話を。あなたはこれから、あなただけの『オデュッセイア』を語るのね? なんだか子供の頃に戻ったみたいでとってもワクワクしちゃうわ」

ソーネチカは、にっこりと笑いながら僕の手を優しく握ってくれた。そして僕を正しい場所に導くようにその手を引いてくれた。僕はたしかな重力を感じることができた。月の小さな重力じゃなくて、僕を現実に繋《つな》ぎとめるソーネチカという強い重力を。

海の音と記憶は、少しずつ遠くに消えていこうとしていた。

遠ざかる波の音だけが聴こえていた。

「これから話すのは、過去と未来の話なんだ。地球と月と、そして宇宙全体の話で——海の話。僕たち人類の話でもあり、とても個人的な話でもある。だけどそれは——僕の物語なんだ」

僕の物語を語るには——

まずは僕をスプートニクと呼んだ女の子の話をしなくちゃいけない。

あの秘密の図書館の扉を開いた話を。

物語の書き出しは決まっている。


ユーリヤのことを思い出す。

あの満月の夜の再会を。

あの夏の星空を。

そして、二人で見上げたペーパー・ムーンを。


そこから僕の物語ははじまる。

僕の『オデュッセイア』がはじまるんだ。

「今夜は長くなりそうだからワインも開けちゃいましょう。クドにはジンジャーエールを飲ませてあげる。特別よ？」

僕とソーネチカは書斎の扉を開いて一緒に部屋を出た。まるで未来の扉を開き、その先に足を進めるみたいに。僕たちの足元でクドリャフカがブサイクに「にぎゃー」と鳴いた。

扉の閉まる音がすると——波の音は完全に聞こえなくなってしまった。

そのかわりに未来の音が聴こえた。

遠くの宇宙で――
二つの星が巡りあっては離れていく音が聴こえていたんだ。

ハロー、スプートニク。

you copy?

i copy.

Outro　ハロー、ソユーズ

浜辺に立ちながら海を眺めていると――一人の女の子がやってきた。

とても清潔そうな、たった今洗濯が終わったって感じの白いワンピースを着た女の子は、ようやく再会することができた僕を見てにっこりと笑う。何千回何万回という過去をやり直し、無限とも思える時間をかけてこの宇宙の果ての海にたどり着いた小さな星を、僕は真っ直ぐに見つめた。

特別じゃない――小さくて弱い星を。

僕に、はじまりをくれた女の子を。

僕たちは、再びこの宇宙の果ての海で再会することができた。

一瞬で永遠の――
星巡りの悪い恋人と。

「ハロー、ソユーズ」

Intro　海へ――百年後の、そして千年後の僕とあなたへ

白い砂浜の上を、小さな女の子が走っている。白いワンピースを翻しながら。白金《プラチナ》色の髪をなびかせた小さな頭には、大きな麦わら帽子をかぶっていた。

夏への扉を開いたみたいに、照り付ける日差しが眩《まぶ》しい昼下がりだった。

そんな女の子の後ろを、小さな男の子が追っている。とても心細そうな男の子は、前を走る女の子に置いて行かれまいと必死になってその背中を追う。まるで大きな星の引力に引かれる衛星のように。

それはどこか懐かしく、とても微笑《ほほえ》ましい光景だった。

僕の胸を強く打つほどに。

「待ってよ。僕、そんなに早く走れないよ。それに怖いよ。海には波があるし。つれて行かれちゃうかもしれないだろ」

男の子の声を背中で受け止めた女の子は、足首までを優しくさらう波を感じながら振り返る。潮

風に白金《プラチナ》色の髪の毛をなびかせながら。

　片方の瞳が灰色で、もう片方の瞳が緑色の女の子は、とても楽しそうに意気地のない男の子を見つめる。

「もうっ。海に行ってみたいって言ったのは、あんたでしょう？　私はあんたにはまだ早いってちゃんと教えてあげたのに。ほら、いいから来なさいよ。海なんてちっとも怖くないんだから」

　女の子は、そう言って両手を広げる。帰還した宇宙船を迎え入れる母星みたいに。男の子はおそるおそる海に——寄せては返す波に近づき、裸足《はだし》の小さな足で海に触れた。

「つめたいっ。それになんか引っ張られるよ。大丈夫かな？」

　男の子は水を浴びせられた猫のように飛び上がる。女の子はそれを見てくすくすと笑い、仕方ないわねと男の子に近づいて行った。出来の悪い弟をあやすお姉さんのように。

「バカね、そんなこと当たり前でしょう。海なんだから」

　男の子は悔しそうに唇をつんと尖《とが》らせて、女の子から視線を逸《そ》らした。その視線を青空に向けると、そこにある大きな星に驚いた。それはとても大きな星で、男の子と女の子の頭上で王冠のように浮かんでいる。

「ねぇ、あの大きな星はなに？」

　男の子は頭上に浮かぶ星を指さし、女の子も空を見上げる。指の先の星を見て、女の子はやれやれって感じで肩をすくめる。とてもお姉さんぶって。そしてとびきりおしゃまに。

「あんたねぇ、そんなことも知らないんだ？」

「知らないよ。教えてよ」

男の子にそうせがまれた女の子は、男の子の隣に寄り添った。そして、自分も空に浮かぶ大きな星を指さした。反対の手で男の子の手をしっかりと握りながら。そんな二人の小さな足を穏やかな波がゆっくりとさらう。

小さな重力を感じさせながら。

水平線の向こうでは数々の星が瞬《またた》いている。

宇宙のどこかでは、二つの星が巡り合っては離れている。

今この瞬間も。

「あの青い星はね、私たち人類が生まれたお母さんの星なのよ」

「お母さんの星？」

二人は手を繋《つな》いで見上げている。

その青く美しい星を。

僕たちの故郷を。

「そうよ。地球っていうんだから」

〈『ひとりぼっちのソユーズ 下』END〉

JASRAC 出 2107127-101

WHEN YOU WISH UPON A STAR
Words by Ned Washington
Music by Leigh Harline
©1940 by BOURNE CO. (copyright renewed 1961) All rights reserved. Used by permission.
Rights for Japan administered by NICHION, INC

ひとりぼっちのソユーズ　下

七瀬夏扉《ななせなつひ》

2021年10月10日　第2刷発行

発行者　前田起也
発行所　株式会社　主婦の友インフォス
〒101-0052 東京都千代田区神田小川町 3-3
電話／ 03-6273-7850（編集）
発売元　株式会社　主婦の友社
〒141-0021 東京都品川区上大崎 3-1-1 目黒セントラルスクエア
電話／ 03-5280-7551（販売）
印刷所　大日本印刷株式会社

© Natsuhi Nanase 2021　Printed in Japan
ISBN 978-4-07-449585-6

■本書の内容に関するお問い合わせは、主婦の友インフォス ライトノベル事業部（電話03-6273-7850）まで。■乱丁本、落丁本はおとりかえいたします。お買い求めの書店か、主婦の友社販売部（電話03-5280-7551）にご連絡ください。■主婦の友インフォスが発行する書籍・ムックのご注文は、お近くの書店か主婦の友社コールセンター（電話0120-916-892）まで。
※お問い合わせ受付時間　月～金（祝日を除く）　9:30～17:30
主婦の友インフォスホームページ　http://www.st-infos.co.jp/
主婦の友社ホームページ　https://shufunotomo.co.jp/

Ⓡ〈日本複製権センター委託出版物〉
本書を無断で複写複製（電子化を含む）することは、著作権法上の例外を除き、禁じられています。本書をコピーされる場合は、事前に公益社団法人日本複製権センター（JRRC）の許諾を受けてください。また本書を代行業者等の第三者に依頼してスキャンやデジタル化することは、たとえ個人や家庭内での利用であっても一切認められておりません。
JRRC〈 https://jrrc.or.jp　eメール：jrrc_info@jrrc.or.jp　電話：03-6809-1281 〉